Küp Seker

Kamar & Sun
Arabischer Mond – Englische Sonne

Der Autor

Küp Seker ist ein deutschtürkischer Schriftsteller, der seit über 20 Jahren in Deutschland und Österreich lebt und arbeitet. Mit seinen literarischen Werken schafft er es, eine Brücke zwischen Orient und Okzident zu schlagen. Sein Schwerpunkt ist es, gewaltlose Geschichten zu erzählen, die zum Schmunzeln und Nachdenken anregen und seine Leser in bezaubernde Welten entführen.

Das Buch

Seit Tausenden von Jahren verschollen, wurde nun nach mündlicher Überlieferung das Märchen vom Löwen Kamar und dem Schmetterling Sun neu geschrieben und kann somit erstmalig einer breiten Öffentlichkeit zugänglich gemacht werden.

Küp Seker berichtet von seinem eigenen Leben, von seinen Ansichten und Denkweisen als Türke in Deutschland. Vor allem aber erzählt er die Fabel von Kamar und Sun, welche er einst von seiner Großmutter hörte.

Die Erzählung steht für die Akzeptanz unter den Religionen und Kulturen und versucht durch viele Lebensweisheiten zum Nachdenken anzuregen.

Die Geschichte erzählt vom Mut zur eigenen Leidenschaft und dem Vertrauen in die eigenen Fähigkeiten und motiviert dazu, neue Wege zu finden und zu beschreiten.

Lassen Sie sich mitnehmen auf eine Reise um die Welt und sich berauschen von einem Abenteuer eines kleinen Löwen und eines gelben Schmetterlings, das seinesgleichen sucht.

Arabischer Mond • Englische Sonne

KAMAR & SUN

Roman

Küp Seker

Küp Seker

Kamar & Sun

Arabischer Mond – Englische Sonne

Roman

Impressum

›Kamar & Sun. Arabischer Mond – Englische Sonne‹
© 2016, 2017 Küp Seker
Alle Rechte vorbehalten
2. Auflage, Januar 2017

Coverdesign: pi grafik – www.pigrafik.at
Fotos und Bildgraphiken Cover:
© Vitalina Rybakova – thinkstockphotos.de (Schmetterling)
© jgorzynik – thinkstockphotos.de (Fluss)
© Pixeltheater – fotolia.com (Landschaft)
© Eric Isselée – fotolia.com (Löwe)
© Big Face – fotolia.com (Löwe mit Flügel)

Lektorat und Korrektorat: Martina König
Satz: Janos Rudolf

kuep.seker@gmx.at

Herstellung und Verlag: BoD – Books on Demand, Norderstedt

ISBN: 978-3-7431-6623-3

Gesetzt nach den Regeln der Rechtschreibreform.

Alle in diesem Roman geschilderten Handlungen und Personen sind frei erfunden. Ähnlichkeiten mit lebenden oder verstorbenen Personen sind zufällig und nicht beabsichtigt.

Für meine Eltern

»Sun, weißt du, was Liebe ist und wie sie sich anfühlt?«
Der Schmetterling schaute auf, sah dem kleinen Löwen tief in die Augen und sagte: »Ja, Kamar, das weiß ich.«

Kapitel 1 - Quelle

Vorwort des Verlages

Auf Grund der Tatsache, dass unser Verlagshaus mehrere Male in diesem Buch von Herrn Seker negativ erwähnt wird, und dies weder fundiert noch in einer objektiven Form, fühlen wir uns vom Autor genötigt, einige Dinge von Anfang an klar- und richtigzustellen.

Korrekt ist, dass Herr Küp Seker bereits ein Werk in unserer Gruppe publiziert hat. Es wurde allerdings sofort im Auftrag eines Mobilfunkbetreibers eine Unterlassungsklage gegen die Veröffentlichung des Buches eingereicht, weswegen der Verlag den Gedichtband nicht in den Handel bringen konnte.

In der Klageschrift ging es um die Verletzung von Urheberrechten. Herrn Seker wurde vorgeworfen, die Texte von Kurznachrichten der Kunden des Klägers abgeschrieben zu haben.

Durch die Nichtveröffentlichung des Werkes konnte der Verlag keinen Umsatz erwirtschaften, von einem Gewinn ganz zu schweigen. Dass wir hier von einem riesigen finanziellen Schaden für jeden der Beteiligten sprechen, versteht sich von selbst.

Vor allem jedoch ist es eine wirtschaftliche Schädigung für uns, den Verlag, bleiben wir nämlich auf sämtlichen angefallenen Kosten für Lektorat, Design und Druck sitzen. Wir sind, wie sich herausstellte, gegen eine solche Art von Klagen nicht versichert. Darum ergaben sich für uns folgende zwei Möglichkeiten: entweder einen Rechtsstreit anzustreben, um das Buch dennoch in den Verkauf zu bringen, oder aber die Kosten bei Herrn Seker einzuklagen.

Herr Seker seines Zeichens ist jedoch arm wie ein Bettelmönch und ihn auf Schadensersatz zu verklagen, wäre vollkommen sinnlos und ebenso ergebnislos.

Da wir zudem weder vorhaben, Herrn Seker zu schaden, noch, ihn zu ruinieren, haben wir uns auf folgenden Kompromiss geeinigt: Er wurde von uns verpflichtet, innerhalb eines Jahres ein neues Buch zu schreiben. Sein neues Werk sollte zu unserem Verlag passen und von einer solchen Qualität sein, dass man das Defizit der ersten Publikation und die Grundkosten der zweiten tilgen kann.

Um das Vorgehen als Ganzes zu erkennen und zu verstehen, wie wohltätig dieses Unterfangen von uns eigentlich ist, müssen wir einige Worte zu Herrn Seker verlieren – natürlich ohne vom Pfad der Objektivität abzukommen. Herr Seker ist ein Chaot. Herr Seker kommt immer zu spät und ist nicht in der Lage, auch nur einen einzigen Termin einzuhalten. Auf Herrn Seker kann man sich kein bisschen verlassen. Herr Seker nennt keine deutsche Tugend sein Eigen. Herr Seker ist unpräzise, unbelehrbar und vollkommen undiszipliniert. Auch sieht er nicht ein, dass es sich hierbei um ein Manko handelt. Der beste und einzig verlässliche Punkt im Leben des Herrn Seker ist seine Freundin Maria. Ohne ihren Zuspruch und das Zusammenarbeiten mit Frau Kleine hätten wir das Projekt bereits nach einem halben Jahr abgebrochen. Wenn Herr Seker sich nun anmaßt, uns als Verlag in seiner Schrift negativ und blutsaugend darzustellen, so entspricht dies nicht der Wahrheit. Wir wünschen dennoch Herrn Seker und nicht zuletzt uns selbst, dass dieses Buch zumindest einen Teil der Kosten einspielt und in jeder Hinsicht den Schuldenberg von Herrn Seker abbauen kann.

Weiter kann der Verlag diesmal nach eingehender Prüfung mit fast hundertprozentiger Sicherheit garantieren, dass die niedergeschriebene Geschichte aus der Feder von Herrn Seker stammt.

Auch bei dem Märchen besteht kaum Zweifel daran, dass Herr Seker dieses selbst formuliert hat, da wir trotz intensiver Recherchen unserer Partner-Agenturen in Asien und der arabischen Welt keinerlei Dokumente oder Hinweise auf die Existenz besagter Fabel finden konnten. Somit geht der Verlag davon aus, dass Herr Seker dieses Mal das Werk nicht abgeschrieben hat, sondern es der Erinnerung an die Erzählung seiner Großmutter entstammt.

Hochachtungsvoll

Der Herausgeber

PS: Dieses Vorwort wurde nicht mit Herrn Seker abgestimmt. Wir besitzen alle Rechte dieser Geschichte und sehen uns somit nicht dazu veranlasst, ihn vorab darüber zu informieren.

Prolog

Vorweg: Ich hasse Prologe. Ich kann die Sinnhaftigkeit eines Prologs einfach nicht erkennen. Wieso sollte eine Geschichte eine Einleitung brauchen? Ein Buch sollte sich doch selbst erzählen! Gut, es gibt immer wieder Ausnahmen. Und aufgrund des Vorworts des Verlags fühle ich mich auch genötigt, eine Vorbemerkung zu schreiben. Meine Einleitung hat jedoch nichts mit der eigentlichen Novelle zu tun. Diese ist zum jetzigen Zeitpunkt schon komplett geschrieben und befindet sich im Druck.

Ah ja, ich bin übrigens Küp Seker. Einige wenige kennen mich vielleicht bereits von meinem ersten Buch – »Küps Gedichte«. Von der Lektüre sollten, wenn ich alle verschenkten Exemplare abziehe, gezählte dreiundzwanzig Bücher im Umlauf sein.

Nein, das Werk ist nicht so schlecht, und der Verkauf lief echt gut. Zumindest eine Stunde lang. Dann wurde er leider ausgesetzt, da ein Mobilfunkbetreiber, welcher namentlich nicht genannt werden darf, eine einstweilige Verfügung bei Gericht erwirkte und den Verkauf ausnahmslos stoppte.

Um meine Belange vor Gericht durchzusetzen, fehlen mir leider die Mittel, und mein Verleger rückt auch kein Geld raus. Er will, dass ich das Buch umschreibe. Vielleicht will er mich auch verklagen, weil er mir vorwirft, ihn vorsätzlich getäuscht zu haben, da ich ja wusste, dass die Gedichte nicht von mir stammen. Wobei er wiederum weiß, dass es finanziell keinen Sinn macht, mich auf seinen Verlust und entgangenen Gewinn zu verklagen.

Nicht, dass dies entscheidend für diese Geschichte ist. Aber mitteilen möchte ich mich doch.

Ich heiße eigentlich Kenan Ümit Pirol Seker. Mein Vorname ist eine komische Mischung aus den Rufnamen meiner Urgroßeltern mütterlicherseits und dem Ortsvorsteher meiner Heimatgemeinde. Da mein voller Name sehr lang ist, haben mich von klein auf alle Küp Seker genannt.

Das ist im Grunde genommen echt cool, da es sich bei dem Begriff *Küp Seker* um die türkische Bezeichnung für Würfelzucker handelt. Man spricht es zwar als *Küp Scheker* aus, aber das sollte hier nicht so wichtig sein. Zumindest kann man mich immer in zweierlei Hinsicht zuckersüß finden.

Ich bin fünfunddreißig Jahre alt und lebe seit achtzehn Jahren in Deutschland.

Mein Vater ist seit den Siebzigern in *Almanya* – das ist das türkische Wort für Deutschland. Er hat die Türkei verlassen, als ich gerade laufen gelernt habe und exakt ein Jahr alt wurde.

Es war Zufall, dass mein Geburtstag genau am Abreisetag meines Vaters gefeiert wurde. Obwohl viele genau wussten, wann ich wirklich geboren worden war, wollte sich niemand an diesen Tag erinnern, und so wurde mir erst viel später, als ich selbst einen Pass beantragte, ein offizielles Geburtsdatum zugeteilt.

Der Beamte fragte nur: »Bist du im Winter oder im Sommer geboren?«, und als ich »Winter« sagte, wurde mein Geburtsdatum der 1.1.1979.

So bin ich laut Pass fünfunddreißig, aber in Wahrheit schon siebenunddreißig Jahre alt.

Nein, natürlich ist es unüblich in der Türkei, dass Kinder keinen regulären Geburtstag haben und nicht auf dem Standesamt gemeldet werden, aber bei mir hat es sich wie folgt zugetragen:

Ich kam mit einem sehr großen Kopf auf die Welt. Als mich die Hebamme untersuchte und meine Körpermaße nahm, sah sie lange in ihre Tabellen und erzählte dann allen ohne Umschweife, ich hätte einen Wasserkopf und wäre im besten Fall schwer behindert, im Normalfall würde ich aber schon in den ersten Monaten sterben.

Meine Eltern und Großeltern waren geschockt, da es tief in den Bergen von Trabzon am Schwarzen Meer zur damaligen Zeit sehr schwierig war, ein behindertes Kind zu haben. Das gab nur Probleme in der Gemeinde und es wurden das Gesundheitsamt und das Ordnungsamt aktiv.

Um sich das alles zu ersparen und um nicht die komplette Verwandtschaft gegen sich aufzubringen, wurde ich versteckt. Und das in dem puren Glauben und auch der Hoffnung, dass ich einen frühen Tod erleiden würde. Somit wurden keine Aufzeichnungen über die Geburt gemacht und keinerlei Eintragungen – ja nicht einmal der Geburtstag wurde notiert. Niemand wollte sich je wieder an diesen Moment erinnern.

Lediglich dem Scharfsinn und dem guten Willen meiner Großmutter ist es wohl zu verdanken, dass ich meine Kindheit ohne großen Schaden überlebt habe.

Meine Großmutter Zehra war immer der Meinung, dass sich die junge Hebamme vermessen hat, und schwörte darauf, dass das Maßband bei der Messung meines

Schädelumfangs überkreuzt war. Somit wurden nach ihrer Einschätzung mindestens 2 Zentimeter zu viel gemessen. Und obwohl ich keine Anzeichen oder anderen Auswirkungen einer Behinderung vorzuweisen habe, werde ich von vielen Familienmitgliedern bis zum heutigen Tag stets wie ein Behinderter behandelt – in dem Gedanken und der Befürchtung, dass die Behinderung schon noch ausbrechen werde.

So war es nicht weiter verwunderlich, dass mein Vater nach fünf Jahren zwar meine hochschwangere Mutter zu sich nach Deutschland holte, mich aber in der Türkei zurückließ. Meine Mutter hatte nach meiner Geburt zwei Fehlgeburten erlitten, und so wartete mein Vater bis kurz vor den Geburtstermin meiner kleinen Schwester, um meine Mutter zu sich zu holen, damit ja nichts schiefging.

Nicht, dass ich darüber traurig gewesen wäre. Obwohl, ein wenig ausgestoßen fühlte ich mich dann doch.

Meinem Opa Emrullah kam es sehr gelegen, dass ich in der Türkei blieb. Kein Wunder, war ich doch seine wichtigste Arbeitskraft. Er nahm mich immer mit auf die Alm und ich wurde von ihm zum besten Schafhirten der ganzen Gegend ausgebildet.

Zumindest behauptete er das immer, während er Chai trank oder Karten spielte und ich mich um die Tiere kümmern musste.

Da ich eigentlich nicht wirklich existierte, konnte ich auch nicht zur Schule gehen. Ich lernte anfangs in den Abendstunden etwas lesen, schreiben und ein wenig rechnen von meiner Oma Zehra. In dieser Zeit schliefen die Schafe und ich musste diese somit nicht hüten. Im Alter von sieben Jahren wurde ich dann doch noch eingeschult. Meiner Oma wurde es zu viel, mich in ihrer wenigen freien Zeit zu unterrichten, und sie wollte unbedingt, dass ich eine richtige Schulausbildung erhielt, damit etwas aus mir wurde. Obwohl ich mich wehrte, ließ sie sich davon nicht abbringen. Ich musste also zur Schule gehen, ob ich nun wollte oder nicht. Ihr Plan, mich als Mustafa – das war der Name meines Cousins, der vor drei Jahren nach Frankreich gezogen war – einzuschulen, ging auf. Niemand kümmerte sich um meine wahre Identität. Solange das Schulgeld überwiesen wurde, war alles gut. Somit wurde ich ein ordentlicher Schüler, und dazu noch ein wirklich guter. Auch stellte ich unter den Mitschülern von Beginn an klar, dass man mich Küp nennen sollte. Und da ohnehin fast die Hälfte der Jungs in meiner Schulklasse Mustafa hieß, war es für die anderen mehr ein Segen als eine Qual.

Meine Eltern kamen alle zwei bis drei Jahre für drei Wochen zu Besuch, und mit ihnen auch meine kleine Schwester Ayse.

Meine Mutter suchte an mir jedes Mal aufs Neue nach Indizien, dass die Behinderung schon ausgebrochen war. Jedoch immer erfolglos – mal abgesehen von dem einen oder anderen Wutausbruch, der mich regelmäßig überfiel, wenn mich die überschlaue deutsche Schwester mit ihrem lächerlichen Türkisch nervte. Aber das kam Gott sei Dank nicht oft vor. Und um bei der Wahrheit zu bleiben, übte sie eigentlich immer etwas Deutsch mit mir und ich brachte ihr dafür richtig cooles Türkisch bei.

Es vergingen die Jahre und die Besuche wurden häufiger. Mittlerweile kamen sie sogar schon mit dem Flugzeug zu uns. Alles lief bestens für sie in Deutschland. Ohne mich.

Und obwohl ich gelegentlich etwas traurig war, nicht mit ihnen in Deutschland zu leben, war ich alles in allem eigentlich sehr glücklich darüber, bei Oma und Opa zu wohnen. Ich hatte sämtliche Freiheiten dieser Welt und es hätte mir nicht besser gehen können.

Es war das Jahr 1996, als mein Vater beschloss, dass ich nun mit nach Deutschland durfte.

Es war einfach billiger für ihn, da er sich das Geld, das er meiner Oma monatlich für meinen Unterhalt schickte, sparen konnte und ich in *Almanya* sogar selbst Geld verdienen konnte.

Er schleppte mich auf das Ordnungsamt, meldete mich an, beschimpfte die Beamten wüst, weil sie die Unterlagen meiner Geburt nicht mehr finden konnten, und ich bekam nach zwei Stunden meinen ersten Pass. Ich war jetzt ein offiziell registrierter Türke.

Was war ich stolz! Bereits drei Monate später – im Rathaus von Kassel – musste ich jedoch den türkischen Pass wieder abgeben, um meinen deutschen Pass zu beantragen. Ich hatte siebzehn Jahre lang keine Identität gehabt und innerhalb von drei Monaten bekam ich zwei davon.

Oma und Opa waren anfangs gar nicht glücklich darüber, dass ich sie jetzt auch noch verlassen würde. Aber mit Hilfe der Beschwörungen meines Vaters, dass es in Deutschland viel besser für mich wäre und er bereits eine Arbeitsstelle für mich hätte, ließen sie sich überreden. Und sie freuten sich zumindest ein wenig für ihren kleinen Küp.

Nicht, dass ich unbedingt gehen wollte, aber meine Neugierde trieb mich schon sehr gen Westen ins

Schlaraffenland, in dem Milch und Honig fließen. Und ich kannte all die Geschichten über den Reichtum der *Almanci*. So nannten wir die Deutschtürken.

Wie die Heuschrecken fielen sie jeden Sommer mit ihren großen, schicken Autos in die Dörfer ein. Zahlten alles, kauften alles, erhielten alles. Uns blieb immer der Mund offen stehen. Und jetzt hatte ich die kleine Chance, ein Teil davon zu werden!

Ich packte meinen Koffer, verabschiedete mich von Oma und Opa, und weg war ich. Mit dem Auto!

In Kassel angekommen – in der Maximilianstraße 33 –, gefiel es mir wirklich gut. Alle Straßen waren geteert, es gab keine Kiesstraßen, keinen Staub, keinen Dreck, keinen Müll. Nirgends!

Die Leute mähten sogar ihre Wiesen ganz kurz. Die haben wirklich zu viel Zeit oder zu wenig Schafe, dachte ich mir. Hier war alles anders! Aber am lustigsten fand ich die Tatsache, dass die Hunde im Haus wohnen. In der Türkei wäre das unvorstellbar. Es gibt nicht mal ein türkisches Wort für Haustier! Wieso auch, wenn keine Tiere ins Haus dürfen? Bei uns im Dorf sagen alle nur *Evcil Hayvan*, was so viel wie zahmes Tier heißt. Mein Opa Emrullah glaubt jedenfalls bis heute nicht, dass Hunde in Deutschland im Haus wohnen dürfen und sogar noch gebadet, gebürstet, gefüttert und gestreichelt werden. Und immer wenn ich mit meinem Opa telefoniere, fragt er mich als Erstes, ob in der Zwischenzeit auch schon die Ziegen und Schafe im Haus leben dürfen.

Ich fand die Lebensweise in Deutschland anfangs einfach nur witzig.

Die Menschen kümmerten sich um Kleinigkeiten und legten dabei noch eine Sorgfalt an den Tag, dass mir fast schlecht wurde. Zum Beispiel bei der Mülltrennung. Bei uns in der Türkei gibt es auch Mülltrennung – wir trennen einfach den Müll von dem Nicht-Müll, fertig! Doch hier – das war keine Mülltrennung, das war Religion! Anfangs dachte ich immer, man erlaubte sich einen Scherz mit mir, da ich neu war, frisch aus der Türkei. Aber nein, man meinte das wirklich ernst.

Gelbe Kiste, rote Kiste, grüne Kiste, schwarze Kiste, Altkleider, Altschuhe, Altöl, Sperrmüll, Reststoffe. Der Müllraum war größer als die Küche!

Und ganz ehrlich, ich habe mich bis heute nicht getraut, dies meinem Großvater zu erzählen, weil er spätestens dann überzeugt gewesen wäre, dass die Behinderung bei mir doch noch ausgebrochen ist.

Der größte Unterschied jedoch – und das machte mir wirklich zu schaffen – war, dass man nicht einfach zu seinen Nachbarn gehen konnte und dass diese nicht einfach zu uns kamen. Wohl kamen unsere türkischen Bekannten zu Besuch, aber so wie in der Türkei, wo jeder zu jedem Zeitpunkt überall willkommen war und fast schon ein Teil der eigenen Familie darstellte, nein, so war es in Deutschland nicht. Hier hatte jeder seinen eigenen Garten und sein eigenes Haus. Die Türen waren immer verschlossen und öffneten sich nur, wenn man vorher klingelte. Bei uns im Dorf gab es kein einziges Haus mit einer Klingel. Wieso auch? War die Tür auf, durfte man reinkommen, war sie zu, dann eben nicht.

Ansonsten war Kassel super. Ich arbeitete als Autolackierer und war nach einiger Zeit richtig gut in meinem Job. Am Wochenende lackierte ich Auto- oder Mopedteile von Ayses Freunden und Kollegen und konnte etliches Geld dazuverdienen. Bald war ich echt reich. Ich verdiente zuerst nur etwas über 1000 DM, aber am Ende an die 1400 Euro netto, gab zu Hause die Hälfte ab, ging eigentlich nie aus, trank nicht, rauchte nicht, keine Drogen, keine Exzesse. Somit blieben im Schnitt fast 700 Euro jeden Monat übrig – und die sparte ich, da ich alles, was ich zum normalen Leben brauchte, problemlos von den Sonderzahlungen, der Schmutzzulage aufgrund meiner mit Verunreinigungen einhergehenden Arbeit und der Schwarzarbeit begleichen konnte. Folglich hatte ich nach zwölf Jahren im Jahre 2008 meine ersten 100.000 Euro auf dem Sparbuch.

Ich war zu recht echt stolz und faktisch reich! Ich überlegte sogar ernsthaft, wieder zurück in die Türkei zu ziehen, mir ein Haus zu bauen oder eine Wohnung in der Stadt zu kaufen, um dann einfach nur wohlhabend zu sein.

Es kam jedoch leider alles ganz anders. Die Krisenjahre 2009 und 2010 trafen unsere Familie schwer. Erst verlor mein Vater seine Arbeit, dann auch ich. Vater bekam sehr schnell über ein Programm der Regierung eine neue Stelle in Würzburg und wohnte dort fortan mit meiner Mutter in einer staatlichen Einrichtung. Allein konnte ich die Wohnung in Kassel nicht halten, und so entschloss ich mich, zu Ayse nach Berlin zu ziehen.

Sie lebte mit ihrem Mann Olaf seit 2002 in der Hauptstadt. Ihr erstes Kind Lea hatte sie noch in Kassel zur Welt gebracht, doch als sie bald wieder schwanger wurde, zog sie zu Olaf nach Berlin. Der Euro kam und Ayse ging, was beides zu Anfang sehr schmerzhaft für mich war.

Mein Vater, der schon mit dem Christen Olaf seine Probleme hatte, verlor jetzt auch noch die einzige Tochter. Zumindest so lange, bis er das Wochenend-Ticket der Deutschen Bahn für sich entdeckte. Seitdem besucht er zusammen mit Mutter mindestens einmal im Monat Ayse in Berlin. Natürlich wohnen dann alle in der kleinen Wohnung bei meiner Schwester. Da nach der türkischen Sitte die Gäste immer das beste Zimmer bekommen, darf Olaf auf der Couch im Wohnzimmer schlafen, was meinen Vater wiederum sehr glücklich macht.

Ich zog nach drei Monaten wieder bei meiner Schwester aus und mietete mir, wie konnte es auch anders sein, eine Wohnung in der Maximilianstraße. Diese liegt zwar weit entfernt von einer U-Bahn, aber dafür habe ich einen direkten Blick auf die Spree.

Die Arbeitslosigkeit, die Umzüge, Wohnungseinrichtung, Unterstützungen für Vater, Mutter und Schwester haben fast meine ganzen Ersparnisse aufgebraucht. Den Rest investierte ich in mein Gedichtbuch, welches ich zwar dreiundzwanzig mal verkaufte, aber daraus keinen Erlös erzielte. Somit begann ich 2011 wieder bei null. Mal abgesehen von meinem Kredit, den ich aufnehmen musste, um mein Leben und mein Buch zu finanzieren.

Obwohl es hier keine Rolle spielt, aber so mancher Leser wird sich an dieser Stelle eventuell fragen, wie ich denn in der kurzen Zeit so gut Deutsch lernen konnte, um Gedichte zu schreiben. Gut, das ist eigentlich die Wurzel des Problems. Die Gedichte stammen nur so halb von mir. Die andere und durchaus wesentlichere Hälfte habe ich von den Kurznachrichten Unbekannter abgeschrieben. Ich arbeitete zu jener Zeit als Reinigungskraft bei einem Telekommunikationsunternehmen. Eines Tages zeigte mir einer der Programmierer, wie man die Nachrichten aller Teilnehmer lesen konnte. Von da an las ich immer, wenn mir langweilig war, die Mitteilungen fremder Menschen, welche bei mir anstelle eines Namens eine Telefonnummer hatten. Schnell hatte ich einige Favoriten und las deren Botschaften täglich. Nach und nach begann ich dann auch, die Nachrichten abzuschreiben, um diese zu sammeln und zu veröffentlichen. Das war auch der Grund für die Klage des Mobilfunkbetreibers, der sich auf Datenschutz und Urheberrecht berief und dadurch den Verkauf des Buches stoppte. Somit war mein Traum vom Schriftsteller-Dasein sehr schnell ausgeträumt und ich versuchte mit einer normalen Arbeit wieder Bodenkontakt zu bekommen.

Nach einigen Nebenjobs, meist als Reinigungskraft, bekam ich dann eine fixe Anstellung als Lackierer in einem Werk für Motorräder.

So bin ich nun zufrieden mit mir, mit meinem Leben und mit der Welt. Ich habe eine Partnerin, ein geregeltes Einkommen, eine Handvoll Bekannte und Freunde, eine kleine Stoffkatze und eine noch viel kleinere Wohnung. Aber dafür eine riesengroße Familie. Genau genommen mehr Familie, als ich manchmal will.

Und in genau diesem Moment sitze ich neben den Rotationsmaschinen einer Druckerei und die Seiten flitzen nur so an mir vorbei. Ich habe mich in eine leise Ecke der Produktionshalle verzogen, um etwas Ruhe zu finden. An dieser Stelle ist zwar ebenso alles erfüllt vom Lärm der Maschinen, doch immerhin habe ich hier das Gefühl, allein zu sein und niemanden zu stören. Sie überlegen, wieso ich mich in einer Druckerei befinde und einen Prolog schreibe, den ich eigentlich gar nicht schreiben wollte, für ein Buch, das sich in dieser Sekunde schon in der Fertigstellung befindet? Eine gute Frage!

Drehen wir die Zeit ein Stück zurück.

Mein Kumpel Süleyman rief mich vor einer Stunde an und wollte wissen, ob ich das Vorwort zu meinem Buch tatsächlich nicht gelesen hätte.

»Vorwort? Welches Vorwort?«, fragte ich. »Es gibt kein Vorwort!«

Als er mir in Auszügen vorlas, was der Verlag geschrieben hatte, wusste ich, dass ich unverzüglich zu ihm fahren musste.

Nachdem ich tropfnass in der Druckerei angekommen war – es regnete in Strömen – und wutentbrannt die Worte des Verlages gelesen hatte, wollte ich mich sofort rechtfertigen und drauflos schreiben. Diese Ratten von Herausgeber, diese Lügner! Aber etwas in mir hielt mich zurück. Ich wollte mich nicht auch auf dieses Niveau herab begeben.

Süleyman kam zu mir ans Ende der riesigen Halle, brachte mir einen Kaffee und das druckfrische achte Kapitel. Oh, ich liebe diesen Teil der Geschichte. Der Löwe kämpft gegen das Verlangen, dem er schlussendlich nicht widerstehen kann, er gibt sich seinem Drängen hin. Und obwohl er den Fehler bereits im Vorfeld erkennt, ignoriert er ihn. Er blendet ihn regelrecht aus. Der Löwe ist blind gegenüber dem Licht der Vernunft und steuert mit Vollgas auf die Mauer des Scheiterns zu.

Jetzt muss man wissen, dass Süleyman nie etwas zufällig macht. Er ist wirklich sehr schlau!

Er ist einer von Millionen sehr kluger Menschen, die nicht in den Chefetagen arbeiten. Und das keinesfalls weil er zu dumm oder zu ungebildet dafür wäre, sondern weil er sich eben aus freien Stücken für ein anderes Leben entschieden hat. Auch wenn er nur eine Maschine bedient und von außen eher den Hilfsarbeiter mimt, so ist er doch unglaublich belesen, sehr intelligent und meistert sein Leben ohne auch nur ein nennenswertes Problem. Er hat mir immer und immer wieder gesagt, dass Bildung das Erschwinglichste im Leben sei. Er könne mit einem Ausweis der Bücherei, für den er jährlich zehn Euro bezahlt, jedes Buch ausleihen und lesen. Die komplette Weltliteratur, alle Publikationen und Schriften, welche er für eine Master- oder Doktorarbeit benötigen würde, sind dort nur einen Handgriff entfernt. Er kann sich einfach sämtliche Lektüren borgen und zu Hause studieren. Und das alles für geringes Geld. Das Wissen im Internet vergrößert die Mittel und Wege noch um ein Vielfaches, ist aber bislang noch etwas teurer. Süleyman betont von Mal zu Mal, dass es ihn wundert, dass so wenige Personen Gebrauch von diesen Möglichkeiten machen.

Ich weiß natürlich, dass er mir weder den Kaffee noch genau das achte Kapitel zufällig gebracht hat.

Ich glaube, ich erkenne seinen Hinweis, und mir wird eines langsam klar: Er hat Recht.

Ich sollte mich darauf konzentrieren, eine Geschichte zu erzählen, Sie – meine werten Leser – ein Stück weit in eine andere Welt mitzunehmen. Sie zu verführen und zu entführen, auf eine Reise einmal um die Welt, mit einem kleinen Löwen und einem gelben Schmetterling. Das sollte meine Aufgabe sein in diesem Buch, und nicht, einen Kleinkrieg zwischen mir und dem Verlag in der Öffentlichkeit auszutragen.

Und wenn ich jetzt ganz ehrlich bin, dann haben die Leute vom Verlagshaus auch Recht, mich als unzuverlässig darzustellen. Im Grunde habe ich wirklich nichts Besseres verdient. Ich kann ihre Aussagen in Bezug auf mich zwar nicht gutheißen, aber ich will diese auch kein bisschen leugnen. Wir Türken haben ein Sprichwort, welches frei übersetzt lautet: »Wenn du einen Baum pflanzt, weil du Holz benötigst, dann besorge dir als Nächstes keine Axt, sondern eine Gießkanne!« Diese Geduld werde ich nun ebenso aufbringen beim Lesen der fertig gedruckten Lektüre und mich entspannen und beruhigen.

So entlasse ich Sie aus dem Prolog, den ich eigentlich nie vorhatte, zu schreiben. Und ich hege die Hoffnung, dass Sie die Ablenkung und Erheiterung – oder welche Form der Unterhaltung Sie auch immer suchen – in meiner kleinen Erzählung finden werden.

Küp Seker
Berlin im November 2014

Küp

Es war einer dieser verrückten Tage, an denen nichts klappte. Das Chaos begann bereits am Morgen: Die Zahnpastatube war leer, der Wassertank der Kaffeemaschine musste aufgefüllt werden, dann bemerkte man, dass die Kaffeereste zu entsorgen waren. Und nachdem man dann endlich alles getan hatte, was der Automat verlangte, stellte man fest, dass die Kaffeebohnen aufgebraucht waren.

Man entschied sich also für eine Tasse löslichen Kaffee, um kurz danach zu spüren zu bekommen, dass die Milch sauer war. Also beschloss man kurzerhand, das koffeinhaltige Getränk unterwegs zu besorgen, und zog sich der Jahreszeit entsprechend winterlich an.

Wenn man beim Verlassen der Wohnung den Schlüsselbund nicht finden konnte und man mit Wintermantel und Mütze bekleidet in der geheizten Wohnung gefühlte Stunden nach dem Schlüssel suchte, dann war es um diesen Tag und die gute Laune wirklich geschehen. Und spätestens jetzt erreichte man auch den sauren Zustand der Milch.

Erzählte mir jemand von solchen Tagen, vermochte ich eigentlich nur zu lachen. Es konnte doch wohl auf keinen Fall so schlimm sein. Und wenn schon solche misslichen Dinge passierten, dann sicher nicht in dieser Häufung. Es musste sich also ganz klar um eine Aneinanderreihung höchst phantasievoller Übertreibungen handeln. Dachte ich, bis ich es dann am eigenen Leib erfuhr.

Also noch einmal: Es war einer dieser verrückten Tage. Und es schneite für Berliner Verhältnisse stark. Zumindest so stark, dass die meisten Autofahrer, die ich sah, große Probleme damit hatten, ihren Wagen auf der rutschigen Fahrbahn zu halten. Ich entschloss mich, den Umweg mit der U-Bahn in Kauf zu nehmen, um zumindest dem Verkehrschaos zu entrinnen. Zu allem Übel rief an diesem Tag auch noch meine Schwester Ayse an – mit der Bitte, auf die Kleinen aufzupassen. Aber nicht an nur einem Abend, nein. Sondern von Freitag bis Sonntag! Gut, ich mochte meine große Nichte und meine kleinen Neffen sehr, aber wie in aller Welt kam Ayse auf die Idee, dass ich das komplette Wochenende opfern und mich um ihre Kinder kümmern würde? Natürlich hätte meine Mutter die Arbeit gerne übernommen, aber unsere Eltern waren seit einer Woche in der Türkei bei einem Wunderheiler und würden erst in drei Wochen wiederkommen. Vater hatte Probleme mit seinen Bandscheiben und er vertraute den Ärzten hier einfach nicht. Deutsche Ärzte waren wohl zu wenig mystisch für sein türkisches Herz.

Ich sagte also zu. Diese Entscheidung war besser, als mich mit Mutter anzulegen, und viel besser noch, als mit Vater darüber zu diskutieren. Von wegen Familie und Ehre und Respekt und den ganzen Quatsch.

Außerdem konnte ich meiner Schwester diesen Wunsch nicht abschlagen, ich hatte ihr nämlich sehr viel zu verdanken. Als ich gezwungen war, kurzfristig meine Wohnung in Kassel zu räumen, nahm sie mich freundlich in Berlin auf.

Ich wohnte exakt zwölf Wochen bei Ayse, die damals schon drei Kinder und wirklich wenig Platz hatte.

Lea, Kai und Tim. Lea war die Älteste mit ihren fast vierzehn Jahren, Kai wurde im Januar elf Jahre alt und Tim war mit seinen fast sieben Jahren der Nachzügler in der Familie. Meine Mutter hatte sich immer gestört an diesen Namen und insgeheim behauptete sie, dass Olaf sich keine Namen mit mehr als drei Buchstaben merken konnte. Olaf war sonst ganz okay. Er hatte Ayse in der Disco kennengelernt und im ersten Monat bereits geschwängert. Was meinem Vater bis heute nicht so richtig bewusst war. Er hatte sich zwar immer gewundert, dass Lea als eine Frühgeburt über vier Kilo wog, aber er hinterfragte es auch nie ernsthaft. Und so glaubt er bis heute, dass Ayse erst nach der Hochzeit schwanger wurde. Olaf war Postbeamter und schulte seine Kollegen in Bezug auf die neuen Computer-Programme. So kam es, dass er viel durchs Land reisen musste, obgleich er immer in Berlin wohnhaft blieb. Ostberlin, versteht sich. Als meine Schwester 2002 zu ihm zog und sie mit den bald zwei Kindern mehr Wohnfläche brauchten, siedelten sie in eine Wohnung am Olof-Palme-Platz über. Mein Schwager Olaf fand das immer witzig, was ich nicht nachvollziehen konnte.

Das wirklich Angenehme an ihm jedoch war, dass er sich nicht für Fußball interessierte. Denn spätestens da hörte für mich die Völker verbindende Freundschaft auf.

Wie bitterkalt und garstig Berlin doch im Winter war! Nicht so, dass man im Schnee unterging, aber man konnte nicht das Geringste unternehmen. Kein Sitzen in Straßencafés, kein Picknick, kein Herumliegen auf den Wiesen, gar nichts. Nur Kälte und Wind. Eisiger Wind. Eigentlich war mir nach wie vor unerklärlich, wie man hier eine Siedlung hatte errichten können.

Ich sagte also meiner Schwester Margret zu, auf die Kinder aufzupassen, während sie mit Olaf nach Hamburg fuhr, um ein Musical oder was auch immer zu sehen.

Nein, ich hatte nur eine Schwester, und ja, diese hieß ursprünglich Ayse. Aber auf ihren eigenen Wunsch und den Drang von Olaf hin hatte sie eine Namensänderung beantragt, als sie nach Berlin gezogen war. Margret widersprach leider auch der Drei-Buchstaben-Theorie meiner Mutter, wobei es echt auffallend war, dass Olaf immer ‹Mäg› zu ihr sagte.

Wir schrieben Freitag, den 28. Februar 2014. Eigentlich hatte ich am Abend auf die Geburtstagsfeier von meinem Freund Jörg gehen wollen. Da ich nun stattdessen den Babysitter spielen musste, sagte ich ihm ab und gratulierte ihm per Telefon.

Der Olof-Palme-Platz lag zum Glück direkt an der U-Bahn-Station Zoologischer-Garten und so traf ich pünktlich um 16 Uhr bei Ayse ein. Olaf nickte mir kurz zu, gab mir die Hand und sagte: »Küp.«

Es war immer wieder frustrierend, dass mein Name genau in sein Buchstabenkonzept passte.

»Servus«, erwiderte ich den Gruß in bestem Bayerisch.

Ja, Bayerisch! Das war eine doofe Marotte von mir, aber in den Anfangsjahren in Deutschland, als mein Hochdeutsch alles andere als gut geklungen hatte, war es für mich cooler gewesen, den bayerischen Dialekt zu imitieren.

Man verstand mich ohnehin nicht, und so war mir das bayerische Deutsch lieber.

Die meisten Menschen waren einfach höflicher und zuvorkommender, wenn sie einen Bayern nicht verstanden, und niemand kam auf die Idee, zu sagen: ›Lern erst mal richtig Deutsch, du Bayer.‹ Es wurde einfach akzeptiert. Und so bildete ich mir ein, dass ich schneller Deutsch lernte als die anderen türkischen Landsleute.

»Küüp, Küüp«, hallte es aus dem Gang und meine Nichte und meine Neffen stürmten auf mich zu.
Oh ja, die Kinder liebten mich wirklich. Und ich liebte sie auch.
»Was geht ab?«, begrüßte ich sie cool.
Alle drei schlangen sich um meine Beine und ich humpelte wie ein Schwerverbrecher, der eine Fußfessel mit einer Bleikugel trug, den Flur entlang.
»Du bist spät dran, Küp«, sagte Ayse.
»Spät? He, es ist fünf nach vier.«
»Eben, sag ich doch. Spät.«

Ich schnalzte mit meiner Zunge, wie es all die Türken in unserem Dorf machten, was so viel bedeutete wie ›Jetzt lass es aber gut sein‹.

In diesem Moment kam ganz die deutsche Margret in ihr durch.
Sie hielt mich kurz fest, küsste mich flüchtig auf die Wange, gab den Kindern einige Anweisungen, schnappte sich Olaf und ihren Koffer und war auch schon aus der Wohnung verschwunden.
Aus ihr war eine Muster-Deutsche geworden. Meine kleine Schwester wurde bestimmt von der Ordnung und der Pünktlichkeit, ihr Leben wurde diktiert von Vorschriften, Formularen, Rezepten, Geboten und natürlich den

Gesetzen. Sie war durch und durch eine Vorzeige-Deutsche und alles in ihrem Leben war perfekt organisiert.

Die Kinder kletterten auf das Fenstersims und winkten gemeinsam Margret und Olaf zu.

Ich nutzte die kurze Verschnaufpause, ging in die Küche und drückte auf den Knopf der Espressomaschine. »Wassertank leer!«, sagte die Maschine mit einer mechanischen Stimme. Das kam mir doch bekannt vor!

Welch ein verrückter Tag.

Nach Pferdereiten, Karten- und Computerspielen, Video schauen, waschen und Zähne putzen war die Finsternis bereits tief über die Stadt gezogen und alles wirkte dunkel und kalt.

»Geschichte, Geschichte«, tönte es im Chor aus dem Kinderzimmer und sechs Kinderaugen lugten erwartungsvoll unter der gemeinsamen Bettdecke hervor. Sechs kleine, warme, glitzernde Sterne in dem kühlen, schwach beleuchteten Raum.

»Geschichte? Hm, habt ihr denn ein Märchenbuch, aus dem ich euch etwas vorlesen kann?«, fragte ich in die Runde.

Lea sprang auf, streckte sich vor dem Bücherregal und zog ein großes Buch heraus.

»Ah, die Gebrüder Grimm. Welches Märchen wollt ihr hören?«

»Egal, such du aus«, sagte Kai, der mir sehr ähnlich war und zu Hause am ehesten als Türke durchgegangen wäre. Seine Züge waren wegen seiner großen Nase und seinem breiten Gesicht sehr *laz*, wie man den Menschenschlag am östlichen Schwarzen Meer gerne bezeichnete.

Leider war sein Türkisch eine Katastrophe und ich kannte viele Deutsche, die durch ihren Urlaub in der Türkei meine Muttersprache besser beherrschten als er.

»Gut, dann wähle ich das Märchen mit dem lustigsten Titel«, sagte ich prompt und begab mich auf die Suche durch das Inhaltsverzeichnis.

Nach einigem Hin und Her und Rauf und Runter hatte ich zwei Favoriten.

»Gut, Kinder, die Vorauswahl ist auf ›Rapunzel‹ und ›Aschenputtel‹ gefallen. Welche Geschichte wollt ihr hören?«

»›Rapunzel‹ mag ich nicht«, sagte Lea blitzschnell. Und so entschlossen wir uns, das andere Märchen zu lesen.

Ich wollte bereits beginnen, blickte vorher aber nochmals in die Runde und zählte nur noch vier Augen.

»Tim? Willst du nicht zuhören?«, fragte ich.

»Nein«, schluchzte er unter dem Federbett hervor.

»Tim mag aktuell keine Geschichten, in denen eine Prinzessin vorkommt. Er hat Liebeskummer, Küp«, flüsterte Lea.

»Sei still, Lea«, heulte es aus der Decke.

»Herzschmerz?« Ich musste mir das Lachen tatsächlich verkneifen, Tim war schließlich gerade mal sechs Jahre alt.

»Oh, Liebeskummer ... Das ist eine schwere Krankheit, Tim. Mit der darf man kein bisschen spaßen, die muss man behandeln.«

»Das geht nicht, es gibt keine Tabletten dagegen!«

Pah, wie ich altkluge Kinder hasste, aber Tim war mein Fleisch und Blut und ich liebte ihn!

Ich stellte mir einfach vor, dass es genau der Blutpartikel

von Olaf war, der den Einwand gebracht hatte, und besänftigte ihn.

»Tim, mein Kleiner, erzähl es doch Onkel Küp. Ich werde eine Medizin finden.«

»Versprochen?«

»Oh ja, versprochen!«

Nach einer Weile und noch mehr Heulen und Schluchzen streckte Tim sein kleines Köpfchen unter der Bettdecke hervor und begann zu erzählen.

Das Mädchen hieß Rahel, sie war die Tochter eines jüdischen Priesters.

»Das heißt Rabbi«, klärte er mich auf.

»Ah«, sagte ich. »Und worin besteht der Konflikt?«

»Ihr Vater wünscht nicht, dass sie einen Christen als Freund hat«, erklärte er mir.

»Was ist das Problem zwischen Christen und Juden, Küp?«, fragte mich Tim.

Das Problem? He, welche Probleme haben sechsjährige Schulkinder? Das ist hier wohl die Frage!

Und was war das bitte für eine Geschichte mit dem Vater? Das konnte ich einfach nicht glauben!

Wir schrieben das Jahr 2014 und sollten inzwischen so weit aufgeklärt sein, dass es in Bezug auf das Thema Religion zu keinen Spannungen mehr kommen sollte.

Wir sollten der Thematik schon lange entwachsen sein, zumal in unserer digitalen Welt analoge Gottheiten keinen dominierenden Platz mehr einnahmen. Die sozialen Netzwerke wurden doch zunehmender zu unserer neuen Glaubensgemeinschaft und das Internet zu unserer neuen Kirche.

Welch verrückter Tag!

Wie sollte ich nun als Muslime einem halbwüchsigen Christen, der Probleme mit seiner jüdischen Freundin hatte, die Toleranz unter den Systemen näherbringen? Die drei Weltreligionen hatten doch den gleichen Ursprung, sie glaubten an den gleichen Gott als Schöpfer, glaubten an Adam und Eva und vor allem an Abraham. Darum wurden sie auch abrahamitische Religionen genannt, weil sie allesamt Abraham als Stammesvater hatten. Auch wenn dieser im Islam Ibrahim hieß. Wenn auch die eine oder andere Interpretation anders und die Wege teils abweichend waren, so war eines gewiss: Christen, Juden und Moslems hatten identische Wurzeln und die gleiche Abstammung! So war es im Grunde genommen sehr schade, dass man in der Schule mehr über die Unterschiede als über die Gemeinsamkeiten lernte. Wie sollte ich Tim in dieser Situation erklären, dass diese Hürden und Hindernisse zwischen den Religionen auf gar keinen Fall vorhanden sein sollten und nicht existent sein dürften?

»Ihr kennt doch die Geschichte vom kleinen Löwen und dem Schmetterling«, bemerkte ich.

»Nein, kennen wir nicht«, sagte Lea.

»Oh doch«, erwiderte ich. »Die hat euch Oma Zehra schon tausendmal erzählt.«

»Unsere Oma heißt Elmas«, erwähnte Lea kurz.

Hm, das war ein Argument. Die Oma der Kleinen war ja meine Mutter und nicht meine Oma. Und ich konnte mich wirklich nicht erinnern, dass mir Mama je diese Geschichte erzählt hat.

»Gut, Kinder, dann haben wir ein Märchen gefunden, das ich euch erzählen kann. Und wer weiß, vielleicht ist es ein wenig Medizin für den Liebeskummer von Tim.«

Die Kinder wurden neugierig. Eine neue Geschichte, die Liebeskummer heilen konnte – das war schon spannend.

Ich dachte kurz nach und begann dann aus meiner Erinnerung zu erzählen.

»Die Geschehnisse wurden vor Tausenden von Jahren in Persien zum ersten Mal erzählt, in einem Land, das heute Iran heißt. Dort ist es bis zum gegenwärtigen Tag verboten, diese Geschichte aufzuschreiben. Man darf die Fabel nur aus dem Kopf mitteilen. Wenn man sich nicht daran hält, verliert das Märchen ein für alle Mal seinen Zauber. Darum gibt es auch kein Buch darüber und ihr könnt die Erzählung und die Geschichte nirgends kaufen oder nachlesen.«

Die Augen der Kinder wurden immer größer. So groß, dass ich schon acht Augen zählte.

Adolf, die Katze, wollte ebenfalls zuhören.

Gut, das war wirklich ein blöder Name für eine Katze. Aber der Kater war schwarz-weiß und hatte unter der Nase einen kleinen schwarzen Fleck. Und was konnte die Katze dafür, dass jeder, der sie sah, sofort sagte: ›He, die Mieze heißt sicher Adolf.‹

Welch ein armes Tier.

Wir hatten alle Pseudonyme ausprobiert – Miez und Mauz, Schnurrli und Murrli –, aber sie reagierte einfach nur auf Adolf.

Die Namenswahl hatte im Übrigen etwas Gutes: Sie gab Anlass dazu, die Kinder bereits sehr früh über die dunkle Seite der deutschen Geschichte aufzuklären. Und sie über alles, was wir wussten, zu informieren.

Dies war der große Tag von Olaf gewesen. Er hatte mit

seiner DDR-Geschichtserziehung geglänzt und Ayse in unzähligen Dingen ganz schön alt aussehen lassen.

Olaf beschrieb die zentrale Rolle von Russland im 2. Weltkrieg und machte uns eindeutig klar, dass wir ohne die Rote Armee immer noch unter den Nazis leiden würden.

Ich hatte im Anschluss an Olafs Ausführungen viel nachgelesen und sah Russland danach in einem etwas anderen Licht und schätzte dessen Rolle um einiges wichtiger als zuvor ein.

Gelegentlich half es doch sehr, selbst etwas nachzulesen und sich eine eigene Meinung zu bilden.

Adolf, die Katze, gesellte sich nun zu den Kindern und lauschte ebenso gespannt der Geschichte des kleinen Löwen und des Schmetterlings.

Löwe

Es war einmal ein kleiner Löwe namens Kamar, welcher eines Morgens weit, weit weg in einem Land, das Persien hieß, erwachte.

Die Sonne kroch erst langsam hinter dem Horizont hervor und sogar die kleinsten Kieselsteine warfen noch lange Schatten in den jungen Tag.

Der kleine Löwe badete in dem Licht der Morgensonne und die Strahlen vergoldeten seine wunderschöne Löwenmähne. Kamar hob den Kopf und sein Blick ließ keinen Zweifel daran offen, wie sehr er doch das Leben liebte und wie sehr er vor allem diesen neuen Tag liebte.

Fröhlich und freudig gelaunt trottete er durch das kleine Waldstück, über die feuchte schwarze Wurzel der Pinie, links vorbei an dem großen Stein, bis runter zum Fluss.

Der Rest der Familie – also Mama, Papa und seine ältere Schwester Mira – war bereits bei der Morgenwäsche. Mira ärgerte den kleinen Löwen und spritzte ihm Wasser ins Gesicht, als dieser gerade »Guten Morgen« sagen wollte. Er war so erbost darüber, dass er zu ihr rannte und sie anbrüllte, so laut er nur konnte.

Nun ja, sein Brüllen war mehr wie das Husten eines Wellensittichs.

Vielleicht so lautstark wie das Knurren eines Zwerghamsters.

Aber ein richtiges Löwenbrüllen? Nein, das war es nicht.

Alle lachten ihn aus! Und der kleine Löwe rannte aus lauter Scham darüber, dass er nicht richtig brüllen konnte, hinunter zum Fluss und tauchte seinen Kopf ins Wasser, damit niemand seine Tränen sehen konnte.

Nach einer Weile – er sah unter Wasser kaum etwas – hatte er das Gefühl, als würde ein Fisch an seiner Nase knabbern. Erschrocken tauchte er auf und seine erste Frage war:

»Mama, Mama, wann kann ich endlich so wie Papa brüllen?«

»Oh Kamar, mein lieber Schatz, sobald du größer bist. Das weißt du doch.«

Mama wollte den kleinen Löwen halten und in den Arm nehmen, aber er wand sich aus ihrer Umklammerung. So schnell, dass er rückwärts taumelte, auf dem glitschigen Stein ausrutschte und Hals über Kopf ins Wasser fiel. Und untertauchte.

Eilig versuchte Kamar, wieder ans Seeufer zu kommen, glitt aber mehrmals an der schmierigen Böschung aus und war immer nur halb auf dem Ufer und halb im Wasser, bevor er es wirklich schaffte, wieder an Land zu kommen.

Das Gelächter der anderen begleitete ihn, als er vollkommen durchnässt mit hängendem Kopf wieder zurück ins Lager trottete. Fort war seine Freude, vorbei war seine gute Laune, dahin war dieser Tag.

Er bewegte sich die ganze Zeit kein Stück mehr von der Stelle, redete kein einziges Wort mit den anderen, aß nichts und wollte einfach nur seine Ruhe haben.

Der nächste Tag brach an. Und auch als die Sonne von Neuem ihre Strahlen auf die Erde schickte, stand er nicht auf. Zwei Tage lang sprach er kein Wort, redete mit niemandem. Obwohl ihn das selbst unglaublich traurig machte, war es der alleinig richtige Weg. Das dachte er jedenfalls.

In der zweiten Nacht, als die Sterne heller und schöner funkelten als je zuvor, fasste er einen weitreichenden Entschluss. Er wollte mutterseelenallein sein und nichts mehr zu schaffen haben mit den anderen. Er beabsichtigte, die Welt kennenzulernen, und wollte einfach mal weg von zu Hause!

In der Dunkelheit stand er ganz leise auf und schlich sich zum Baumstumpf, wo Mama und Papa schliefen. Im Stumpf versteckt war ein Beutel mit Geld und Edelsteinen.

Der kleine Löwe griff hinein, nahm vier Löwentaler aus dem kleinen Sack und steckte diese geräuschlos in eine kleine Ledertasche, welche er versteckt unter seinem Fell trug.

Er schaute lange auf seine friedlich schlafende Mutter, bevor er sie auf die Wange küsste und ging, ohne sich nochmals umzudrehen.

Er nahm nicht wie sonst den Weg über die Straße, sondern die Abkürzung quer über die Wiese. Unbewusst folgte er dem Mondlicht, das einen hellen Streifen auf das hohe Gras legte. Wie eine Spur, wie eine Fährte, von der er magisch angezogen wurde. Kamar war mit sich selbst so beschäftigt und innerlich so aufgeregt, dass er keine einzige Sekunde Zeit hatte, sich mit der Angst auseinanderzusetzen.

Justin

»Küp, wie viele Euros sind ein Löwentaler?«, fragte Kai dazwischen.

»Oh, gute Frage. Ein solcher Taler ist mindestens so groß wie deine Hand und ich schätze, dass einer über 10.000 Euro wert ist.«

»10.000 Euro! Dann sind die Löwen aber sehr reich, Küp.«

»Oh ja, darum nennt man sie auch die Könige der Tiere. Und da Könige bei uns auch sehr reich sind, ist es bei den Tieren ähnlich.«

»Welche Tiere sind denn die ärmsten?«, fragte Lea.

»Das ist schwer zu sagen, denn die Tiere können nicht ernsthaft etwas anfangen mit dem Geld, und so ist es mehr symbolisch zu verstehen. Arm sind eigentlich nur Lebewesen, die wenig zu essen haben.«

»Ich bekomme Hunger«, schrie Kai, und als Tim sagte, dass er auch noch Appetit hätte, schaute mich Adolf mit seinen großen Katzenaugen an.

Margret besaß zum Glück ein regelrechtes Arsenal an Katzenfutter. Die Vielfalt war ungeheuerlich. Von Lachs, Hühnchen, Seehecht über Rind und vielem mehr war bestimmt alles dabei, was die Katzenseele und auch den Katzenmagen glücklich machte.

Für die Kinder war es gleichfalls erfreulich, dass sich im Kühlschrank noch Schokoladenkuchen befand.

Nach erneutem Zähneputzen und Gesichtwaschen kuschelten sich alle vier wieder unter die Decke und hörten weiter gespannt zu.

Ich mochte diese Abende wirklich sehr. Ich liebte meine Nichte und meine zwei Neffen, und obwohl ich keine eigenen Kinder hatte, war ich gleichwohl ein Familienmensch.

Das Kinderzimmer war übersät mit Bildern und Fotos an den Wänden. Jedes auch noch so kleine Ereignis wurde verewigt. Und so hingen unzählige Urkunden, Urlaubsbilder, Sport- und Fußballfotos inmitten von zwei riesigen Plakaten von Shrek und Justin Bieber. Für mich war zwischen den Postern kein großer Unterschied zu erkennen und sie sagten faktisch das Gleiche für mich aus. Ich sagte zu Lea, dass die beide Brüder sein könnten, beide hätten Farbe im Gesicht und grinsten fröhlich von der Wand herab. Lea jedoch fand das weder lustig, noch wollte sie mir zustimmen. Sie war Deutschlands größter Justin-Bieber-Fan und konnte sich einfach kein bisschen vorstellen, dass es Menschen gab, die seine Lieder nicht mochten und ihn alles andere als unendlich cool fanden.

Vor wenigen Wochen hatte sie mich vollkommen aufgeregt angerufen und hastig ins Telefon gestottert:

»Küp, Küp, stell dir vor, Justin ist mein Freund!«

»Justin? Der Pizzajunge?«, hatte ich argwöhnisch gefragt.

»Nein«, schrie sie freudig. »Justin Bieber!«

»Ah, der Schauspieler!«

»Nein, der Sänger!«, kreischte sie und ihre Stimme überschlug sich. Nach einigem Hin und Her wurde mir dann klar, dass sie eine Internetfreundschaft meinte und sie nun eine der Millionen Freundinnen von Justin Bieber, dem Sänger, war. ›Die Kleinen von heute sind doch auf die eine oder andere Weise sehr genügsam‹, dachte ich mir.

Wobei es mir, um ganz ehrlich zu sein, nicht sonderlich besser ergangen war. Tarkan, der Popsänger, wurde zwar in Deutschland geboren, wuchs jedoch größtenteils in unserer Nachbarstadt Rize auf. Und so ergab es sich, dass ich als Kind eine seiner ganz frühen und kleineren Aufführungen besuchen konnte. Gut, es ereignete sich mehr unabsichtlich als geplant. Denn ich war mit meinem Opa in der Stadt und Tarkans Band spielte an jenem Nachmittag zufällig im Park. Und ich kam eben noch rechtzeitig, um mich in der Schlange anzustellen. Okay, ich wusste zu dem Zeitpunkt weder, wieso ich mich anstellte, noch, dass gerade ein Konzert stattfand. Tarkan aber war mir schon ein Begriff und so freute ich mich, dass ich eine Unterschrift auf einer Pommestüte bekam. Diese Tüte schmückte dann zeitlebens die Wand in meinem Kinderzimmer und war mein größter Stolz. Zum Leidwesen meiner Oma, weil ihrer Meinung nach das Zimmer stark nach dem Pommes-Fett roch. So konnte ich Lea vermutlich mehr verstehen, als ich zugeben wollte.

Schmetterling

Kamar lief immer der Nase nach, über Felder und Hügel, über Straßen und durch Bäche, quer über die Wiesen und gerade durch die Wälder. Die Sonne stand hoch am Himmel und es war ein wirklich schöner Tag. Der kleine Löwe begegnete vielen Tieren, welche ihn auch immer freundlich grüßten. Kamar jedoch war so sehr mit sich und dem Laufen beschäftigt, dass er weder Zeit fand, mit den anderen Tierchen zu sprechen, noch darauf achtete, wo er eigentlich war oder wohin er ging.

Lange schon hatte der kleine Löwe die Grenze des Bekannten überschritten und jeder einzelne Schritt war somit Neuland für ihn.

Als die Nacht hereinbrach, suchte sich Kamar ein Lager am Fluss, und bei genauerer Betrachtung sah dieses fast so aus wie zu Hause.

Nein, Angst hatte er während der ganzen Reise nicht ein einziges Mal.

Er war der König der Tiere, er hatte keine Feinde in seinem Land und tatsächlich waren alle immerzu sehr freundlich in der ganzen Gegend.

Alle lebten hilfsbereit miteinander und hatten schon lange erkannt, dass bei guter Einteilung für jeden mehr als genug von allem vorhanden war.

Im ganzen Land gab es keinen Streit, keinen Neid, es war alles sehr harmonisch – überall!

Kamar schlug fröhlich und in bester Laune sein Lager auf. Und weil es ihm hier auf Anhieb ausgesprochen gut gefiel, weilte er mehrere Tage dort, einsam und allein.

Er schlief mal in der Sonne, mal am Fluss, mal unter einem Baum.

So, wie es ihm gerade passte. Er musste niemanden fragen und auf niemanden Acht geben. Der kleine Löwe fühlte sich so richtig frei und unbeschwert. Er war glücklich!

Nach einer guten Woche hatte Kamar dann genug vom Alleinsein.

Auch sah er ein, dass die anderen Mitglieder seiner Familie nicht wirklich böse zu ihm gewesen waren und er an ihrer Stelle wahrscheinlich ebenso gelacht hätte.

Also schloss er Frieden mit sich und der Welt und natürlich mit der Familie und brach zum Heimweg auf. Er lief einfach den Weg, den er gekommen war, wieder zurück.

Da es nur einen Tagesmarsch gedauert hatte, um hierherzukommen, war er sich sehr sicher, schon am Abend wieder zu Hause zu sein.

Doch der kleine Löwe täuschte sich. Denn als die Sonne im Westen unterging, war weit und breit nichts zu sehen, was ihn an sein Zuhause erinnert hätte.

Schlimmer noch: Er war sich sicher, dass er bislang noch nie in dieser Gegend gewesen war.

Kamar lief zurück zur letzten Weggabelung, aber auch hier war nichts Bekanntes für ihn zu erkennen.

»Wieso bin ich nur über die Wiesen gelaufen und habe den Weg verlassen?«, sagte er zu sich selbst und suchte für das Nachtlager ein wenig Schutz unter einem großen Baum.

Am folgenden Tag nahm der kleine Löwe die Suche nach dem richtigen Weg erneut in Angriff. Er schritt weit und schnell aus, pausenlos auf der Suche nach etwas, das ihn an zu Hause oder die Reise erinnerte. So verging Stunde um Stunde, Kamar lief in der prallen Sonne und wurde immer schwächer und schwächer. Er hatte Hunger und Durst und wollte nicht mehr weiterlaufen. Auf einmal sah Kamar eine Stelle, an die er sich definitiv erinnern konnte. Er mobilisierte seine letzten Kräfte und rannte auf die Wegbiegung zu, die er ganz zweifellos kannte. Dort angekommen, sah er völlig verwundert genau den großen Baum, von welchem aus er heute Morgen gestartet war.

Jetzt hatte Kamar die Gewissheit: Er hatte sich verlaufen!

Der kleine Löwe setzte sich unter den Baum und begann zu heulen. Erst überaus leise, dann etwas lauter, bis es ein derartiges Schluchzen war, dass die anderen Tiere im Wald aufmerksam auf ihn wurden.

Zuerst die Käfer, dann die Vögel, die Rehe, der Fuchs, die Hasen – alle horchten sie auf und folgten dem Flehen.

Sogar ein süßer gelber Schmetterling, der fernab über die Felder flog, war hypnotisiert von dem Weinen, sodass er den Klängen nachging und immer tiefer in den Wald flog. Der von den Lauten faszinierte Schmetterling begab sich auf die Suche nach dem Ursprung des Geräusches.

An der Quelle angekommen, bot sich ihm ein lustiges Schauspiel: Sämtliche Tiere des Waldes standen in einem Kreis um ein heulendes und schluchzendes ärmliches Fellknäuel und schauten gespannt auf die Szenerie.

Nach einigen Minuten packte den Schmetterling das Mitleid.

Er flog direkt auf das kleine Felltier zu und setzte sich so, dass er in sein großes, zotteliges Ohr flüstern konnte.

»Hallo«, wisperte der Schmetterling leise.

Der Löwe jedoch reagierte nicht und heulte weiter in die schon nassen Pfoten hinein.

»Hallo«, sagte er nochmals etwas lauter.

Immer noch keine Reaktion!

Der Schmetterling steigerte die Lautstärke aber- und abermals, doch so laut er auch schrie, blieben alle seine Versuche, die Aufmerksamkeit des Löwen zu erhalten, erfolglos.

Nun holte er richtig tief Luft, hob das haarige Ohr an und brüllte, so fest er nur konnte, direkt in den Gehörgang des Löwen hinein!

Dieser, immer noch in sein Heulen gebettet, erschrak so fürchterlich, dass er wie von einer Schlange gebissen hochfuhr, sich blitzartig drehte und aus Leibeskräften brüllte. Und he, das war ein echt furchterregendes, lautes Löwenbrüllen!

Alle Tiere bekamen es mit der Angst zu tun und flohen, so schnell sie konnten, durch den Wald zurück in ihre Nester und Höhlen, aus denen sie gekrochen waren.

Sogar der Löwe selbst erschrak, weil es doch sein erstes richtiges Brüllen war.

Den Schmetterling, der senkrecht in der Luft flatterte, traf die Schallwelle des Brüllens frontal auf den fragilen Körper und direkt ins Gesicht.

Die Druckwelle war derart kräftig, dass er augenblicklich das Bewusstsein verlor und seine Flügel anlegte. Der Schmetterling fiel leblos wie ein welkes Blatt dem Boden entgegen.

In dieser Sekunde war es so still im Wald, dass man selbst das Aufschlagen des Schmetterlings auf dem Erdreich hören konnte. Ausgebreitet wie ein kleiner gelber Teppich blieb er regungslos mit dem Rücken auf dem kalten Waldboden liegen.

Kamar war wie erstarrt. Zum einen hatte er zum ersten Mal gebrüllt wie ein echter Löwe, zum anderen war er mit der Situation und dem ohnmächtigen Schmetterling etwas überfordert.

Der kleine Löwe betrachtete das gelbe Insekt und war auf der Stelle fasziniert von der Schönheit des filigranen Tierchens.

Er ging ganz leise und langsam auf den Sechsfüßer zu und senkte seinen Kopf tief, um an dem winzigen Falter zu schnuppern. Der gelbe Fleck roch gar nicht nach Zitrone, wie er es vermutet hatte, sondern eher süß wie eine Rose.

Kamar inhalierte den feinen Duft so intensiv, dass die zierlichen, zarten Flügelchen leicht vibrierten. Plötzlich löste sich eine Träne aus Kamars verweinten Augen und tropfte direkt auf das wehrlose Fluginsekt. Dieses erwachte mit einem tiefen Atemzug und hustete sofort die geschluckte Träne wieder aus seinen winzigen Lungenflügeln.

»Es tut mir leid, das wollte ich nicht«, stotterte Kamar verlegen.

Der zerbrechliche Neuflügler, immer noch am Husten, versuchte hochzufliegen, doch die Tränenflüssigkeit durchnässte seine kleinen, zierlichen Flügel und er konnte sie nicht schwingen.

»Hallo. Schon gut«, hustete der Schmetterling und packte Kamar an der Nase, um sich daran hochzuziehen. Kamar, mit nun schielenden Augen, starrte verdutzt auf den lebendigen gelben Punkt auf seiner Nase.

»Wie heißt du, Zotteltier?«, fragte die freche Zitrone.
»Kamar! Wie der Mond. Und du?«
»Sun! Wie die Sonne«, lachte der jetzt schon wieder fröhliche und bewegliche Sommervogel.

›Englische Sonne – arabischer Mond‹, dachten beide, als ihre Blicke einander zum ersten Mal bewusst trafen und sie für einen Augenblick so verharrten.

Maria

Das war zu viel für den Kater: Ein kleiner, frecher Schmetterling machte sich lustig über sein Vorbild, den Löwen. Fluchtartig verließ er das Kinderzimmer und miaute laut, um sein Missfallen nochmals auszudrücken.

Die Kinder, bereits etwas schläfrig, verfolgten ohne Protest, wie ich sie zudeckte, küsste und das Licht ausschaltete.

»Gute Nacht, ihr Kleinen, schlaft fein und träumt süß.«

Ich ließ die Tür einen Spaltbreit offen, damit ein wenig Helligkeit ins Kinderzimmer drang, und machte es mir auf der Couch gemütlich.

Ich schaltete den Fernseher ein – Kindersicherung!

Welch ein verrückter Tag!

Nach Aufstehen, Zähneputzen, Waschen, Frühstück, Einkaufen, Essen im Fast-Food-Restaurant, Nachhausekommen, Pferdereiten, Karten- und Computerspielen, Video schauen, Waschen und Zähneputzen hatte das Tageslicht die Stadt bereits verlassen.

Und alles wirkte genauso dunkel und frostig wie tags zuvor.

Gut, ich mochte den Winter nicht und ich mochte die Kälte nicht, obwohl es in Berlin im Winter viel weniger Schnee gab als in Trabzon in den Bergen, wo ich herkam. Aber ich hatte die Minusgrade zu Hause auch schon nicht gemocht.

Das Handy klingelte. Die Vorahnung, dass es sich definitiv nur um meine Freundin Maria handeln konnte, bestätigte sich. Sie nervte mich schon den ganzen Tag mit Nachrichten. Und das, obwohl ich ihr gesagt hatte, dass ich das komplette Wochenende mit den Kindern unterwegs sein würde und keine Zeit zum Simsen hätte. Aber irgendwie wollte sie das nicht wahrhaben. Ihr Tagesinhalt bestand darin, in jeder freien Sekunde irgendjemandem irgendetwas zu schreiben. So textete sie mich wie ein knallharter Boxer durch den Ring, bis ich in der Ecke stand und sie zum KO-Schlag ausholte und mich dann doch noch anrief, um sich zu erkundigen, wo ich denn steckte.

WhatsApp hieß diese neue Plage. Hier wurden vorzugsweise schwarze, furzende Katzen oder sonstige sinnfreie Belustigungen vom einen Ende des Erdballs ans andere geschickt und wieder zurück. Der ganze Planet mutierte dann spontan zu einer gemeinsamen Lachsalve! Als Belohnung bekam man Minuten später ein furzendes Pferd, dann einen Hund und abermals eine Katze zurück, die dieses Mal aber nicht schwarz, sondern weiß war. Menschen wie Maria kommunizierten sich zu Tode, ohne auch nur einen vernünftigen Satz zu schreiben. Und das sogar mit Abitur!

Blieb etwas Zeit, veröffentlichte man dies sofort bei Facebook. Facebook war die Mutter der Seuchen im Internet, hier durfte schließlich jeder alles, wirklich alles, niederschreiben. Das nannte man dann zwar nicht mehr schreiben, sondern posten – was die Sache aber leider keine Spur besser machte. Es gab keinerlei Kontrolle, keine Schranken und keine Hindernisse, mal abgesehen vom

Alphabet. Gut, der Unsinn auf WhatsApp stammte vorwiegend von anonymen Witzbolden und nur der Übermittler war bekannt. Aber auf Facebook war der meistens ungewollte Witz fatalerweise ganz klar personalisiert und jeder konnte die Quelle des Wahnsinns und den Ursprung des Irrsinns sofort erkennen.

Fremdschämen bekam gelegentlich eine wirklich völlig neue, atemberaubende Dimension.

Ich für meinen Teil hatte Facebook schon gehasst, als ich noch klein war. Zwar hieß es damals noch Poesiealbum, trotzdem hatte ich mich bereits in Kindertagen erfolgreich gegen die Nachbarsmädchen gewehrt und nie auch nur ein Wort in ein solches Album geschrieben.

Zu den Verwandten in der Türkei Kontakt via Facebook zu halten, war der noch viel größere Schwachsinn. Ich schätzte meine Freiheit, jemanden zu treffen, wann immer ich wollte. Außerdem hatte ich wirklich Angst davor, dass mein Gehirn in den Redeflüssen im Netz irgendwann ertrank und keinen Sauerstoff mehr bekam!

Mehr noch, dass ich genauso in einer digitalen Welt erwachte und am Morgen als Erstes meine unzähligen sozialen Netzwerke checken musste, um up to date zu sein und herauszufinden, welche Farbe die furzende Katze denn heute hatte.

Aber zurück zu Maria. Sie war ohne Frage eine Vorzeige-Deutsche. Groß, blond, sehr hübsch, Bankangestellte, adrett, nett, gute Manieren, eine erstklassige Frau!

Für eine Deutsche hatte sie nur einen Schönheitsfehler, nämlich einen österreichischen Pass.

Ihr Vater war vor Jahren als Handelsdelegierter der österreichischen Regierung nach Berlin gezogen und die Familie folgte ihm innerhalb weniger Monate.

Nachdem Maria gigantisch eifersüchtig war und immer und überall eine Lüge witterte, kam ich nicht umhin, sie auch in die Wohnung meiner Schwester einzuladen. Eine halbe Stunde später stand sie dann vor der Tür. Selbstverständlich kannte sie die Kinder, sie war ja regelmäßig hier.

Ich liebte Maria! Ich liebte diese Frau von der ersten Sekunde an, mit all ihren Fehlern und Facetten. So waren ihre digitale Sucht und meine Abneigung gegen das Internet mehr ein Spiel zwischen uns. Hätte sie ein Buch verfasst und mich darin mit wenigen Worten beschrieben, dann hätte dies in etwa so geklungen:

›Küp wurde in einer dunklen Höhle in der Türkei geboren. Er wuchs ohne Strom am Rande der Zivilisation im tiefen Mittelalter auf. Trotz großer Anstrengungen seines Umfeldes findet er sich in der modernen Gesellschaft bis heute nicht zurecht. Und obwohl der kleine Küp schon in der Lage ist, ein mobiles Telefon zu benutzen, sehnt er sich immer noch nach der guten alten Zeit, als die Neandertaler vor ihrer Höhle mit den Fackeln wackelten.‹

So war das Leben von Maria und mir, im Spannungsfeld zwischen dem Internet und dem Neandertal, nie langweilig und immerzu belebend. Maria war mein Leben und mein Engel, der mich jeden Tag aufs Neue forderte und förderte.

Nach Küsschen hier, Küsschen da, Schokoladeneis essen, welches Maria trotz minus fünf Grad mitgebracht hatte, und nochmaligem Zähneputzen fanden wir uns alle wieder im Kinderzimmer ein.

Die Anzahl der freudigen Augen war dabei auf zehn angewachsen. Nach einer kurzen Zusammenfassung für Maria fragte Lea: »Findet Kamar jetzt wieder heim?«

Gut, eine etwas naive Frage, die ich am liebsten mit ›Nein, der Löwe stirbt und wird vom Schmetterling langsam aufgefressen‹ beantwortet hätte. Aber aus der Sicht eines neugierigen und wissbegierigen Kindes ergab die Frage schon Sinn, zumal in Lea mein Blut pulsierte und ich sie dafür liebte!

»Oh Mädchen«, sagte ich, »das werden wir womöglich heute Abend schon herausfinden.«

Kapitel 2 - Fluss

Eule

Sun saß immer noch etwas benommen auf der Nase von Kamar.

»Was machst du in dieser Gegend so ganz allein?«

»Ich habe mich verirrt und finde den Weg nach Hause nicht mehr.«

»Hm, verlaufen«, sagte sie und dachte: ›Ein Dummkopf, wusste ich es doch.‹

Nicht zuletzt, weil ihm der Löwe so leidtat, sagte der Falter nach kurzem Überlegen:

»Ich kenne eine Eule, sie ist meine Freundin und weiß wahrhaft alles. Ich kann dich zu ihr führen, wenn du willst. Sie wird dir bestimmt sagen, wie du deinen Weg nach Hause wiederfindest.«

Da lächelte der Löwe so breit und schön, als wolle er eine ganze Banane auf einmal verschlingen.

»Du würdest mich wirklich zu einer schlauen Eule bringen? Oh, das wäre unglaublich nett.«

Sun verdrehte ihre Augen. ›Wieso habe ich das nur gesagt?‹, ärgerte sie sich. ›Jetzt habe ich diesen Löwen am Hals.‹

»Gut«, stellte sie fest. »Ich werde aber nicht fliegen, weil meine Flügel noch nass sind von deinem Sabber.« Sie schaute Kamar vorwurfsvoll an und bemerkte schroff: »Wenn du mich trägst, dann bringe ich dich gerne zu ihr.«

»Das war kein Sabber« erwiderte Kamar. »Das war eine Träne von mir!«

›Eine Träne? Oh, wie romantisch, wie schön. Er weckt mich mit einer seiner Tränen. Was ist das süß!‹, dachte Sun, zischte aber:

»Eine Träne? Tränen sind auch nur Sabber. Augensabber!«

Sun kletterte über Kamars Gesicht und tappte mit voller Absicht mit ihrem linken Bein in sein rechtes Auge. Der kleine Löwe zuckte zusammen. Sun indes interessierte das nicht und sie ließ sich auf seinem Rücken nieder. ›Eine Träne, wie wunderschön‹, dachte sie nochmals und küsste ihren Flügel.

Kamar folgte, wenn auch halbherzig, den Anweisungen von Sun wie ein braves Hündchen. Der Schmetterling kommandierte ihn vom Löwenrücken aus: »Lauf hier links, rechts, geradeaus, da rauf, da runter, über die Wiese, die Felder, durch den Wald.«

Am späten Nachmittag, die Sonne blickte nur noch ganz schwach zwischen den Bäumen hindurch, sagte Sun, während sie ihre Flügel streichelte:

»Wir sind angekommen, Kamar. Du kannst dich jetzt ausruhen und niederlegen. Fanny, meine Freundin, wird erst gegen Mitternacht kommen, bis dahin ist sie tief in den Wäldern versteckt.«

Diesem Befehl folgte der kleine Löwe liebend gerne, denn er war richtig müde vom Laufen und Zuhören. Kamar ließ sich auf der Stelle nieder und schlief alsbald mit einem lauten Schnarchen ein.

Stunden später, der kleine Löwe schlummerte immer noch tief und fest, zupfte Sun an seinen Barthaaren. Sogleich wachte er auf.

»Fanny ist hier, Kamar!«

Der kleine Löwe erhob sich und wankte schläfrig zu der beeindruckend großen und alten Eiche, auf der Fanny, die Eule, wie eine mächtige Königin thronte.

»Was ist dein Begehr, kleiner Löwe?«, fragte sie ihn nett und doch beherrschend wie eine Monarchin, während sie Kamar von oben bis unten musterte.

»Ich habe mich verlaufen, liebe Eule, und ich weiß nicht mehr, wie ich nach Hause gelange. Kannst du mir den Weg weisen, welcher zu den Löwen führt?«

»Hm, hm, ja und nein« stockte Fanny. Sie legte ihren Kopf auf die Seite und erstarrte. Der kleine Löwe schaute sie mit großen Augen an und war verwundert über die Eule.

Sun zog Kamar zu sich und sagte: »Komm, ich zeige dir die Gegend. Fanny wird in der nächsten Stunde nachdenken und nicht ansprechbar sein.«

Beim Laufen fragte Kamar: »Machen das Eulen immer so? Sieht voll unheimlich aus, wenn sie so in sich gekehrt und starr ist.«

»Oh ja«, lachte der Schmetterling, »ich finde das auch jedes Mal aufs Neue voll gruselig.«

Nachdem Sun Kamar die wunderschöne Gegend gezeigt hatte, warteten die beiden gespannt auf das Erwachen der Eule.

Als dies dann endlich geschah, sprudelten die Worte auch schon wie ein Wasserfall aus dem sichtlich aufgedrehten Vogel heraus: »Kleiner Löwe, den genauen Weg kann ich dir nicht sagen, aber ich habe gehört, dass die Erde keine Scheibe ist, wie allseits vermutet wird, sondern rund wie eine Kugel. Die Welt sieht eher aus wie ein Apfel und hat die Form einer Orange.«

»Ein Apfel, eine Orange, eine Kugel?« Kamar verstand gar nichts.

»Oh ja, eine Kugel! Schau, wenn du nun immer geradeaus gehst«, Fanny machte eine kreisende Bewegung mit ihrem Flügel, »kommst du unwillkürlich an allen Orten vorbei und wieder zurück zum Ausgangspunkt.«

Der Löwe schien etwas verwirrt und fragte: »Für den Fall, dass das alles wahr ist, was passiert dann, wenn ich auf der unteren Hälfte der Kugel bin? Falle ich dann nicht runter?«

Die schlaue Eule machte ein ›Weiß ich doch auch nicht‹-Gesicht, sagte aber bestimmt:

»Oh nein, ich vermute nicht. Ich glaube, dass du dort problemlos laufen kannst. Jedoch, um ganz ehrlich zu sein, so genau weiß ich es auch nicht.«

Nach einer kurzen Denkpause fuhr sie fort: »Sun wird dich begleiten. Also wenn du doch runterfallen solltest, wird mein Schmetterling mir alles genau erzählen. Sie kann ja fliegen und folglich wird sie auf keinen Fall von der Erde herunterfallen. Somit ist alles gut.«

Kamar packte jetzt die Angst. Er wollte unter keinen Umständen von der Erde stürzen, und die Tatsache, dass der gelbe Schmetterling dies dann der Eule schildern würde, stimmte ihn kein bisschen glücklicher. Er war inzwischen verunsichert und verwirrt, als der Schmetterling auf einmal rief: »Was? Ich soll mitfliegen? Nein, das mache ich sicher nicht! Ich gehe auf gar keinen Fall mit auf diese Reise. Der Zottelbär muss allein klarkommen, ich spiele definitiv nicht sein Kindermädchen!«

Die Eule fixierte Sun und sah sie mit ihrem durchdringenden, scharfen Blick an.

»Du fliegst mit und wirst mir berichten, wie es unten auf der Kugel aussieht und ob man da auch laufen kann.«

»Oh nein, Fanny, bitte nicht, ich will nicht! Es kann doch der Specht mitfliegen oder ein anderer Vogel.«

»Keine Widerrede, Sun. Du bist ja in ein paar Tagen wieder da«, sagte Fanny entschieden.

›Bin ich echt in ein paar Tagen wieder hier? Hm, möglicherweise hat Fanny Recht. Und mit etwas Glück fällt der Löwe schon bald von der Erde herunter. Dann darf ich sofort umdrehen und bin bereits Ende der Woche wieder zurück‹, dachte der Schmetterling und willigte vergnügt ein, mitzugehen. Fanny war für Sun wie eine Mutter und beste Freundin zugleich. Es wäre ihr unmöglich gewesen, der Eule diesen Wunsch abzuschlagen.

»Gut, aber nur unter einer Bedingung: Der Löwe macht genau das, was ich ihm sage! Sonst gehe ich keinen einzigen Schritt mit ihm«, äußerte sich Sun und ließ ihren Blick über den Löwen schweifen.

Kamar schaute verdutzt, aber was blieb ihm schon übrig, als sich zu fügen und gute Miene zum bösen Spiel zu machen?

»Kein Problem, ich mag Sun sehr gerne und sie ist eine tolle Begleiterin.«

»Begleiterin? Ich bevorzuge Reiseführerin!«, schmunzelte Sun und zwinkerte Fanny dabei zu.

Gesagt – getan. Bereits bei Tagesanbruch waren die beiden marschbereit und auf dem Weg Richtung Süden. Kurz vor dem Gehen jedoch holte Fanny Kamar nochmals zu sich und gab ihm eine kleine Schachtel.

»Kamar, hier erhältst du drei Schokoperlen. Pass gut auf sie auf. Die Schokolade wurde aus den Früchten der großen Eiche der Träume hinter mir hergestellt.«

»Eiche der Träume?«, fragte Kamar aufgeregt.

»Ja, mit Hilfe dieser Perlen kannst du mich im Traum erreichen. Weißt du auf der Reise nicht mehr weiter oder sollte dich je eine Situation mit Sorge erfüllen, dann schlucke vor dem Einschlafen eine dieser Schokoperlen. Ich werde dir dann im Schlaf erscheinen und wir können uns in deinem Traum unterhalten. Geh aber sorgfältig damit um und nutze die Perlen nur, wenn du wirklich in Not bist!«

»Ich esse die Schokoperle vor dem Einschlafen und du erscheinst in meinem Traum und wir können dann reden?«, fragte Kamar nochmals, um sicherzugehen, dass er auch alles richtig verstanden hatte.

Die Eule nickte ihm zu, schloss ihre Augen und erstarrte.

Immer noch etwas skeptisch und verwirrt, bedankte sich Kamar, verabschiedete sich von Fanny und packte die Perlenschachtel in seine Ledertasche. Der kleine Löwe begab sich auf die Reise seines Lebens und folgte voller Neugier den Flügelspuren des Schmetterlings.

Kamar und Sun wussten nun, dass sie ein ehrgeiziges Unterfangen verband. Die beiden verstanden sich auf Anhieb sehr gut, auch wenn Sun Kamar dies alles andere als spüren ließ. Sie meckerte ständig an ihm herum und der kleine Löwe konnte ihr zu diesem Zeitpunkt nichts recht machen.

»Trödle nicht, geh zügiger, pass doch auf«, redete und nörgelte sie in einem fort.

Kamar, von Natur aus etwas ruhiger, hörte ihr geduldig zu, wie sie von zu Hause schwärmte, von ihren Freunden, von den Farben überall, von ihrem bunten Leben im Allgemeinen. Sie erzählte, dass in dem Tal, das ihre Heimat war, Tausende Schmetterlinge wohnten, sie jedoch von daheim weggegangen war, um eine Ausbildung zur Philosophin bei Fanny zu machen. Sun merkte an, dass die schlaue Eule wie eine Schwester und eine Lehrerin zugleich für sie war und dass Fanny es liebte, ihre Weisheit und ihr Wissen an Sun weiterzugeben.

Kamar trottete brav hinter ihr her, hörte ihr aufmerksam zu und folgte ihr willenlos.

Als die beiden zu der Wegbiegung in dem Forst kamen, weilte ein Frettchen am Wegrand. Es hatte einen kleinen Stand aufgebaut.

»Was handelst du da am Wegesrand?«, fuhr Sun es an.

»Ich verkaufe Luft«, sagte das Frettchen freundlich.

»Luft? Wie kann man denn Luft verkaufen?«, fragte der Schmetterling neugierig das Tierchen.

»In solchen durchsichtigen Säcken!« Es hob einen von dem Tisch auf und zeigte ihn den beiden.

»Welcher Idiot kauft denn Luft? An dieser Stelle ist überall Luft. Die muss man nicht kaufen, die kann man einfach so mitnehmen! Geh nach Hause, kleines Frettchen! Niemand, der vernünftig ist und nur einen Funken Verstand hat, wird dir hier einen Sack Luft abkaufen«, lachte Sun und wollte schon wieder weiterfliegen.

Aber da sagte Kamar plötzlich: »Ich kaufe ein Säckchen.« Er hielt dem süßen Tierlein einen Löwentaler entgegen.

Das Frettchen nahm geschwind das Geld und gab dem kleinen Löwen die durchsichtige Hülle mit der Luft. Dann meinte es: »Eine sehr weise Entscheidung, mein Herr. Die Luft wird Ihnen noch lieb und teuer sein.«

Bevor Kamar alles in seiner Tasche verstauen konnte, hörte er Sun fauchen. »Spinnst du?«, sagte sie und sah ihn mit weit aufgerissenen Augen an. »Du hast eben für einen ganzen Löwentaler Luft gekauft.«

Sun drehte sich beim Fliegen wie ein Propeller im Kreis und plärrte Kamar an: »He, du bist so was von dumm! Gib sofort diesen Sack zurück und hol dir dein Geld wieder.«

Kamar schaute traurig drein und sagte: »Das Frettchen hat aber gesagt, dass es eine gute Entscheidung war.«

»Das Frettchen will dir nur etwas verkaufen, natürlich muss es das sagen«, tobte Sun und ließ sich immer noch nicht beruhigen.

»Gib es sofort zurück, du Blödmann!«, prustete der bereits hochrote Schmetterling.

Kamar, inzwischen sehr beeindruckt von dem wütenden Insekt, hatte ein Einsehen und war unterdessen auch zu der Überzeugung gelangt, den Kauf rückgängig machen zu wollen. Als er sich jedoch umdrehte, war das Frettchen schon verschwunden und Kamar konnte es nirgends mehr erblicken.

»Pah, du bist so ein Dummkopf!« Sun kochte vor Wut und flog weiter.

Kamar trottete ihr wieder hinterher. Die Luft zu kaufen war vielleicht wirklich nicht schlau gewesen, aber es hatte auch etwas Gutes: Sun hielt für drei Stunden ihren Schnabel – auch wenn Schmetterlinge zugegeben keinen Schnabel besaßen – und Kamar genoss die selige Ruhe. Bis tief in den Abend sprachen die beiden fast kein Wort, und so schliefen sie sehr früh und friedlich in der Dunkelheit ein.

Der nächste Tag war noch nicht richtig erwacht, da surrte Sun schon wieder wie eine kleine Biene um Kamars Kopf. »Wach auf! Aufwachen! Komm, aufstehen, wir müssen weiter.«

Der kleine Löwe, noch in seinem Traum gefangen, sah nur einen kleinen gelben, hüpfenden Tupfen, als er seine Augen öffnete. Der kleine Punkt boxte ihm immerzu auf die Nase, was zwar keine Schmerzen verursachte, aber Kamar zu verstehen gab, dass Widerstand nun zwecklos war und er aufstehen musste. Und so erreichten die beiden bereits vor dem ersten Sonnenstrahl den Weg.

Der Pfad war noch feucht vom Morgentau und verlief zunehmend steiler quer durch einen Wald.

An einem großen Baum, einer alten, großen, mächtigen Fichte, stand ein kleiner Biber mit einem auffallend langen Schwanz.

»Was tust du hier so früh am Tag und allein im Wald?«, fragte Sun.

»Ich verkaufe Holz«, antwortete der Biber freundlich.

»Holz? Wie willst du denn Holz verkaufen?«, spottete Sun.

»Als kleine, handliche Äste«, erklärte das strahlende Tierchen und zeigte den beiden ein Stück davon.

»Holz? Äste? Die liegen hier doch überall rum, man muss sie nur aufheben. Niemand wird dir hier auch nur ein Stückchen Holz abkaufen, mein Freund! Geh lieber nach Hause und schlaf dich aus!«, befahl Sun in einem mitleidigen Ton.

»Ich nehme ein Stück«, verkündete Kamar und hielt dem Biber einen Löwentaler entgegen.

Das Tierlein reichte dem kleinen Löwen einen kurzen Ast und nahm rasch das Geld, sagte noch kurz: »Eine sehr weise Entscheidung, mein Herr. Das Holz wird Ihnen noch lieb und teuer sein.« Schon war er im Wald verschwunden. Sun war derart perplex, dass sie keine Silbe rausbrachte. Sie flog lediglich hektisch mit offenem Mund wie eine tollwütige Mücke umher.

»Was in aller Welt ist in dich gefahren? Du hast eben Holz gekauft, welches du hier überall auflesen kannst. Du bist völlig verrückt!« Sun war außer sich und schimpfte mit dem Löwen, dessen Ohren bereits tief in sein Gesicht hingen, als er kleinlaut bemerkte: »Der Biber hat aber gesagt, dass mir das Holz noch wichtig und teuer sein wird.«

Sun verdrehte genervt ihre Augen und flog wortlos weiter.

Kamar trottete ihr – wie immer – hinterher und hatte ein etwas schlechtes Gewissen. Dennoch genoss er die eingekehrte, fast schon gespenstische Ruhe.

Der Weg, dem sie folgten, war wunderschön, führte direkt entlang des Baches, mal durch den Wald, mal über das Feld. Gelegentlich hingen die Äste der Bäume so tief in den Pfad und auf den Boden, dass sich ein Tunnel aus den Ästen und den grünen Blättern formte, durch welchen sie schritten. Es war herrlich.

Später am Tag, als der Weg schon etwas steiler wurde, breiteten die zwei ihr Nachtlager dicht am Fluss aus. Das fließende Gewässer wirkte in der Ausbuchtung eher ruhig, wie ein heranwachsender See. Beide genossen es sichtlich, an dem Wasser zu sitzen und den Wind in den Bäumen zu beobachten und zu sehen, wie die Fische in dem Trinkwasser kleine Wellen schlugen. Aber der Abend und das Einschlafen verliefen wie vortags äußerst still und die Unterhaltung wurde auf ein notwendiges Minimum beschränkt.

Kamar war sonderlich unruhig in dieser Nacht, wälzte sich von einer Seite zur anderen, und Sun glaubte zu hören, wie er im Schlaf sprach. Sie konnte deswegen nicht einschlafen und lag lange wach, bevor sie endlich zur Ruhe kam.

Als der Schmetterling am nächsten Morgen außergewöhnlich spät erwachte, hörte er ein leises Wimmern und Weinen.

Er folgte dem Summen und entdeckte den kleinen Löwen, wie er, seinen Kopf gesenkt, in den winzigen See starrte und heulte.

»Was hast du denn?«, fragte Sun.

Kamar hob sein Köpfchen, schluchzte tief in seine haarigen Pratzen hinein und weinte.

»Du magst mich nicht. Du bist böse auf mich. Du findest mich doof. Und ich bin alles andere als schön! Ich bin so hässlich!«

Sun verschlug es die Sprache.

»Du? Hässlich? Wie töricht ist denn dieser Gedanke?! Du bist wunderschön, mein Löwe!«

»Nein!«, schrie Kamar auf. »Ich habe so viele Haare im Gesicht und eine riesengroße Nase. Und man kann meine Zähne sehen, obwohl ich den Mund zuhabe.« Er schloss seine Schnauze und zeigte Sun die hervorstehenden Zacken. »Ich habe lange Barthaare und Krallen an den Füßen und besitze einen endlos langen, haarigen Schwanz, der immer auf dem dreckigen Boden liegt. Ich bin so hässlich! Ich hasse mich und ich finde es widerwärtig, wie ich bin! Ich verabscheue alles an mir!«

Sun wusste nicht, ob sie jetzt laut lachen oder den Löwen tatsächlich trösten sollte.

Aber es gab keinen Grund, ihn zu trösten. Der kleine Löwe war bildschön!

So setzte sie sich eng neben ihn und flüsterte ihm ins Ohr: »Kamar, du bist wunderschön! Ich habe mein ganzes Leben lang nie etwas gesehen, das so schön ist wie du! Dich muss Gott persönlich gemacht haben, um den Engeln zu zeigen, was wahre Schönheit ist!«

Dann legte sich Sun sanft auf Kamars Rücken und das Weinen wurde allmählich leiser.

Sun hinterfragte ihr bisheriges Verhalten gegenüber dem kleinen Löwen. Sie mochte ihn doch eigentlich sehr, und so beschloss sie, zumindest einen gesamten Tag nur nett zu ihm zu sein. Komme, was wolle, sie würde nicht ein böses Wort an ihn richten.

Später, als die beiden ihre Reise wieder aufgenommen hatten, erwähnte Sun, dass sie glaubte, nur noch ein Bergrücken würde zwischen ihnen und der Wüste liegen. Und dass sie selbst nie weiter geflogen war als bis hierher.

›Vermutlich befindet sich das Ende der Wüste schon auf der unteren Seite der Kugel‹, dachte Kamar mit einem mulmigen Gefühl. Er trug nach wie vor die Sorge in sich, dass er einfach vollkommen unerwartet von der Erde herunterfallen würde, in das dunkle Weltall, den Sternen entgegen.

Die beiden verstanden einander sehr gut an diesem Tag und Kamar plauderte von zu Hause, von seiner Schwester Mira, von Mutter und Vater und wirklich von allem, was ihn bewegte.

Er erzählte, wie sehr er sich darüber freute, dass er endlich schreien konnte wie ein richtiger Löwe. Schnell fügte er aber auch hinzu, dass er es sehr bedauerte, dass dies gerade dann passiert war, als Sun vor seinem Mund herumgeflogen war. Er glaubte nach wie vor, dass ein Löwe, der nicht brüllen konnte, einfach kein richtiger Löwe war.

»Kannst du mir das bitte auch beibringen?«, bettelte Sun.
»Das Brüllen?«, hinterfragte der kleine Löwe ungläubig. »Oh nein, das wird nicht funktionieren, Sun. Das wäre ja, als würde ich dich bitten, mir das Fliegen beizubringen«, lachte Kamar herzhaft und das Echo schallte den Weg entlang.

Nach einer kurzen Weile, die er in Gedanken versunken gewesen war, sagte der Schmetterling: »Dir das Fliegen zu lehren? Das würde wohl gehen, Kamar. Wenn du es wirklich willst und dich bemühst, dann kann ich dir das Fliegen beibringen!«

Kamar, der Sun schon ein wenig kannte, glaubte natürlich, dass der Schmetterling wieder mit ihm scherzte, und konterte keck mit einem breiten Lächeln im Gesicht: »Gut, dann bringe ich dir das Brüllen bei und du unterrichtest mich im Fliegen.«

»Abgemacht«, sagte Sun kühl und ernst und ließ den nun vollkommen verwirrten Löwen mitten auf dem Weg stehen.

Kamar war für den Moment maßlos überfordert mit dem, was Sun sagte. Konnte sie ihm wirklich das Fliegen beibringen? Er hatte noch nie einen fliegenden Löwen gesehen oder von einem gehört. Also war es eigentlich ausgeschlossen! Der Schmetterling hatte sich definitiv nur einen Spaß mit ihm erlaubt.

»Das glaubst du natürlich nicht ernsthaft!«, rief Kamar, als er trabend wie ein Pferd den Schmetterling einholte.
»Oh doch, mein Löwe, das ist mein voller Ernst. So schwer ist das Fliegen bei Weitem nicht. Und wie gesagt: Wenn du es wirklich willst, dann wirst du es auch schaffen!«

Die nächsten Stunden war Kamar vollkommen mit sich selbst und mit der Aussage von Sun über das Fliegen beschäftigt. Er war nachdenklich und still.
Hielt der gelbe Punkt das tatsächlich für möglich? Es gab zwar viele verschiedene Tiere, die fliegen konnten, aber alle, die er kannte, hatten eines gemeinsam: Sie besaßen Flügel. Er dachte immerzu daran, ob der Schmetterling dies wirklich ernst meinte, und er hätte sich ohne Frage noch länger damit beschäftigt, hätte nicht am Ende einer schmalen Brücke über den Fluss eine kleine Ente gestanden.

»Was machst du da, ganz allein im Wald?«, fragte Sun.
»Ich verkaufe Wasser«, schnatterte das Entlein.
»Wasser? Wie willst du denn Wasser verkaufen?«, lachte Sun.

»In kleinen Flaschen«, sagte das Tierchen und hob ein Gefäß in die Luft.

»Wasser? Hier am Fluss? Kamar, hast du die Ente gesehen? An dieser Stelle gibt es überall Unmengen von Trinkwasser. Kleines Entlein, schau, dass du wieder nach Hause kommst, bevor es dunkel wird. Niemand wird dir hier auch nur einen Schluck abkaufen«, spottete Sun.

»Ich nehme eine Flasche«, verkündete der Löwe und reichte der süßen Ente einen Löwentaler.

Diese nahm geschwind das Goldstück an sich, gab Kamar die Flasche und sagte: »Eine sehr weise Entscheidung, mein Herr. Das Wasser wird Ihnen noch lieb und teuer sein.«

Kamar nahm die Flasche eilig an sich und verstaute diese in seinem Lederbeutel.

Sun bebte innerlich, ihr Kopf wurde erst rot, dann blau, dann grün. Gerade als sie losschreien wollte, erinnerte sie sich an ihren Schwur. Sie hatte sich geschworen, heute nicht böse zu dem kleinen Löwen zu sein. Also verlor sie kein einziges Wort über den für sie total sinnlosen Kauf.

Entgegen ihrer Natur schluckte sie alles, was sie sagen wollte, runter und flog verärgert, aber still weiter den wunderschönen Weg entlang.

Der ruhige Fluss entpuppte sich an dieser Stelle als reißender Gebirgsbach und nicht überall konnte man diesen über eine Brücke queren. Kamar hatte zwar großen Respekt vor Wasser, schritt aber meist sehr geschickt und gekonnt über jedes Hindernis.

Er hüpfte von Stein zu Stein, wenn er keinen Baum oder ausladenden Ast finden konnte, der über den Fluss ragte.

Sun jedoch hatte mit ansteigender Höhe Mühe, ihre kleinen Flügel zu schwingen und ihren zarten Körper in der Luft zu halten. Da es stets kälter wurde und die Luft zunehmend dünner, musste sie ihre Flügel fast doppelt so schnell schlagen wie im Tal. Nach drei Stunden, in denen sie immer steiler bergauf gestiegen waren, konnte der Schmetterling einfach nicht mehr und war den Tränen nahe. Nie zuvor hatte er sich so verausgaben müssen, noch nie war er so lange und vor allem in einer solchen Höhe geflogen.

Für den Schmetterling war es vollkommen unmöglich, weiterzufliegen. Seine Flügel schmerzten so sehr, dass er sich wie ein Reiter auf dem Rücken des kleinen Löwen niederließ, um sich etwas auszuruhen. Sun war so froh und glücklich, dass Kamar an ihrer Seite war. Sie begann langsam, den kleinen Löwen wirklich zu schätzen, und fand ihn zunehmend netter und lieber.

Der kleine Löwe war nicht außer Atem, er nahm jede Abkürzung, lief stetig den steilen Bergweg hoch und hatte weder Not mit den Steigungen noch mit der dünner werdenden Luft.
Auch fiel ihm das Gewicht von Sun auf seinem Rücken in keinster Weise auf, wenn man überhaupt von Gewicht sprechen konnte.

Kurz nach Einbruch der Dämmerung erreichten sie eine weitläufige Lichtung auf dem Pass und Kamar ließ sich, nun doch erschöpft, in das hohe Gras fallen.
Sun bereitete das Atmen immer noch Beschwerden und sie hatte sich noch nicht ganz von den Anstrengungen zuvor

erholt. Sie breitete sich, völlig am Ende, wie eine kleine Decke auf Kamars weichem Fell aus. Kamar und Sun fühlten sich so geborgen und behütet für den Moment, den sie sichtlich genossen.

Stunden später, als der Mond schon lange hoch über den Bergen stand, erwachten die beiden, teils wegen dem Plätschern des nahen Bergflusses, teils wegen dem Treiben der scheuen Waldtiere, die in der Nacht aktiv wurden.

Atemlos und tief beeindruckt betrachteten sie die Landschaft. Sie lagen hoch über dem Tal und das helle Mondlicht glitzerte wie die strahlende Sonne in den Schneefeldern auf den Bergen, die so nah schienen, als könnte man sie greifen.

Die beiden waren stumm vor Begeisterung, noch nie hatten sie etwas so Wunderschönes und Faszinierendes gesehen.

Sun schlug ihre Flügel um Kamars Gesicht, und der kleine Löwe verschwand vollkommen unter den gelben, samtenen Gliedern. Der Schmetterling küsste den kleinen Löwen zum ersten Mal auf die Wange, um sich bei ihm für diesen Augenblick, für diese Zeit und für dieses Glück zu bedanken. Kamar, perplex und vollkommen verblüfft über den kleinen Kuss, sah Sun verloren und sprachlos an. Er spürte, wie sein Herz pochte und raste. Seine Gefühle, die er schon den ganzen Tag über verspürt hatte, übermannten ihn. Er war Suns Nähe von Kopf bis Fuß erlegen, und vielleicht war er sogar etwas überfordert für den Moment und Augenblick. Wie ein Magnet von ihr angezogen, konnte Kamar sich nicht mehr zurückhalten und seine Gefühle nicht mehr kontrollieren. Er schaute Sun tief in ihre glänzenden Augen und küsste den Schmetterling innig und liebevoll im Licht des hell strahlenden Vollmondes.

In derselben Sekunde, im selben Atemzug floss all die Kraft aus den Flügeln des Schmetterlings, welche jetzt nur noch wie zwei Seidentücher an dem zierlichen Körper baumelten.

»Kamar«, hauchte sie leise, während sich ihre Flügel, durchflutet von all der Liebe, aufbauschten wie zwei lebhafte Segel im Wind und das Gesicht des kleinen Löwen zärtlich umfassten und hielten.

Welch inniger, welch liebevoller, wunderschöner Kuss, der von außen zugedeckt wurde von zwei kleinen gelb-roten Schmetterlingsflügeln und von innen durch die Liebe der beiden pulsierte.

Beide waren gefangen in ihrem Halt und ihrer Umarmung. Sie waren gefangen in ihrem Tun und konnten alsbald die Grenzen ihrer eigenen Köper nicht mehr spüren.

Kamar und Sun waren gemeinsam aus der Zeit und ihren Gewohnheiten gefallen und sie verschmolzen eng mit dem Raum, der sie tief in das Mondlicht tauchte und sanft in die weichen Wolken hüllte.

So konnte auch die Kühle und Frische der Luft das lodernde Feuer in ihren Herzen nicht löschen und die Wärme und Hitze nicht einfangen, welche Zug um Zug jeden Winkel ihrer Körper eroberte.

Gesicht an Gesicht lagen die beiden engumschlungen aneinander und blickten sich gegenseitig in ihre großen schwarzen Augen, die glücklich und neugierig, verschlafen, liebevoll und trotzdem hellwach waren. Sie ruhten tief gebettet in ein Sternenmeer unter dem freien Himmel. Und obwohl der Mond und all die Sterne unvorstellbar hell glitzerten und funkelten, wirkte es doch gegen das Strahlen von Kamar und Sun nur wie ein blasser, matter Kerzenschein.

Das Licht der Freude flutete die Wiese, den Fluss, den Wald, und überstrahlte das Tal vollständig. Lautlos, beschaulich und gedankenlos frei wussten sie, dass sie angekommen waren in diesem Moment, in ihrem Leben und in ihrer Liebe.
Sie hatten all die Ruhe und Geborgenheit, die sie gesucht hatten, in ihrem Kuss gefunden.
Tief in der Nacht spielte das Mondlicht mit der Waldung, tummelte sich zwischen den Bäumen und durchschnitt sanft und hell die Schatten, welche wie finstere Bahnen den Erdboden bedeckten.

Kamar, der das Lichtspiel im Wechsel mit den rasch fliegenden Wolken verfolgte, liebte es, Sun, die schon lange völlig erschöpft auf seinem weichen Bauch lag, im Schlaf zu beobachten und ihrem Atem zu lauschen. Ihre kleinen, zarten Hände zuckten gelegentlich in der Ruhe, während sie die Lippen bewegte. Kamar mochte diesen Moment zutiefst, fühlte er sich doch gleichermaßen von dem Schmetterling beschützt und als Beschützer von ihm. Er sah den Sternen entgegen und dankte Gott für jenen Augenblick, in welchem das Leben und die Zeit mit all der Liebe durch ihn flossen und das Feuer der Leidenschaft in seinem Herzen loderte.

Sun indes lag schon tief gebettet in ihrem Traum, den von außen nur Kamars Fell und das Mondlicht berührten.

Der kleine Löwe hob seinen Kopf und flüsterte: »Schlaf fein, mein Schmetterling, ich trage dich sacht bis ans Ende der Finsternis und halte dich liebevoll und sanft während der gesamten dunklen Nacht, bis der erste Sonnenstrahl uns küsst.«

Zufrieden, gelöst und vollendet glücklich schliefen die beiden unzertrennlich fest in ihrer Umarmung dem Morgen entgegen.

Meryem

»So, für euch ist jetzt auch Schlafenszeit«, sagte ich in die Runde, die meiner Erzählung, eingehüllt in die Bettdecke, skeptisch folgte.

»Nein, Küp, bitte weitererzählen! Bitte nicht aufhören«, bettelte Lea.

»Lea, es ist bereits halb zehn, wir können auf gar keinen Fall die komplette Nacht aufbleiben.«

»Der kleine Löwe ist ebenso noch wach, und der ist viel jünger als wir«, protestierte Kai.

Bevor ich etwas erwidern konnte, erkundigte sich Tim: »Du, Küp, in der Geschichte ist Rahel der Schmetterling und ich bin der Löwe?«

»Ja«, bemerkte ich knapp. Tim schloss die Augen und lächelte.

›He, was ist hier los?‹, fragte ich mich. In dem Alter von Tim hatte ich keinerlei Probleme gehabt. Ich hatte nicht einmal gewusst, was das war. Oder wie es sich anfühlte.

Zu jenem Zeitpunkt hatte es in unserem Dorf nichts gegeben. Keinen Strom, kein fließendes Wasser, keine Dusche, keine Toilette im Haus. Also auch keinen Kühlschrank, keinen Herd, keine Waschmaschine und kein Fernsehgerät oder Telefon. Es gab einfach nichts. Rein gar nichts! Und genau in diesem Umfeld wuchs ich auf und das entsprach damals meiner Wirklichkeit.

Aber – und das war viel wesentlicher – wir hatten uns. Wir redeten! Wir sprachen untereinander, diskutierten mit den anderen, wir kommunizierten tatsächlich mit Worten, die aus unseren Mündern kamen und nicht mit den Fingern in seelenlose Geräte getippt wurden.

Wir lebten im Verbund mit all unseren Verwandten, mit meinen Tanten und Onkeln, mit meinen Cousinen und Cousins, mit meiner Oma und meinem Opa. Faktisch mit allen. Außer meinen Eltern. Die wohnten ja in Deutschland. Meine Mama und mein Papa fehlten mir schon extrem in dieser Zeit. Weniger am Tag, aber umso mehr in den Nächten. Wenn die Schatten schwarz und unheimlich an den Wänden spielten, vermisste ich sie unsagbar.

Die meisten von uns lebten in äußerst ärmlichen Gebäuden. Unser Haus jedoch war eines der wenigen, das angemessen gemauert und verputzt wirkte und sogar einen gefliesten Eingang hatte. Wir konnten uns das nur leisten, weil Vater ein *Almanci* war, was übersetzt Deutscher hieß. So wurden alle etwas abfällig bezeichnet, die in Deutschland arbeiteten. Wir gehörten, wenn überhaupt, zu den reicheren Familien tief in der Armut.

Das eigentliche Dorf lag eingebettet zwischen zwei Hügeln, der eine bewaldet, der andere bestand aus Wiesen und Steinen und wurde durchschnitten von zwei Bächen. Der größere Fluss floss eher ruhig und gemächlich, der kleine Bach jedoch mutierte jeden Frühling zur reißenden Bestie. Das komplette Schmelzwasser aus den Bergen riss jährlich aufs Neue eine gewaltige Furche ins Tal.

Der tobende Gebirgsbach zerstörte immer wieder die Holzbrücke über die Klamm und nahm große Teile der Straße mit in die Schlucht. Dann versiegte der Strom und über das verbleibende Rinnsal wurde zum wiederholten Male eine notdürftige Brücke gebaut.

Das etwas gemütlicher fließende und größere Gewässer war im Sommer der Mittelpunkt und das natürliche Zentrum unserer Gemeinschaft. Dort wurde die Wäsche gewaschen, die Kinder planschten und badeten, die Älteren suchten und fanden Abkühlung. Kurz: Sämtliche Bewohner arbeiteten und sprachen miteinander täglich an besagtem Flussufer. Die soziale Kontrolle war mit Sicherheit an solchen Wasserläufen geboren worden. Jeder wusste alles von jedem. Es gab keinen Klatsch und keinen Tratsch, welcher nicht an dieser Stelle diskutiert, beredet und bewertet wurde. Hier war die Heimat der tratschenden Waschweiber.

Die beiden Flüsse dienten auch zur Bewässerung der Felder und ein kleiner Brunnen versorgte uns mit Trinkwasser. Das Quellwasser war eiskalt und schmeckte so frisch. Und nie wieder trank ich so gutes, klares, reines Wasser, das so ausgezeichnet mundete.

Ein weiterer Schmelzpunkt der Kommunikation und der wöchentliche Treffpunkt der Gemeinschaft war das Backhaus. Jeden Samstag wurde dort der Ofen angeheizt und die Frauen backten dann für die gesamte Woche ihr Brot.
Das war immer ein riesiger Auflauf. Allesamt kamen wir an diesem Tag zur Bäckerei, es duftete im kompletten Dorf nach frischen Backwaren und es gab herrliche Süßigkeiten für uns Kinder. Es war immerfort ein Fest für Alt und Jung, für Mann und Frau, welches bis tief in die Nacht andauerte.

Wie ich jene Tage vermisste, wie gerne ich diese Gemeinschaft eingetauscht hätte gegen all meine digitalen

Freunde, was ich für unseren Einheitsbrei gegeben hätte im Austausch für das Essen, das nun meinen Alltag bestimmte. Erst viel später, in der absoluten Anonymität der Großstadt, vermisste ich sogar die soziale Kontrolle. Zu den Zeiten im Dorf hatte es mich natürlich maßlos aufgeregt, dass jeder immer alles von mir wusste. Aber in dem seelenlosen Meer der Stadt unterzutauchen, machte nur anfangs Spaß und ich hätte bald die ungewollte Freiheit gegen die Kontrolle eingetauscht. In der Gleichgültigkeit steckte kein Gramm Liebe, selbst wenn man dies mit einem ersten schnellen Blick vermuten könnte.

»Küp, wie küssen sich ein Löwe und ein Schmetterling? War das ein Zungenkuss?«, wollte Lea wissen.

»Was ist ein Zungenkuss?«, frage Kai höchst interessiert.

»Schön langsam, Kinder«, sagte ich, um mich zu orientieren.

»Das ist ein Märchen oder eigentlich eine Fabel. Hier kann man nicht jedes Wort für bare Münze nehmen, es ist mehr ein Sinnbild.«

»Was ist ein Zungenkuss?«, fragte Kai nochmals unbeeindruckt.

»Wenn man sich gegenseitig mit der Zunge berührt, du Depp«, fauchte Lea.

»Mit der Zunge berühren? Bäh, wie grausig ist denn das?« Kai verzog angewidert sein Gesicht.

Und auf die eine oder andere Weise hatte er durchaus Recht. Meinen ersten Zungenkuss hatte ich irgendwie auch als grässlich empfunden. Aber eben nur irgendwie.

Es hatte sich zwar wie Gesichtwaschen von innen angefühlt, aber trotz des Sabbers und Speichels überall um meinen Mund hatte ich gewollt, dass es nie aufhörte. Sie hieß Meryem und ich liebte sie heiß und innig. Wir küssten uns jeden Tag unzählige Male, immer zu der Zeit, als der *Ezan*, das ist der Vorbeter, von dem Minarett zum Gebet rief. Diese ohrenbetäubenden Gesänge fanden in unserer wie in sämtlichen muslimischen Gemeinden mehrere Male am Tag statt. In diesem Zeitabschnitt erstarrte das öffentliche Leben und alle wandten sich gen Mekka zum Gebet. Genau in den Momenten umarmten wir uns und küssten uns innig, während die anderen, abgelenkt vom Himmel, uns auf der Erde nicht bemerkten.

Als ich Meryem zum allerersten Mal festhielt und wir uns küssten, wusste ich, dass sie die einzig Wahre und Richtige in meinem Leben war.

Sie sah das leider anders, und als ich sie eines Tages mit Mevlüt beim Knutschen entdeckte, ging die Welt für mich unter. Ich zweifelte zum ersten Mal an Gott.

Ab jenem Zeitpunkt wollte ich selbst nie wieder küssen oder geküsst werden und ich beschloss, dass ich mich auch nie aufs Neue verlieben würde. Natürlich kam es anders und die alleinige Konstante in meinem jungen Leben blieb die Veränderung. Immerzu und immerfort.

»Ich finde es schön, dass der Löwe den Schmetterling geküsst hat, Küp. Aber woher nahm er den Mut, es zu tun?«, fragte Tim nach.

»Den Mut? Nun, was ist Mut? Das ist doch die zentrale Frage, Tim. Was für den einen mutig ist, ist für den anderen langweilig. Es hängt schließlich meist von den Möglichkeiten ab. So kann ein Boxer zwar tapfer genug sein, um in den Ring zu steigen, dennoch Angst davor haben, auf einen hohen Berg zu klettern. Man kann es nicht universell klären.«

Ich zum Beispiel fand es mutig von meinem Vater, einfach die Türkei zu verlassen, und habe ihn auch einmal danach gefragt. Ich wollte wissen, woher er den Mut genommen hatte, seinem Vaterland den Rücken zu kehren, Land und Leute von heute auf morgen zu verlassen und nach Deutschland aufzubrechen. Natürlich erklärte er, dass er es des Geldes wegen getan hatte und wegen der damaligen Not. Aber ganz am Ende seiner Erklärung sagte er einen Satz, den ich seither nie mehr vergessen habe und welcher mir in vielen anderen Situationen immer wieder begegnete.

Mein Vater meinte: »Küp, mitunter muss man eben auch den Mut aufbringen, einen Fehler zu begehen. Mit einer Niederlage zu leben, ist sicherlich schwer, aber etwas nur wegen des eigenen Stolzes nicht zu wagen und es nicht einmal zu versuchen, nie zu wissen, wie es denn gekommen wäre oder wie es sich zugetragen hätte, ja, das verfolgt einen sein ganzes Leben lang.«

Und am Ende seiner Ausführung bemerkte mein Vater noch schmunzelnd: »Mut kann man sich nicht kaufen, Küp!«

Jetzt waren wirklich alle Dämme gebrochen und die Fragen prasselten nur so auf mich ein. Ohne die Unterstützung von Maria hätte ich keine Chance gehabt, sämtliche Nachfragen zu beantworten. Die Uhr zeigte schon weit nach zehn, als wir beschlossen, eine große Tafel Schokolade zu öffnen, um diese zugleich innerhalb von Minuten zu verspeisen.

Noch mal ins Bad, noch mal Zähneputzen, und ab ins Bett – Licht aus!

»Küp, werden die beiden ein echtes Paar? Werden sie heiraten?«, stotterte Tim noch, als ich eben die Tür schließen wollte.

»Ich weiß es nicht, Tim. Gewisse Dinge kann nur das Leben schreiben, und auch diese Geschichte wird immer zum wiederholten Male neu geschrieben und aufs Neue erzählt. Wir wollen morgen sehen, wie es weitergeht. Schlaft jetzt fein, Kinder.«

Maria saß bereits vor dem Fernseher und schaute wie meistens eine der doofen Serien im Privatfernsehen. Wie konnte eine derart intelligente, aufgeweckte Frau sich nur immer und immer wieder geistig betäuben mit solch wertlosen, banalen Sendungen? Mit Bauern, die Frauen suchten, mit Wettbewerben, die keine waren, mit sozialen Schicksalen, die man inszenierte, einfach mit Zeug, das so überraschend und überflüssig geschah wie ein Unfall auf einem Supermarktparkplatz.

Sie genoss es dennoch sichtlich, sich mit den sinnfreien Dingen die Zeit zu vertreiben. Als spielte sich das Leben selbst nur in einem Wartesaal ab, welchen es so schnell wie möglich zu überwinden galt, indem man jede Möglichkeit ergriff, um die Zeit abzukürzen. Wenigstens war ihr größter Vorteil, dass sie immer blitzschnell einschlief und somit nicht ansehen musste, was sie eigentlich hatte ansehen wollen.

Natürlich konnte ich mir auch nicht mehr im Geringsten ein Leben ohne Strom vorstellen, ohne fließendes Wasser und vollkommen frei von den ganzen anderen Annehmlichkeiten. So war in Wahrheit die Darstellung der paradiesischen Lebensweise in der mittelalterlichen Türkei nur Pseudo-Romantik. Heutzutage so zu leben wäre absolut unmöglich für uns, und vor allem für mich. Zu leben wie damals hätte nicht eine Woche lang funktioniert.

Ich liebte die Gegenwart und ich liebte sämtliche ihrer Neuerungen und ich war definitiv kein verklärter Romantiker, welcher sein Heil und das Gute in der Vergangenheit suchte oder gar sah! Abgesehen davon hatte sich in den letzten Jahren natürlich auch vieles in der Türkei geändert. Schließlich spielten auch die türkischen Kinder im 21. Jahrhundert mit ihren Smartphones, anstatt auf dem Berg Schafe zu hüten.

Im Zeitalter von Internet und Information gab es keine Inseln mehr. Alles Land war zugänglich und somit konnte man heute auch in der tiefsten türkischen Provinz die Zukunft und die Gegenwart nicht mehr aussperren. Man war überall vernetzt und somit gleichberechtigt ein Teil von allem, in Istanbul wie in Berlin!

Es lebte wirklich niemand mehr in der stromlosen und mittelalterlichen Türkei meiner Kindheit und meiner Erinnerung. Es war ein Reich, welches zwar in mir noch existierte, aber in Wahrheit längst verdrängt worden war von der Realität. Mittlerweile war alles so modern und angepasst wie bei uns in Deutschland.

Es machte mich dennoch frei, zu wissen, wo ich herkam und woher ich stammte. Ich stand mit reinem Herzen dazu, und das war gut so. Denn ganz ohne Wurzeln zu gedeihen, das schafften nicht einmal die Pflanzen.

Der Sonntag war verregnet und der geplante Ausflug in den Park fand keinerlei Anklang. Schneeballschlacht und

Schneemann bauen wollte wirklich niemand bei diesem Wetter. Für Kino und andere Alternativen wirkten alle zu faul und zu unbeweglich. Niemand war gewillt, die Wohnung zu verlassen. Berlin war bei Weitem nicht mehr vom Schnee verzaubert und schön weiß, sondern vielmehr braun und überzogen von diesem ekligen Gemisch aus Matsch und Schnee. Wir entschlossen uns auf den Vorschlag von Tim hin, dass ich die Geschichte bereits nach dem Essen weitererzählte und wir es uns in den eigenen warmen vier Wänden fein und gemütlich machten.

Das Mittagessen war schneller als sonst erledigt, da Maria viele Dinge konnte, aber Kochen bedauerlicherweise nicht dazugehörte. Sie hatte zwar unzählige Fotos von Speisen und Gerichten, die sie selbst zubereitet hatte, auf ihrem Handy abgespeichert. Und sie zeigte die Kunstwerke wirklich sämtlichen Leuten, die sie kannte, unabhängig davon, ob die anderen dies nun sehen wollten oder nicht. Doch so sehr sie sich auch bemühte, die Speisen ins richtige Licht zu rücken und schöne Bilder aufzunehmen, zu kochen lernte sie dabei leider nicht.

Seit der Einführung von Facebook und vor allem von Smartphones hatten unzählige Zeitgenossen den neurotischen Hang danach, alles zu Tode zu fotografieren. Tausende waren der Sucht verfallen, sich selbst und ihr Umfeld permanent zu präsentieren und zu dokumentieren – ohne je den eigentlichen Sinn der Aktion zu hinterfragen und diese dann einfach abzustellen.

Gut, es war eine neue Sprache, die man wie vieles andere erst lernen musste, bevor man in einer Unterhaltung bestehen konnte. Sonst liefe man wohl wie ich Gefahr, dass man begraben wurde unter den Millionen Bildern und Informationen aus Bits und Bytes.

Den Kindern jedenfalls schmeckte das Essen nicht, und so wanderten die Speisen beinahe unangetastet in den Mülleimer. Das hat natürlich niemand fotografiert.

Aber ich liebte diese Seite an Maria. Da sie in allen anderen Dingen so perfekt war, empfand ich es als sympathisch, dass sie nicht kochen konnte. Und ich selbst konnte ja auch kein bisschen kochen und versuchte es auch nie – schon aus Angst davor, dass mein Vater mich enterben würde. Er hatte eine ganz klare Vorstellung davon, was Männer machten und was nicht. Nein, ich teilte seine altmodische Auffassung auf gar keinen Fall, obwohl es in gewissen Bereichen genügend Vorteile hätte – zumindest als Mann.

Nach Tischabräumen und Geschirreinräumen hatten sich alle samt Katze im warmen Wohnzimmer eingefunden.

»Wieso kauft der Löwe die völlig unsinnigen Dinge, Küp?«, wollte Lea wissen.

»Das ist schwer zu sagen«, erwiderte ich. »Natürlich erscheint es absurd, so viel Geld für diese Gegenstände zu bezahlen, aber den richtigen Wert von etwas zu ermessen, ist extrem schwierig.

Ein Brot zum Beispiel ist für dich jetzt höchstens ein paar Euro wert und du würdest nie auf die Idee kommen, mehr dafür auszugeben, weil du satt bist. Wenn du jedoch schon tagelang hungerst, dann wärst du sicherlich bereit, einen Diamantring dafür einzutauschen. Wir sind es doch, die einer Sache eine Bedeutung geben, und da wir in vielen Beziehungen den Wert nicht konkret erklären können, drücken wir diesen eben in einer Währung aus. So kann es sein, dass man für einen durchsichtigen Stein oder ein Bild eines berühmten Künstlers mehr bezahlen muss als für die komplette Ernährung von Tausenden Menschen über Jahre hinweg.

Geld tut nur so, als ob es wichtig wäre und glücklich macht, es ist jedoch lediglich ein schlechter Kompromiss, da wir in Wahrheit unfähig sind, etwas den richtigen Wert zu geben.«
»Das heißt, Kamar gibt den Sachen, die er gekauft hat, nun einen Wert und diese sind somit einzigartig und wichtig für ihn?«, fragte Lea nach.
Ich war erstaunt, dass sie mir folgen konnte, und beteuerte: »Ja, genau so würde ich es auch sehen, Lea.«

Schlange

In tiefster Dunkelheit erwachte Kamar, weil ihn der Hunger quälte.

Er war den ganzen Tag und die halbe Nacht den Berg hochgelaufen und hatte keinen Bissen zu sich genommen. Dem Schmetterling genügte ja ein kleiner Krümel, um eine komplette Woche davon zu leben, doch der kleine Löwe musste jeden Tag einiges essen und den Hunger stillen, um bei Kräften zu bleiben. Da Sun ausgestreckt an seinem Fell klebte und in der wohligen Wärme schlief, konnte er nicht einfach aufstehen und sich schnell etwas zur Stärkung im dunklen Wald holen. Er würde den Schmetterling durch seine Bewegungen sofort aufwecken, was er natürlich nicht wollte.

Kamar dachte nach, wie er die Begierde sättigen oder zumindest diese vergessen und wieder einschlafen könnte. Aber so sehr er sich auch mühte, sein Verlangen auf ein wenig Essen wurde immer größer. Der kleine Löwe zögerte kurz und kramte dann doch die kleine Schachtel mit den Schokoperlen der Eule aus seiner Ledertasche heraus.

Er betrachtete sie von allen Seiten und hörte dabei Fanny, wie sie ihm sagte:

›Geh sorgfältig mit den Zauberperlen um und nutze diese nur, wenn du in riesigen Problemen steckst.‹ Sofort steckte er das Kästchen wieder ein, nur um dieses nach einer Weile zum zweiten Mal herauszuholen.

›Nur ein Mal kurz öffnen‹, dachte Kamar bei sich und hob den Deckel der Schatulle an. Da lagen sie, die drei

Perlen – aufgereiht in kleinen Wölbungen –, und blickten zu ihm hoch in die großen, weit geöffneten schwarzen Löwenaugen.

Kamar schaute mit einem eindringlich hungrigen Blick zurück, hielt seine zottelige Nase in die Öffnung und nahm einen tiefen Atemzug. ›Wie herrlich Schokolade doch riecht‹, sinnierte er und knallte sofort den Deckel der Schachtel stürmisch wieder zu, um unter keinen Umständen in Versuchung zu geraten. Der kleine Löwe verharrte mehrere Sekunden mit verschlossen Augen, keuchte und röchelte schwer. Immerzu schüttelte er den Kopf leicht hin und her, als wolle er sich selbst sagen: ›Nein, Kamar, nein! Du darfst von den Perlen kein Stück essen. Fanny hat es dir verboten!‹ Sein Hunger jedoch bereitete ihm schon Magenkrämpfe und alles um ihn herum roch auf einmal nur nach Schokolade. Er konnte besagtem Geruch einfach nicht widerstehen, zu mächtig waren die Gelüste und zu groß wurde die Kraft des fast hypnotischen Duftes, der sein Gesicht umschmeichelte.

Eine feine und hauchzart nach Schokolade riechende Wolke kroch wie eine Schlange um seinen Hals und drang tief in die weit geöffneten Nasenflügel, schlängelte sich durch seinen Gaumen und verteilte sich auf seiner Zunge.
Kamar riss mit einem gewaltigen Seufzer die Packung wieder auf und stahl hastig eine Schokoperle heraus – in dem Glauben, nur minimal daran zu lecken und diese dann in die Schachtel zurückzulegen.

Als seine Zungenspitze jedoch die Schokolade leicht berührte, durchströmte ihn der intensive Geschmack und all die Süße floss in der Sekunde durch seinen ausgehungerten Körper. Es fühlte sich wie ein Gewittersturm in der Wüste an und er musste die Kugel einfach kurz zur Gänze in den Mund nehmen. Im Handumdrehen nahm er die Perle wiederum aus dem Maul und schaute schuldig und ertappt durch die Dunkelheit.

Zug um Zug wurden jetzt alle seine Sinne betäubt von der Schokolade. Seine Nase, seine Zunge, seine Augen und selbst die Pfoten waren in seinen Gedanken bereits über und über mit der braunen Masse bedeckt.

Es war jetzt ein für alle Mal um ihn geschehen, Kamar verlor vollkommen die Beherrschung und biss in die Zauberperle. Er kaute so aufgeregt und so geschwind, als wolle man ihm den Schatz wieder aus seinem Mund rauben. Hastig wie ein Dieb schluckte er den Schokobrei hinunter, um ja nicht entdeckt zu werden. Gründlich schleckte er sich die Pfoten, nahm jeden noch so winzigen Krümel von dem Waldboden auf und lies diesen auf seiner Zunge schmelzen. Die Schokolade schmeckte so wundervoll, es war einfach nur köstlich.

In der sich legenden Aufregung schlief Kamar alsbald mit einem breiten Lächeln auf seinen Lippen seelenruhig wieder ein. Er war mittlerweile ein satter, glücklicher und rundum zufriedener schlafender, kleiner Löwe.

Tief in seinem Traum – er hüpfte soeben fröhlich über eine Wiese – hörte er Fanny hinter sich.

»Was kann ich für dich tun, kleiner Löwe? Weshalb hast du mich gerufen?«

Kamar erschrak so sehr, dass er nicht wusste, wie und wo er sich schnell verstecken konnte. Er konnte der Eule doch nicht sagen, dass er die Zauberperle nur wegen des Hungers gegessen hatte! So ließ er sich wie angeschossen ins hohe Gras fallen und stellte sich schlafend.

Die Eule, die alles mit angesehen und beobachtet hatte, sagte: »Kamar, du kannst in deinem eigenen Traum nicht schlafen! Ich weiß, dass du mich hörst. Wieso hast du die Perle gegessen? Was ist denn dein Problem?«

Der kleine Löwe bewegte sich keinen Millimeter, kontrollierte seinen Atem und wollte nach wie vor den Schlafenden mimen. Doch die schlaue Eule ließ sich nicht von Kamar täuschen.

Fanny flog direkt über den kleinen Löwen und schrie ihn an: »Hast du die magische Kugel nur zum Spaß geschluckt? Wie unklug und verantwortungslos verhältst du dich eigentlich? Ich schenke dir mein volles Vertrauen und so dankst du es mir? Steh sofort auf und schau mich an! Wie schon gesagt, du kannst in deinem eigenen Traum nicht schlafen, sonst würdest du ihn nicht vor deinem inneren Auge sehen und erleben! Richte dich jetzt auf der Stelle auf und sieh mich an! Benimm dich wie ein großer Löwe, Kamar!« Fanny war wütend und schlug heftig mit ihren stattlichen Flügeln.

Kamar schaute ängstlich mit seinen weit geöffneten Augen zu der immer noch hoch über ihm fliegenden Eule und stammelte: »Ich ... ich hatte so großen Hunger, Fanny. Bitte verzeih mir.« »HUNGER?! Du hast die Schokolade gegessen, weil du Hunger hattest?!« Jetzt war es um Fanny geschehen. Sie segelte im Sturzflug auf den kleinen Löwen zu, pickte ihn mit ihrem scharfen Schnabel und klopfte ihm hart auf seinen Kopf. Kamar spürte den Schmerz, hüpfte auf und rannte, so schnell er nur konnte, die Wiese entlang. Aber der Vogel war im Sturzflug viel schneller als der Löwe. Er flog auf seinen Rücken und bohrte Kamar die Krallen tief in das Fell.

»Untersteh dich, nochmals eine Perle zu nehmen, nur weil du Appetit darauf hast«, brüllte Fanny und hackte mit ihrem nadelspitzen Schnabel immer und immer wieder auf ihn ein. Kamar verspürte so große Qualen, dass er in seinem Traum ohnmächtig wurde und sogleich im realen Leben erwachte.

Alle körperlichen Beschwerden waren auf der Stelle fort, da es sich doch nur um einen Traum gehandelt hatte. Dennoch blieben die Schmerzen darüber, dass er das Vertrauen von Fanny missbraucht hatte, und der kleine Löwe schämte sich so sehr, dass er für eine lange Zeit Mühe hatte, den Schlaf wiederzufinden.

Am Ende der Nacht setzte der Regen ein und Sun, welche allergisch auf jede Art von Nässe war, erwachte sofort beim ersten Tropfen.

»Wach auf, Kamar!«, forderte sie. »Wir müssen weiter.« Sie zerrte am Fell des kleinen Löwen und schlug ihm immer wieder auf die Nase. So lange, bis dieser schlaftrunken aufwachte.

»Was ist denn?«, gähnte er in die Dunkelheit.

»Wir müssen los«, fauchte Sun. »Wir sollten unverzüglich runter von dem Berg, der Regen kann hier außergewöhnlich stark und brandgefährlich werden! Steh jetzt auf und komm mit.« Ihre Stimme, die mehr ein Schreien war, klang keineswegs freundlich, sondern sehr entschieden.

Der kleine Löwe, immer noch im Bann und im Rausch der lieblichen Gefühle der vergangenen Nacht, fragte sich, ob er mit demselben Schmetterling erwachte, mit welchem er eingeschlafen war, oder ob es sich um ein ausgetauschtes Exemplar handelte. Wie konnte sie vor Stunden so lieb zu ihm gewesen sein und ihn nun derart anbrüllen und so herumkommandieren? Doch bevor Kamar eine Antwort auf seine Frage einfiel, kam die Angst vor Tieren, die Flügel hatten und ihn hysterisch anschrien, zurück.

Er gehorchte Sun aufs Wort und zwang sich, innerhalb einer Minute marschbereit zu sein.
Sie liefen die gesamte restliche Nacht, obwohl der anhaltende Niederschlag und die bittere Kälte sowie der nicht nennenswerte Schlaf das Laufen unfassbar schwer für Kamar machten.
Der Waldboden war tief, aufgeweicht und triefend nass. Der Regen peitschte ihnen ins Gesicht und Kamar hatte Mühe, seine Pfoten auf dem rechten Weg zu halten, auch wenn die Morgendämmerung schon ein wenig Licht in den Wald warf.
Sun, bereits komplett durchnässt, klammerte sich mit letzter Kraft in das Fell des kleinen Löwen. An das Fliegen war mit durchtränkten Flügeln sowieso nicht zu denken.

Kurz vor einem hellen Punkt zwischen den Bäumen, der wie eine Lichtung aussah, verlief der Weg immer steiler und tiefer, mehr einer Schlucht entgegen als auf das erhoffte freie Ende des Waldes zu. Auf dem abschüssigen Weg wurde Kamar unweigerlich schneller und schneller, und als er jäh seine Krallen in den saftig feuchten Waldboden grub, war es schon zu spät!

Er kam ins Rutschen und schlitterte wie ein abgeschossener Pfeil den Abhang hinunter. Im Reflex versuchte Sun ihre Flügel zu schwingen, aber so tropfnass vom Regen glaubte der Schmetterling, zwei große Steine lägen auf seinen zierlichen Gliedern.

Als die beiden am Ende des Abhangs mit einem Höllentempo ankamen, konnte auch der schnellste Gedanke die Gefahr und die Bedrohung nicht mehr erfassen. Kamar verlor abrupt den Kontakt zum Boden und schon segelten alle zwei mit Karacho wie eine Kanonenkugel in hohem Bogen dem rauschenden Gebirgsbach entgegen. Kamar wollte sich noch wenden, um die Wucht des Aufpralls abzufangen, aber es war zu spät. Sie schlugen jäh auf dem Fluss auf.

Das Wasser donnerte um sie herum, toste durch ihre Nasen und ihre Münder. Versenkt und unter das Gewässer gedrückt, kämpfte Sun gegen die Strömung und gegen die Tiefe und Dunkelheit gleichzeitig an. Kamar dagegen bewegte sich nicht.

Sun versuchte verzweifelt, Kamar nach oben zu ziehen, mit all ihrer Kraft riss und zerrte sie an seinem Fell. Aber es war ein denkbar aussichtsloser Kampf, als wollte eine Ameise einen Elefanten stemmen. Alles um sie herum schien sich zu drehen, doch der Schmetterling gab nicht auf und ließ nicht ab von dem Löwen. Sun wurde zusammen mit Kamar immer weiter in die Tiefe gezogen. Sie zog und zupfte nach wie vor wie eine Besessene mit aller Gewalt an Kamars Haaren, als unvermittelt das Fell nachgab und der Schmetterling wie eine kleine gelbe Luftblase mit Wucht und einer Haarsträhne in der Hand nach oben katapultiert wurde.

Kamar spürte den Schmerz, als Sun ihm ein Haarbüschel ausriss, und erwachte sofort aus seiner kurzen Ohnmacht. Er strampelte heftig und schlug mit seinen Beinen um sich, bis er seinen Kopf endlich über die Wasseroberfläche hieven und tief Luft holen konnte.

Blinzelnd und nervös schaute er über den tobenden Fluss, der ins Tal jagte. Kamar warf seinen Kopf nach links und nach rechts, seine Blicke mal nach vorn, mal nach hinten. Überall versuchte er den gelben Schmetterling ausfindig zu machen, doch wo war Sun? Er konnte sie in der reißenden Gischt des Gebirgsbaches nicht entdecken. Er schrie aus Leibeskräften immer und immer wieder ihren Namen. Seine Schreie hallten auf dem dahinjagenden Wasser wider, aber von Sun war kein Laut zu hören.

Nach einer gefühlten Ewigkeit erblickte er schließlich den kleinen Schmetterling gierig nach Luft ringend einige Meter hinter sich. Sun trieb wie ein armseliges, wehrloses Blatt in diesem monströsen Strom.

Erfolglos versuchte Kamar zu ihr zu schwimmen, aber er kam gegen die Wassermassen nicht an, zumal er schon genug damit zu tun hatte, sich selbst über Wasser zu halten. Der gelbe Schmetterling war hilflos in dem Fluss gefangen und drohte unterzugehen.

Die weit aufgerissenen, angsterfüllten Augen der beiden trafen sich zu einem letzten traurigen, ängstlichen Blick und Kamar glaubte zu erkennen, dass Suns Lippen sich zu einem endgültigen ›Ich liebe dich, Kamar‹ formten. Er war so verzweifelt und versuchte immer und immer wieder, zu ihr zu gelangen. Aber so sehr er sich auch bemühte, es klappte einfach nicht. Der kleine Löwe schloss seine Augen und ergab sich dem Unvermeidlichen. Regungslos trieb er nun den Fluss hinunter.

Doch dann, in der größten Not, kam Kamar der erlösende Einfall. Blitzschnell holte er das Holz, welches er von dem Biber gekauft hatte, aus seiner Tasche und warf es, so fest er nur konnte, dem Schmetterling entgegen. Sun erkannte seine raffinierte Idee und schwamm sogleich auf das Holzstück zu. Panisch und immer noch voller Angst erreichte sie das rettende Floß mit letzter Kraft. Wie ein zartes, dünnes, buntes Blatt klebte sie nun auf dem Holzstamm und ritt wie eine kleine gelbe Hexe auf ihrem Besen durch den stürmisch tosenden Gebirgsbach.

Kamar seinerseits konnte sich mit Mühe und Not an einem Ast festklammern, welcher weit in den Fluss ragte. Nachdem er etwas Halt gefunden hatte, drehte er sich um und versuchte nach Sun und dem Holzstück zu greifen. Trotz aller Anstrengungen schaffte der kleine Löwe es nicht, sie zu erreichen, und so musste er hilflos mit ansehen, wie sie immer kleiner wurde und dann zur Gänze aus seinem Blickfeld entschwand. Unendlich enttäuscht rettete er sich mühsam an Land. Ein wenig benommen, völlig außer Atem und kraftlos sackte er zu Boden. Er wollte sich nur eine Pause gönnen und kurz die Augen schließen. Kamar aber schlief auf der Stelle vollkommen erschöpft ein.

Als die Sonne schon hoch am Firmament stand und der Regen langsam aufhörte, schlief Kamar immer noch tief und fest.

Mit einem Mal glaubte er, Sun zu hören, wie sie mit ihm sprach: »Kamar, aufstehen! Kamaaar! Steh endlich auf, du

Dummkopf, und rette mich!« Er jedoch klammerte sich an seinen Traum, wollte diesen nicht loslassen und nicht daraus erwachen. Langsam allerdings überkam ihn die Angst um den Schmetterling und das Gefühl ließ ihn abrupt aus seiner Trägheit hochschrecken.

Kamar war jetzt hellwach, er sprang auf und begann fieberhaft zu suchen. Hektisch rannte er den Fluss entlang, der immer noch gefährlich wild durch den Wald jagte. Gelegentlich glaubte er, Sun zu sehen, wie sie sich mit ihren kleinen Flügeln um einen Baumstamm klammerte, doch jedes Mal, wenn er sich vergewissern wollte, war es dann nur ein Blatt oder ein anderes Tier. Er war untröstlich, aufgelöst und vollkommen außer Atem, als er nach Stunden am Ende des abschüssigen Bergwegs ankam. Der Wasserlauf war bereits enorm angeschwollen, sehr breit und fast schon ruhig wie ein See. Kamar bemerkte, wie das Tal sich öffnete und der Fluss vor seinen Augen tief verhüllt unter einer grauweißen Nebeldecke verschwand.

Der Mond, schon etwas zur Sichel gekrümmt, warf gerade noch genug Licht auf den blassen Wasserweg, um den Flusslauf bis zum Horizont zu verfolgen. Der Weg wirkte gigantisch weit und nie zuvor hatte der kleine Löwe einen solch beeindruckend stattlichen Strom gesehen.

Es schien aussichtslos, Sun zu finden. Kamar durchkämmte dennoch wie verrückt ausdauernd und tugendhaft alles, auf der Suche nach dem schutzlosen Schmetterling. Er blickte immerzu dem Ufer entgegen, trottete halb verhüllt im Nebel entlang des fließenden Gewässers, in der steten Erwartung, den gelben Punkt zu erblicken.

Am Ende des Flusses angekommen, verschmolz dieser mit einem anderen Gewässer zu einem noch viel größeren Strom. Kamar gab resigniert und tief unglücklich die Hoffnung auf, Sun je wiederzusehen. Er sank zu Boden, verschloss mit seinen Pfoten die Augen und weinte bitterlich. Er hatte Sun verloren! Der Strom des Lebens hatte sie getrennt. Kamar lag müde und vollkommen erschöpft auf dem harten Untergrund und wusste sich keinen Rat mehr. Was nur konnte er jetzt noch tun? Wo nur konnte er noch nach dem gelben Schmetterling suchen?

Überrascht, dass er nicht schon eher daran gedacht hatte, riss er mit klarem Blick seine Augenlider auf.

›Fanny! Oh ja, Fanny ist die Einzige, die mir noch helfen kann‹, dachte er bei sich, als er abermals die Schachtel mit der Zauberschokolade öffnete und jetzt wahrhaftig bewusst eine Perle davon schluckte.

Untröstlich und hoffnungslos versuchte er zwischen all seinen Gedanken und Empfindungen den Schlaf zu finden, um ihm seine Müdigkeit zu übergeben.

»Hattest du wieder Hunger, dummer Löwe?«, schnaubte Fanny, als sie Kamar in seinem Traum erschien und er gerade in einer Baumgabel lümmelte, um die anderen Tiere zu beobachten. Völlig überrascht und in der Sekunde abgelenkt, fiel Kamar vom Baum, schüttelte sich noch etwas verwirrt den Staub aus seinem Fell und fing vollkommen überhastet zu sprechen an: »Ich habe Sun verloren, im Wasser mit einem Floß, der Fluss ist riesig, steil und gefährlich, und überall Nebel, sie ist weg und ich kann sie nicht mehr finden. Hilf mir, Fanny. Bitte hilf mir!«

»Stopp, Kamar, ganz langsam, ich kann deinen Worten nicht folgen. Erzähl mir die Geschehnisse langsam und so, dass ich sie verstehen kann«, mahnte ihn Fanny. Kamar holte tief Luft und begann nochmals alles, was geschehen war, gemächlich und der Reihe nach von Anfang an zu schildern. Gelegentlich fragte Fanny nach, wenn sie etwas gar nicht verstand, aber der Löwe hatte auf jede einzelne Frage eine treffende, hilfreiche Antwort. Als das Erlebte erzählt war, schloss Fanny die Augen und machte sich Gedanken über seine Worte. Sie erstarrte auch im Traum und Kamar wollte schon wieder auf den Baum klettern, als Fanny strahlend verkündete:

»Sie ist an sämtlicher Flüsse Ziel!«
»Wo ist sie?«, fragte Kamar.
»An jenem Ort, wohin jedes Gewässer fließt!«, gluckste sie fröhlich.
»Und wo genau soll das sein?«, erkundigte sich Kamar nochmals.
»Suche das Meer und du wirst sie finden. Folge der Wasserstraße bis zum Ende des Fließens, bis das ruhige Wasser die Wellen küsst. Dort wird sie auf dich warten.«
Fanny hatte alles gesagt und flog aus dem Traum, der den kleinen Löwen bis tief in den Morgen begleitete und in eine sanfte Ruhe bettete.

Als Kamar erwachte, war er immer noch in Gedanken darüber versunken, was Fanny nun genau gemeint hatte. Aber auf irgendeine Weise war die Botschaft angekommen. Er musste nur dem Fluss folgen. Bis zum Meer.

Ausgeschlafen rannte er förmlich die komplette Strecke wie ein Marathonläufer. Ein Auge hatte er stets auf das Ufer gerichtet, um so Sun bei dem anhaltenden strahlenden Sonnenschein ganz gewiss sofort zu entdecken.

Fast schon am Ozean angekommen, hatte die Mündung des Stroms eine ungeahnte Breite und Größe erreicht, sodass es schwirig war, das bedächtig fließende Gewässer und das leicht wellige Meer voneinander abzugrenzen.

Direkt an der Naht zwischen Süß- und Salzwasser bildete sich in einer kaum merklichen Furt ein kleiner, weicher Übergang, welcher wie eine winzige Stufe mal hin und mal her schwappte.

Genau hier ruhte das Wasser des Flusses und küsste, wie die Eule vorhergesagt hatte, die Wellen des Ozeans.

Inmitten dieser unendlich langen Treppe sah Kamar einen winzigen Punkt. ›Das muss sie sein‹, dachte er bei sich und überlegte, wie er zu ihr gelangen konnte. ›Arme kleine Sun, entweder ist sie verletzt oder ihre Flügel sind immer noch zu nass, um zu fliegen.‹

Kamar weinte aus Mitleid um den grazilen Schmetterling und es quälte ihn immerzu die Frage, wie er Sun in der Mitte des Flusses überhaupt erreichen konnte.

Da schrie wie aus dem Nichts jäh eine Stimme aus der Böschung am Ufer: »He, Zotteltier! Was stehst du hier herum? Komm sofort her und hilf mir raus aus dem Wasser!«

Kamars Augen, noch benetzt von seinen Tränen, sahen Sun unglücklicherweise nur als unscharfen kleinen gelben Punkt. So schnappte der Löwe, weil er nicht im Stande war, scharf zu sehen, maßlos und ungestüm nach dem filigranen Schmetterling.

»Pass doch auf, du Tollpatsch«, schrie Sun ihn völlig durchnässt an. »Du reißt mir ja die Flügel vom Leib! Gib Acht und benimm dich nicht wie ein Monster, du tust mir sonst weh!«

Kamar lächelte und er liebte es zum ersten Mal, sie schreien zu hören! Sie war zurück und so, wie sie mit ihm schimpfte, war sie sicher wohlauf und dem Anschein nach schon wieder ganz die Alte. Sogleich nahm er sie in den Arm und behutsam unter sein Fell, um sie zu wärmen.

Sun war vollkommen erschöpft und genoss sichtlich die Ruhe. Sie blinzelte noch einmal kurz in den roten Sonnenuntergang und schlief in der Behaglichkeit von Kamar ein.

Und als der kleine Löwe das zarte Zucken ihrer kleinen Hände spürte, wusste er, dass alles gut war.

Eng umschlungen schliefen sie in der Nacht, welche sternenklar ihre Herzen umschloss und keinen Funken Platz bot für die Kälte der Dunkelheit.

Am nächsten Tag, die Sonne stand schon hoch und weit über dem Land, erkannten die beiden, dass kein Weg an dem großen Wasser vorbeiführte. Sie mussten schwimmen oder sich auf einem Baumstamm treiben lassen, um zu dem Land jenseits des Ozeans zu gelangen.

Sun, ohne Frage wieder mobil und voll flugfähig, schwirrte stürmisch und hektisch umher.

»Das kann ich schlichtweg nicht glauben! Ich dachte immer, dass hier die Wüste beginnt und nicht das Meer. Das gibt es doch überhaupt nicht.« Sie flog vor und zurück um Kamars Kopf. »Das ahnte ich kein bisschen! Das darf einfach nicht sein!«, rief sie immer und immer wieder. »Wir können unmöglich schwimmen, wir kommen da auf gar keinen Fall rüber!«, schrie sie ernst dem kleinen Löwen zu.

Kamar verfolgte Sun komplett unbeeindruckt, er freute sich nur, dass er seinen gelben, frechen, quirligen und redseligen Schmetterling wiederhatte. Alles andere bemerkte er nicht und war ihm darüber hinaus grundlegend egal.

Er lag auf dem Rücken und schaute in die Mittagssonne. »Fliegen sollten wir können wie die Vögel im Himmel«, sinnierte er vor sich hin.

»Ich kann fliegen«, warf Sun ihm entgegen und der Schmetterling ließ die Flügel so rasend rotieren, dass Kamar kurz dachte, sie wäre eine Biene. »Fliegen? Ja, genau, wieso ist mir das nicht sofort eingefallen? Du hast Recht, mein schlauer Löwe. Wir schweben über das Meer!«, schrie Sun blitzartig fröhlich und setzte sich aufdringlich auf die Nase des kleinen Löwen. Sie zeigte mit ihrem kleinen Finger direkt in Kamars Gesicht, dessen Augen sich bis zum Anschlag verdrehten, und brüllte ihn freudig an: »Wir werden fliegen, Kamar! Wir werden fliegen!«

»Das meinst du doch nicht ernst, Sun. Ich kann nicht fliegen!«, lachte er sie aus.

»Noch nicht«, mahnte der Schmetterling den kleinen Löwen zur Geduld. »Noch nicht! Aber wir beginnen heute mit dem Training, und wenn du dich bemühst und fleißig übst, wirst du in einigen Wochen schon mit den Vögeln segeln!«

Kamar lächelte immer noch gleichgültig in sich hinein. Er wollte keinesfalls mit Sun streiten und so nickte er ihr zuversichtlich zu. »Aber natürlich, mein Schmetterling, wir werden gemeinsam über den Ozean fliegen.«

Zu Kamars Überraschung nahm Sun das mit dem Trainieren wirklich tierisch ernst und befahl ihm, auf der Stelle Steine zu stapeln und Baumstämme zu verrücken. Er gehorchte einfach und tat alles, was ihm der Schmetterling auftrug, ohne Widerrede. Er arbeitete und schuftete wie ein Irrer den kompletten verbleibenden Tag und so standen sie bereits am frühen Abend inmitten eines ansehnlichen Parcours, den sie zum Üben errichtet hatten.

Als sich die beiden nach getaner Arbeit an das Ufer setzten und in den leicht erleuchteten Horizont schauten, fragte Kamar: »Glaubst du echt, dass du mir das Fliegen beibringen kannst, Sun?«

»Oh ja, mein zotteliger Schatz, ich verspreche dir, dass ich aus dir einen fliegenden Löwen mache.«

»Du bist und bleibst mein süßer, verrückter Schmetterling«, flüsterte der kleine Löwe und küsste Sun in der Dämmerung.

Im Nachhinein spürten beide, dass dieser Moment ein weiterer großer Schritt auf dem Weg ihrer Liebe war. Tief in der Nacht, als nach der Sonne auch der scheue Mond im Meer versank und die Sterne wie Schneeflocken auf den dunklen Wellen tanzten, begann Sun geräuschlos zu weinen. Sie erzählte von ihrer Reise auf dem Baumstamm quer durch den wilden Bach und von ihrer Angst, zu sterben.

Mit leiser Stimme wisperte sie:
»Als sich das Dunkel über das Land und den Fluss legte und die Kälte zwischen den Schatten nach meinem Leben griff, spürte ich deinen Herzschlag. Ich empfand dein Pochen wie das meine und deine Liebe wie tausend Sonnen stark in mir. Dein unermüdliches Feuer und dein lieblicher Halt gaben mir Kraft und brachten mich zurück auf des Lebens Spur. So fühlte sich mein Schlafen wach und meine

Finsternis wurde hell. Es war so vertraut, mit dir durch die Nacht zu fallen und gemeinsam in Gedanken tief durch den Raum und durch die Zeit zu schweben. Und es war so wohltuend, mit dir in den Tag zu träumen, der in Sanftheit und im Glanz des Morgens erwachte.

Du bist mein kleiner Löwe. Du bist mein großer Schatz.«

Kamar atmete schwer und drückte den Schmetterling sanft an sich.

Adolf

»Küp, Löwen können doch nicht fliegen, oder?«, sprudelte es aus Lea heraus.

Adolf war ruckartig hellwach und fixierte meine Lippen. Keiner im Raum war gespannter auf die Antwort als er. Er stellte sich fraglos vor, wie es sein müsste, als erste fliegende Katze Berlin zu erkunden. Wie er dann bühnenreif bei den Weibchen angeben könnte. Hier kommt Adolf, der Kater, der höher fliegt als jeder andere in Deutschland. Vorausgesetzt, dass ein Löwe fliegen lernen konnte, so wäre es für ihn sicherlich ein Kinderspiel. Auch könnte er obendrein ganz Deutschland unsicher machen und wäre nicht beschränkt auf Berlin. Mit etwas Übung wäre er nicht mal beschränkt auf Deutschland, sondern könnte problemlos ganz Europa durcheinanderbringen. Das perfekte Leben und ein eigenes großes Reich für die Katze ...

»Nein, Lea, natürlich können Löwen nicht fliegen. Aber man kann vieles erreichen, wenn man an sich glaubt und wenn man den richtigen Menschen vertraut.«

›Also sind Katzen auch nicht in der Lage, zu fliegen‹, dachte sich Adolf offenbar, als sein Katzenkopf jäh auf die Bettdecke sackte. Und sein Höhenflug war schneller vorbei, als er ›Miau‹ sagen konnte.

»Dann lügt Sun ihn an?«, wollte nun Kai wissen.

»Oh nein, sie glaubt daran, dass er es schaffen kann. Es ist sehr wichtig, bei ausgesprochen schwierigen und komplizierten Aufgaben Menschen um sich zu haben, welche mehr in einem sehen als man selbst. Man braucht ein Umfeld, das einen motiviert und fördert und zu guter Letzt in jeder Situation zu einem hält und an einen glaubt. Genau so ist Sun zu Kamar. Sie glaubt an ihn und vertraut seinen Fähigkeiten, auch wenn der Löwe allein es nicht einmal wagen würde, vom Fliegen zu träumen. Das zeichnet eine wahre Freundschaft aus – an den anderen zu glauben, auch wenn er es selbst nicht tut.

Schau, obwohl Kamar gelegentlich Sachen macht, die Sun weder gutheißen noch verstehen kann, hält sie dennoch bedingungslos zu ihm. Mehr sogar: Sie ist überzeugt, dass er das Fliegen erlernen wird, nicht zuletzt, weil sie an ihn glaubt und ihm vertraut.«

Und Maria ergänzte: »Viele Leute erreichen sagenhafte Dinge in Berufen und Tätigkeiten, in welche sie hineingeboren wurden oder die sie sich selbst nicht ausgesucht haben. Man stelle sich jetzt nur vor, was diese Menschen leisten würden bei Arbeiten, die ihrer Leidenschaft und ihrem Talent entsprechen! Ich kenne diese Geschichte zwar nicht, aber ich bin mir sicher, dass der Löwe fliegen lernen wird. Weil er die passende Unterstützung und das volle Vertrauen von Sun hat.«

Wow, genau deshalb liebte ich Maria. Sie schaffte es doch immer wieder, Sachverhalte auf den Punkt zu bringen. Kai nickte und als Tim Adolf von der Couch schubste und »Flieg, Adolf« rief, lachten alle auf, außer der Katze natürlich, welche mit einem Knurren und einem bösen Blick erneut auf die Decke hüpfte.

»Wir versuchen es morgen wieder, Adolf«, witzelte Tim.

Es war durchaus nicht verwunderlich, dass diese Aussage von Maria kam. Sie war, ähnlich wie ich auch, erst mit vierzehn Jahren von Österreich nach Deutschland gezogen.

Neue Umgebung, neue Freunde, neue Schule. Erschwerend kam hinzu, dass Maria ein Einzelkind war und folglich das Leid nicht mit Geschwistern teilen konnte. Sie hatte in Deutschland zwar den Vorteil, fast die gleiche Sprache zu sprechen, aber den Nachteil, dass sie auf sich allein gestellt war. Außerdem waren wir Türken schon jahrelang gut organisiert, in unseren eigenen Vereinen und in unserer eigenen Religion. Es gab für uns abseits der Arbeit viele Möglichkeiten, sich zu treffen und andere Altersgenossen kennenzulernen. Um die Minderheit der Österreicher in Deutschland kümmerte sich jedoch niemand.

So war es nicht weiter verwunderlich, dass Maria sich zuerst in Büchern vergrub und zur Freude ihres Vaters lernte wie eine Wahnsinnige. Das Abitur bestand sie mit sehr gutem Erfolg und auch das Studium schloss sie in Regelstudienzeit und mit Auszeichnung ab. Sie war ein Ass in Betriebswirtschaft, dem Fachgebiet ihres Vaters, und sein Stolz schoss ins Unermessliche.

Leider hat Maria bis zum heutigen Tag nie hinterfragt, was sie eigentlich tatsächlich wollte. Sie hat sich stets der Orientierung und den Vorgaben ihrer Eltern gefügt und im wahrsten Sinne funktioniert. Einfach nur funktioniert, ohne je nachzufragen, ob dies für sie persönlich richtig oder falsch war. Und in Wahrheit wusste sie es bis heute nicht, weil sie ihr Tun nie in Frage gestellt hat.

Ab dem Zeitpunkt, als ihre Mutter beruflich den Großteil der Woche wieder in Wien verbrachte und ihr Vater ohnehin nie zu Hause greifbar war, entdeckte sie mehr und mehr die große Welt des Internets. Mit einem Kopfdruck war sie in der Lage, der Wohnung in Berlin zu entrinnen, konnte mit einem Mausklick entfliehen, wohin immer sie wollte.

Aber dem nicht genug: Sie konnte nicht nur sein, wo sie wollte, sondern sie konnte auch sein, wer sie wollte. Sie erschuf ihre eigene Realität, ihren persönlichen, charakteristischen Avatar, und stellte dieses jungfräuliche Abbild von ihr auf Facebook dar, wie Millionen andere ebenso. Sie zeigte der gesamten Menschheit, wie sie sich selbst sah, die herrlichsten Bilder, teils retuschiert, teils nur sehr gut selektiert.

Das war die brandneue Maria, welche sie schon seit Ewigkeiten sein wollte. Und diese Maria lebte von nun an jede freie Sekunde jenseits der Realität in der schönen, neuen, digitalen Welt.

Maria wurde Stück für Stück in den Strudel ebendieser digitalen Welt hineingesogen und sie erlag schnell den Likes ihrer Internetfreunde.

Obwohl sie jetzt weder Einzelkind noch allein war, erkannte sie nicht, dass sie es trotz der Kommunikation nicht schaffte, ihr eigenes Umfeld zu verlassen. Sie wurde getäuscht, denn die Weite und die Ferne des Netzes waren nur Illusion, es war bloß ein Zaubertrick.

Sie wurde zwar täglich gefüttert mit Tausenden Informationen und ihre Möglichkeiten wuchsen schier grenzenlos. Aber so sehr sie auch teilnahm und ihre

Ansichten und Bilder postete, so sehr sie sich auch bemühte, alles zu lesen und alles zu kommentieren, sie wurde einfach nicht satt. Sie saugte tagtäglich an einer Brust, die keine Milch gab, und sie konnte trotz Twitter und Instagram kein aktiver Teil des Systems werden – alles war nur auf Konditionierung, Konsum und Kommerz ausgelegt.

Sie und Millionen andere wurden in eine Abhängigkeit hineingetrieben, und obgleich dies fast alle rasch erkannten, wollten sie dieses Hamsterrad nicht mehr verlassen. Sie waren süchtig und unbelehrbar wie das dicke Kind mit der Schokolade in der Hand.

So kontrollierte sie minütlich und akribisch sämtliche Netzwerke und Foren. Sie war immer und überall, äußerlich und innerlich zu jedem Zeitpunkt online. Sie war definitiv der getriebene Teil des Systems. Alles war im Fluss und alles änderte sich, und sie trieb mittendrin willenlos mit und folgte ohne Nachdenken jedem Trend. Trank Bier auf ex oder hüpfte in kaltes Wasser, und das alles nur, um dabei zu sein.

Auch die Kommunikation, ja, tatsächlich die ganze Sprache mutierte und flutete stillheimlich das Land. Und ob man sich mit der neuartigen Form anfreunden konnte oder nicht, spielte keine Rolle. Es war definitiv keine Frage des Wollens, sondern eine des Müssens und eine des Akzeptierens. Denn eines war gewiss: Die neue Sprache im Internet würde die Zeit überdauern – ganz sicher und ganz bestimmt.

Wie ich als analoger Mensch die digitale Maria überhaupt kennenlernen konnte? Nun, das ist eine unglaubliche

Geschichte, und wenn mir diese jemand erzählt hätte, hätte ich bis zum Ende behauptet, dass er log und dass es so etwas nicht gab.

Es war im Frühling vor zwei Jahren. Ich hetzte, wie im Grunde genommen immer, durch die Stadt.

Mein Verleger rief mich an und teilte mir mit, dass es ein rechtliches Problem mit meinem Buch gäbe und die Telefongesellschaft mich verklagen würde, sollte ich auch nur eine Zeile davon veröffentlichen. Ich lief also zum Verlagshaus. Der Hausanwalt erklärte mir die Situation und ich erkannte schnell, dass es nur zwei Möglichkeiten gab. Entweder beugten wir uns dem Mobilfunkbetreiber, verlegten das Werk nicht, wurden nicht verklagt und verdienten kein Geld, oder wir veröffentlichten das Buch, wurden verklagt und verdienten auch kein Geld. Wie wir es auch drehten und wendeten, am Ende verdienten wir keinen einzigen Cent. Mein Verleger fand dies zwar alles andere als amüsant, aber seine Existenz hing zumindest davon nicht ab.

Ich jedoch hatte mein komplettes Geld, all meine Ersparnisse, in dieses Projekt gesteckt. Somit sah die Situation bei mir etwas anders aus. Ich brauchte die Scheine auf meinem Konto! Ich entschied mich also, das Buch zu veröffentlichen, auf die Gefahr hin, mit der Telefongesellschaft vor Gericht zu ziehen. Natürlich kam es dann auch genau so und der Telefonkonzern prozessierte gegen die Erscheinung des Buches. Mein Kontostand durchstieß binnen zwei Wochen die Nulllinie so vehement, dass ich eine Einladung meiner Hausbank erhielt. Wobei, um bei der Wahrheit zu bleiben, es eigentlich mehr ein Ersuchen, zu erscheinen, als eine nette, höfliche Einladung war.

Da ich jedoch so oder so einen neuen Kredit brauchte, um mir einen Anwalt zu nehmen, empfand ich das Schreiben der Bank eher als glückliche Fügung denn als Aufforderung.
In dem seelenlosen Büro saßen mir dann drei Bankangestellte gegenüber und ich veranschaulichte ihnen die gesamte Situation, ja, im Grunde genommen meinen kompletten Lebenslauf. Ich rezitierte aus meinem Buch, gab jedem ein Exemplar, erklärte ihnen den Konflikt mit der Telefongesellschaft, versuchte nachhaltig alle davon zu überzeugen, mich zu unterstützen, an mich zu glauben und mir Geld zu geben. Ich war echt brillant an diesem Tag – in Hochform. Nach meinem Vortrag, der knapp dreißig Minuten dauerte, sahen mich die Leute dennoch nur kühl an und gaben mir eindeutig zu verstehen, dass sie nicht die Kreditabteilung, sondern die Exekutivabteilung wären.

Anstelle eines neuen Kredits bekam ich einen Monat Aufschub, um meine Außenstände in Höhe von 15.000 Euro zu tilgen. Wenn ich der Aufforderung nicht nachkäme, würde mir die Bank sogleich das aktuelle Darlehen kündigen und die Außenstände einklagen.
So wich das Bild von dem neuen Wunschkredit dem Bild des Gerichtsvollziehers in meiner Wohnung, wich die Vorstellung von dem Geld auf meinem Bankkonto jener des Justizbeamten, welcher den Computer und den Fernseher zur Tür hinaustrug.

Wieder zu Hause angekommen, kontaktiere ich meinen Verleger und schilderte ihm die Situation. Diesen interessierte das leider gar nicht und er war nicht gewillt, mir auch nur einen Euro zu geben.

Im Gegenteil, er rechnete mir vor, was ich ihm noch schuldete, und teilte mir mit, dass er sich auch rechtliche Schritte gegen mich überlegte. Mir wurde schlagartig klar, dass der Verlag nur Bücher verkaufen wollte, ihm waren die Belange der Autoren vollkommen egal. Der Herausgeber verhielt sich mir gegenüber vollkommen unfair und blutsaugerisch. Von dieser Seite konnte ich weder Geld noch Hilfe erwarten.

So schloss ich mich in meiner Wohnung ein und zählte die Tage rückwärts bis zu diesem Termin.

Als ich bei Tag neun ankam, klingelte mein Handy.

»Hallo Herr Seker, darf ich mich kurz bekannt machen: Mein Name ist Maria Kleine. Sie hatten unlängst einen Banktermin in unserem Hause und wir haben uns vor circa drei Wochen persönlich kennengelernt. Wäre es Ihnen möglich, sich mit mir zu treffen? Ich würde Ihnen gerne einen Vorschlag unterbreiten.«

Von da an ging es Schlag auf Schlag. Wir trafen uns am Abend desselben Tages und Maria erklärte mir, dass sie mein Buch gelesen hatte, dass sie es sehr gut fand und sie mir gerne helfen würde. Sie könne mir zwar keinen Kredit von der Bank besorgen, jedoch 15.000 Euro auf unbestimmte Zeit leihen.

›Mir Geld borgen?‹ Ich war fassungslos. ›Ist die denn verrückt?‹, war mein erster Gedanke. Natürlich nahm ich dankend an, und wie sich später herausstellte, war sie alles andere als verrückt. Ich tilgte meine Schulden bei der Sparkasse und wir freundeten uns sehr schnell an. Wir verbrachten fast jede freie Minute zusammen und lernten uns immer besser kennen. Wir diskutierten nächtelang über alles Mögliche und Unmögliche, von Garfield und Micky Maus bis hin zu Kant und Kierkegaard. Vor allem Kant hatte ich es wohl zu verdanken, dass sie sich ein Herz für mich genommen hat.

»Im wahren Künstler vereinen sich Handwerk und Genie«, lachte sie immerzu und stritt natürlich beides ab.

Als Maria zum ersten Mal Kierkegaard erwähnte, dachte ich zuerst an eine spezielle Knäckebrot-Sorte oder ein Möbelstück von IKEA. Das verschwieg ich ihr natürlich bis heute. Dennoch wurden wir, wie könnte es auch anders sein, ein Paar.

Die intellektuelle Schönheit und der verträumte Macho.

Seither ordnete sie mein Leben neu, verhalf mir zu einer redlichen Arbeit, organisierte mich vollkommen um und schaffte es innerhalb eines Jahres, aus mir einen Deutschen zu machen. Schon verrückt, wenn eine Österreicherin aus einem Türken einen Deutschen macht. Na ja – Gott sei Dank nicht in allen Belangen!

Ich lächelte Maria an, gab ihr einen Kuss und wusste, dass sie mir damals auch das Fliegen beigebracht hatte. Weil sie an mich glaubte, in der Gegenwart und vor allem in der Zukunft.

Kranich

Die folgenden Tage waren mit Üben und Trainieren ausgefüllt. Sun scheuchte den kleinen Löwen auf die Steine, auf die Baumstämme, ließ in überall runterhüpfen und wieder raufsteigen.

Sie zeigte ihm die richtige Körperhaltung, den richtigen Absprung, lehrte ihn, sich auf das Wesentliche zu konzentrieren, und wies ihn an, Übungen zu machen, um das Schweben zu erlernen.

Kamar war zwar nach wie vor ungläubig und innerlich bezweifelte er, dass es mit dem Fliegen je klappen könnte, aber er tat alles, was der Schmetterling ihm auftrug. Eine seiner Lieblingsübungen bestand darin, auf dem Rücken zu liegen und mit allen vier Beinen in der Luft zu laufen. Er verbrachte Stunden damit und es ermöglichte ihm, sich dabei die Sonne auf den Bauch scheinen zu lassen.

Die Tage und die Nächte waren erfüllt von Zweisamkeit. Die beiden verstanden sich blind, sie waren, dem Sprichwort entsprechend, ein Herz und eine Seele. Gelegentlich zeigte Kamar Sun zwischen den Trainingseinheiten, wie das mit dem Brüllen funktionierte. Kamar war durch das viele Schreien und Üben von Atemtechniken mit Sun schon durchaus gut darin und sein eigenes Gebrüll stand dem seines Vaters in nichts mehr nach. Er führte Sun die richtige Atemtechnik vor und erklärte ihr genau, welchen Fehler er früher immer gemacht hatte. Aber so sehr der Schmetterling auch Luft holte und so sehr sich die kleinen Lungenflügel auch bäumten, viel mehr als ein kümmerliches Husten kam aus dem zierlichen Körper nicht heraus.

Sogar das normale Schreien von Sun klang wesentlich lauter als ihr Brüllen.

Aber das traute sich Kamar dem Schmetterling natürlich nicht zu sagen.

Eines Nachts seufzte Sun inmitten der Stille: »Ich habe Angst vor dem Einschlafen, Kamar.«

»Vor dem Einschlafen?«, fragte der kleine Löwe skeptisch.

»Ja«, erklärte der Schmetterling. »Ich fürchte mich davor, dass unliebsame Geister in der Dunkelheit kommen und uns alles, was wir haben und besitzen, wegnehmen.«

Kamar war ein wenig verdutzt über ihre Angst vor Gespenstern.

Er erwiderte: »Also wenn es wirklich böse Geister gibt, dann muss es doch auch gute Geister geben, die es gut mit uns meinen und uns im Schlaf beschützen. Freuen wir uns doch lieber auf die guten Erscheinungen, als uns vor den ungutenzu fürchten.«

Kamar war wahrlich stolz auf sich selbst, etwas so Schlaues gesagt zu haben, und Sun antwortete, kurz bevor sie endgültig einschlief: »So wird es dann wohl sein, Kamar! Und weißt du was? Dann freue ich mich eben auf die guten Geister heute Nacht. Schlaf schön, mein tapferer Löwe.«

An den darauffolgenden Tagen war das Training unfassbar hart. Sun ließ nicht locker und der Löwe musste springen, balancieren, auf dem Boden kriechen, und das alles wieder von vorn.

Sun wiederholte diese Übungen immer und immer wieder von Neuem mit ihm. Zwischendurch, zur Entspannung, musste sich Kamar mit geschlossenen Augen langsam und vollauf bewusst auf der Stelle bewegen. Sun mahnte ihn, sich ausschließlich auf das Laufen zu konzentrieren und stets die Luft unter seinen Pfoten zu spüren.

So vergingen die Tage und die Wochen, und obwohl Kamar alles tat, was der Schmetterling ihm auftrug, verlor er doch langsam seinen Glauben an das Fliegen.

»Wie will ich denn fliegen lernen ohne Flügel? Und wie soll ich es je zu Stande bringen, vom Boden abzuheben, wenn wir noch keine einzige Übung zu diesem Zweck gemacht haben?«, erkundigte sich Kamar, dessen Geduld fast am Ende war.

»Fliegen mit Flügeln?« Sun schaute verdutzt. »Du wirst nie fliegen mit Flügelkraft, ja, nicht mal mit Kraft! Du wirst ein Luftgänger werden, und du hast bis jetzt alles bravurös gemeistert. Hab noch etwas Durchhaltevermögen, mein Löwe, und vertrau mir!«, besänftigte der Schmetterling Kamar.

»Ein Luftgänger?«, dachte Kamar laut und blickte weit aufs offene Meer hinaus.

Der kleine Löwe erkannte jetzt den Sinn hinter all den Übungen und sein Glaube in Sun und in das Fliegen wuchs spontan. Kamar übte nun wie ein Irrer den restlichen Tag, bis er völlig erschöpft bereits bei Einbruch der Dunkelheit einschlief.

In jener Nacht entsprang der Neumond und somit war es eine total dunkle und lichtlose Düsternis. Sun glaubte wie so viele, dass in den Neumondnächten nicht nur der Mond neu geboren wurde, sondern jedes Unterfangen in ebendieser Nacht leichter und einfacher neu begonnen oder entfacht werden konnte. Sie weckte den kleinen Löwen inmitten dieser schwarzen Finsternis.

»Wach auf, Kamar, schnell!«, rief der Schmetterling in seinen Traum.

Kamar öffnete die Augen, konnte aber außer einigen verschwommenen Sternen nichts erblicken und fragte gähnend: »Was ist denn los? Wieso weckst du mich?«

»Steh auf und komm mit«, raunte der Schmetterling und führte den Löwen zum Baumstamm, welcher auf der einen Seite in den Boden gerammt war und auf der anderen hoch über den Fluss ragte. Es war so dunkel, dass man die Hände nicht vor den Augen sehen konnte. Die Sterne allein konnten das Land und das Meer nicht erhellen in dieser mondlosen Nacht.

Sun leitete Kamar auf den Stamm zu und sagte ihm, dass er trotz der Dunkelheit seine Augen fest schließen und ganz langsam und sacht über den Baumstamm laufen solle. Zuerst hinauf bis ans Ende, dann umdrehen und wieder ganz gemächlich hinunter gehen. Der kleine Löwe folgte den Anweisungen und tat, was Sun ihm sagte.

Er kletterte auf den Stamm, doch bevor er seinen ersten Schritt machte, mahnte ihn der Schmetterling erneut: »Setze jede einzelne Pfote bewusst und spüre den Halt immerzu. Der Neumond vermag Dinge zu ändern, Dinge neu zu erfinden oder neu zu ordnen. Schließe jetzt deine Augen und vertraue auf dich.«

Kamar schloss die Augen und begann einen Fuß vor den anderen zu setzen. Ganz langsam, ganz behutsam, ganz bewusst, genau so, wie Sun es ihm gesagt hatte. Er lief in der Dunkelheit lautlos den langen Baumstamm hinauf. Sun konnte bald nur noch seine Silhouette erkennen und sie war sichtlich nervös, als Kamar unwissentlich auf das Ende des Stammes zuging.

Der kleine Löwe ging Schritt für Schritt durch die Finsternis stetig nach oben. Und ohne es zu bemerken, setzte Kamar den ersten Fuß über das Ende des Baumes hinweg in die Luft. Kurz verlor er das Gleichgewicht und es schien, als stürzte er ab, aber er fand wirklich Halt! Da seine Augen immer noch fest verschlossen waren, bemerkte er nicht, dass er nur noch zur Hälfte auf dem Holzstamm stand und seine andere Hälfte bereits hoch über dem Wasser schwebte. Er machte den nächsten Schritt und den nächsten. Nun war es so weit, Kamar lief über den Baumstamm hinaus und war jetzt mit allen vier Beinen in der Luft und er ging weiter und weiter. Es war unglaublich, er hatte es tatsächlich geschafft! Kamar war ein Luftgänger und schwebte hoch über dem Meer, wie ein Blatt im Wind.

Sun hüpfte vor Freude und flog hinauf zu dem kleinen Löwen, der immer noch weiter und weiter in den dunklen Himmel den Sternen entgegenlief. Sun flatterte dicht an Kamars Ohr und flüsterte: »Gratuliere, mein Held, du hast es vollbracht! Du darfst jetzt deine Augen wieder öffnen.«

Kamar war nicht wirklich klar, was Sun meinte, öffnete die Augen, sah sie an und fragte verwirrt: »Was habe ich denn geschafft?«

»Kamar, du fliegst, du kannst fliegen, mein Schatz«, frohlockte der Schmetterling und küsste den kleinen Löwen. Als Kamar neugierig nach unten blickte und feststellte, dass er hoch in der Luft über dem Wasser schwebte, verließen ihn seine Konzentration und sein Mut schlagartig. In derselben Sekunde fiel er wie ein Stein mit einem lauten Platsch ins Meer. Sun lachte und hustete sich die Seele aus dem Leib, als der kleine Löwe nass wie eine Ratte ans Ufer kletterte. Kamar und Sun umarmten sich und hüpften wie zwei verrückte Heuschrecken den Damm entlang. Die Freude der beiden hätte nicht größer sein können.

Sie redeten, küssten und hielten sich bis weit in die Nacht. Gemeinsam hatten sie es geschafft und waren zu Recht unendlich stolz auf sich und ihre Leistung.

Beim nächsten Tagesanbruch erwachte Sun von dem Lärm und den Geräuschen, die Kamar machte, und erkannte voller Freude sofort, dass er längst fleißig am Üben war. Er schwebte bereits durch die Lüfte, hoch über dem Boden, als er ihr zurief: »Guten Morgen, du Schlafmütze!« Er strahlte dabei so glücklich und fröhlich wie ein Honigkuchenpferd.

Hin und wieder verlor er noch etwas das Gleichgewicht und fiel ins Wasser, aber er war mittlerweile ohnehin so gut, dass er selbst vom Fluss oder vom Meer aus direkt zum Schweben übergehen konnte. Er merkte schnell, dass über das Wasser zu laufen viel einfacher war als durch die Luft.

Nach zwei weiteren Tagen intensiven Trainings und unzähligen Ratschlägen von Sun konnte Kamar fast schon alles. Er war zugegeben sehr geschickt und erstaunte sogar Sun, als er sich vom obersten Punkt des Steinhaufens mutig runterfallen ließ und sich problemlos auf den Beinen in der Luft abfangen konnte. Es war natürlich hilfreich für ihn, dass Katzen immer auf allen vieren landeten, wenn sie fielen.

Somit sah es aus, als könnte er wirklich fliegen, obwohl er doch nur ein Luftgänger war.

Während Kamar übte, studierte Sun den Wind und die Windrichtungen, denn sie ahnte bereits, dass sie es nur mit dem Laufen allein nie schaffen würden, über das Meer zu segeln. Auch beobachtete sie die Zugvögel, deren Flughöhe und deren Flugformationen. Von den anderen Tieren hörte sie, dass die Reise ungefähr zwei oder drei Tage dauern würde, wobei es allerdings niemand ganz genau wusste, denn so weit hatten sie ihr Zuhause selbst noch nie verlassen. Sun war genauso eifrig am Sammeln von Informationen und Daten, wie Kamar fleißig beim Üben war. Sie wollte einfach alles wissen, alles in Erfahrung bringen und nichts, rein gar nichts dem Zufall überlassen.

Aber so sehr sie auch nachdachte, so viel sie auch fragte, das Wichtigste war der unberechenbare Wind. Ohne den passenden Luftstrom würde ihr Unterfangen scheitern. Sie arbeitete sehr gewissenhaft und konnte die Windrichtung bald auf die Minute genau vorherbestimmen. Sie war, am Ende ihrer Recherchen angelangt, sehr zufrieden mit sich selbst und vor allem mit ihrem kleinen, fliegenden Löwen.

»Kamar, wir reisen morgen kurz vor Sonnenaufgang ab«, sagte sie am frühen Nachmittag, als ihr Blick den fließenden Wolken folgte und sie sich wie eine Feder auf dem Rücken liegend in dem sanften Wind treiben ließ. Sun ermahnte den Löwen und sich, in dieser Nacht früh einzuschlafen, damit sie hellwach und kraftvoll den Flug antreten konnten.

Die Nacht und ihr Schlaf verliefen ruhig, und als die beiden vor dem ersten Sonnenstrahl die Reise begannen, war der junge, zarte Mond in seiner nach oben offenen Sichel ihr erstes Ziel.

Sun überließ nichts dem Zufall und erklärte Kamar zum gefühlten tausendsten Mal, wie er sich im Wind treiben lassen solle, um so viel Kraft wie möglich zu sparen. Denn ihr Flug würde im besten Fall zwei Tage und eine Nacht dauern. An Schlafen oder Ruhen sei in dieser Zeit nicht einmal zu denken.

Und als der Schmetterling den kleinen Löwen kurz vor der Reise fragte: »Kamar, willst du mit mir fliegen?«, lächelte dieser, schaute Sun tief in die Augen, nickte und sagte: »Ja, Sun, das will ich!«

Kamar lief im normalen Tempo immer höher und höher, als würde er eine unsichtbare Treppe emporsteigen. Sun flog dicht an Kamars Hals und klammerte sich wie ein kleiner Jockey an einer seiner Haarsträhnen fest. Der Schmetterling konnte über das linke Ohr hinweg alles genau verfolgen und beobachten, ohne dem Luftzug ausgesetzt zu sein. Als die beiden etwa einhundert Meter über dem Delta schwebten, spürte Kamar den Wind von hinten in seinem Rücken. Der Luftstrom war erst ganz sacht und wurde zunehmend stärker, je höher sie aufstiegen. Kamar spürte den Wind jetzt kraftvoller an seinem ganzen Körper. Sun machte sich so klein wie möglich, um nicht davon geweht zu werden. Sie hielt sich immer stärker an Kamar fest und krallte sich, so gut es ging, in das dichte Fell des Löwen, als aus der anfänglichen Brise langsam ein kleiner Sturm wurde.

Eine knappe Stunde später erreichten sie die gewünschte Flughöhe. Sie ließen sich lange im anhaltend stürmischen Wind treiben. Mit zunehmender Dauer wurde das Fliegen trotz des anhaltenden Rückenwindes sehr anstrengend und Kamar hatte in der Tat große Mühe, die Höhe zu halten. Er verbrauchte einfach zu viel Energie, um seine Balance zu halten. Auf dem Land konnte er sich orientieren und er wusste stets, wo oben und unten war, aber auf dem Meer, ohne Anhaltspunkt, war dies wesentlich schwieriger. Sun indes hielt verzweifelt Ausschau nach einer Insel, auf welcher sie im Notfall landen konnten. Sie erspähte aber kein Stückchen Land, keinen Krümel Erde in dem endlosen Blau, das sie hätte retten können.

Nach etwas längerer Zeit und immer etwas leicht sinkender Flughöhe entdeckte Sun eine schwarze Wolke, welche zwar gemäßigt, aber dennoch stetig von hinten auf sie zuschwebte.

»Schau mal die schwarze Wolke an. Die kommt direkt auf uns zu! Was kann das sein?«, schrie sie Kamar gegen den Wind ins Ohr.

Dieser blickte kurz zurück und sagte unbeeindruckt: »Das sind Zugvögel.«

›Zugvögel? Oh ja, Zugvögel, die hätte ich fast vergessen‹, dachte sich Sun und schrie: »Kamar, wenn wir es schaffen, die Zugvögel zu erreichen, dann sind wir gerettet!«

Jetzt trieb der Schmetterling den Löwen an, die Flughöhe und Richtung der Vögel zu erlangen.

Kamar bekam neue Energie und bemühte sich aus Leibeskräften darum, Höhe zu gewinnen. Es gab nur einen Versuch und nur eine Chance. Als die schwarze Wolke ganz nah war, hatten die beiden es geschafft und gliederten sich in die Formation der Zugvögel ein.

Die Kraniche staunten nicht schlecht, als sich der kleine Löwe und der Schmetterling in ihre Reihen drängten. Aber da die Vögel keine Gefahr witterten und das ungewöhnliche Gespann sehr friedlich und nett wirkte, durften die beiden ohne Weiteres mitfliegen. Sie erklärten Kamar kurz, wie er sich zu verhalten hatte und die wichtigsten Dinge in Sachen Formationsflug.

Was waren diese Tiere schlau! Sie wussten einfach alles über Reiseroute und Orientierung, über die Sonne und die Sterne, sie wussten alles über den Wind und das Wetter. Und vor allem wussten sie, wie man sich im V-Formationsflug die Kräfte richtig einteilen und sparen konnte, was Kamar auch augenblicklich spürte. Und er war heilfroh darüber. Er konnte im Windschatten der Vögel die Geschwindigkeit und die Flughöhe problemlos halten.

Die Zugvögel fanden immer den rechten Weg, weil sie den unsichtbaren Linien des Erdmagnetismus folgen konnten. Sie waren die wahren Herrscher des Himmels. Sie kannten den kalten Norden ebenso gut wie den heißen Süden. Sie waren die Tiere, welche am meisten und am weitesten von allen reisten, und so kannten sie die Welt besser als jedes andere Lebewesen. Sie waren friedliebend, weltoffen, clever und klug zugleich.

Kamar und Sun waren wirklich sehr froh darüber und dankbar dafür, dass sie jetzt mit den Zugvögeln fliegen durften. Vor allem Kamar, der eben noch mit dem Wind und der Höhe gekämpft hatte, war sichtlich erleichtert, sich nur noch an den anderen orientieren zu müssen. Auch Sun war spürbar befreit und glücklich, dass sie sich von nun an nicht mehr um die Navigation kümmern musste.

Da der Weg nach Süden sehr lang und kräfteraubend war, konnten die Vögel nicht die komplette Strecke auf einmal fliegen. So nahmen sie auch Umwege in Kauf, um die Nächte auf Inseln im Meer zu verbringen, um sich zu stärken und auszuruhen. Dieser Umstand kam vor allem Kamar sehr gelegen, konnte er doch fast jede Nacht ausschlafen.

Kamar und Sun standen natürlich im Mittelpunkt des Interesses der Zugtiere. Die Vögel hatten beileibe noch nie einen fliegenden Löwen gesehen oder waren je mit einem in Formation geflogen.

Auch als sie bemerkten, dass es sich bei dem Verhältnis zwischen Kamar und Sun mehr um eine Beziehung als um eine Freundschaft handelte, waren sie nur kurz verwundert. Diese Vögel hatten schon fast alle Länder gesehen und bereist, ihnen war durchaus bewusst, wie sehr alles zusammenhängt und zusammenfließt. Sie waren von Natur aus frei von Vorurteilen. Sie waren frei in ihrem Handeln, Denken und Tun. Und deshalb fanden sie Kamar und Sun sehr schnell entzückend als Paar und wunderbar als ihre fliegenden Begleiter. Das nächste Ziel der Vögel war eine der großen Inseln an der Naht der unteren zur oberen Hälfte der Welt, welche die Zugvögel den Äquator nannten.

Was so viel bedeutete wie etwas in zwei gleiche Teile zu teilen. In diesem Fall natürlich die Erde.

Sie wussten nicht, wie es auf der Unterseite aussah, da sie selbst noch nie so weit geflogen waren und bislang den Winter immer auf derselben Insel verbracht hatten.

Am Abend saßen und schliefen alle Vögel in den zahlreichen Bäumen, Kamar jedoch zog es vor, auf dem Boden zu liegen, und Sun kuschelte sich in sein Fell.

Arbas, der Chef der Kraniche, welcher bislang kein einziges Wort mit den beiden gesprochen hatte, flog an jenem Abend zu ihnen runter auf den Waldboden.

»Wir sind am Ende unserer Route angekommen«, sagte er sichtlich erleichtert, da er es wieder geschafft hatte, alle Vögel heil auf diese Insel zu bringen. Nach einem kurzen Blick in die Sterne fragte er: »Wo wollt ihr zwei eigentlich hin? Gibt es ein Ziel auf eurem Weg?«

Sun setzte an und erklärte Arbas alles sehr ausführlich – wie sie Kamar kennengelernt hatte, als er im Wald umherirrte, erzählte von dem Rat der Eule, von der bisherigen Reise und von den Flugstunden mit dem kleinen Löwen.

Der Kranich hörte sehr aufmerksam und gespannt bis zum Schluss zu und bemerkte dann: »Ich finde es wunderschön, dass ihr zwei euch gefunden habt, und es ist uns fürwahr eine Ehre, dass ihr mit uns geflogen seid, aber dennoch möchte ich euch etwas mit auf den Weg geben: Nicht alle Wesen und Tiere sind so vorurteilsfrei und verständnisvoll wie wir Zugvögel. Wir haben auf unseren Reisen vieles gesehen, vieles erfahren und vieles gelernt. Dieses Glück wurde leider nicht allen Lebewesen zuteil. Die meisten überblicken bedauerlicherweise nur ihr alltägliches Umfeld und hatten nie eine realistische Chance, etwas anderes zu erleben oder kennenzulernen als das eigene Nest oder die eigene Höhle. Ihr werdet nicht immer auf Zustimmung stoßen und etliche werden euch als Paar meiden oder gar ablehnen. Diesen Artgenossen jedoch einen Vorwurf zu machen wäre ebenso falsch, wie deren Reaktion unpassend ist. Aber seid nicht boshaft mit ihnen, denn sie wissen es schlichtweg nicht besser und alles Fremde macht ihnen zuallererst Angst. Sie existieren in eingefahrenen Vorstellungen. In Klischees zu leben macht die Welt zwar einfacher und hilft uns, alles problemlos einzuordnen und zu verstehen, aber die Wahrheit bleibt dabei meist auf der Strecke. So dürft ihr nicht böse auf diese Wesen sein und müsst auch deren Ablehnung gelegentlich akzeptieren. Aber gebt Acht, dass ihr zwei euch nicht verliert in der Meinung der anderen. Das ist wirklich wichtig und wird oft genug schwierig einzuhalten sein. Ihr müsst euer zartes Vertrauen stets nähren und an euch glauben! Denn wenn ihr je die Zuversicht in euch selbst verliert und den Zweifel zwischen euch gedeihen lasst, dann werdet ihr scheitern.«

Arbas machte eine lange Pause, schaute beiden tief in die Augen und sagte, als er wieder zurück in sein Nest flog: »Ich wünsche euch von ganzem Herzen, dass ihr euch nicht entzweit in der Ablehnung der anderen und den eigenen Bedenken, sondern fortwährend nur eurer ureigenen Liebe folgt.«

Kamar und Sun verbrachten noch mehrere Tage mit den intelligenten Federtieren auf der großen Insel. Und sie waren im Nachhinein immens froh, dieselbe Strecke genommen zu haben, denn das Meer wäre zu zweit nie und nimmer in dieser kurzen Zeit zu überwinden gewesen. Als der Abreisetag näher kam, verabschiedeten sich die Zugvögel von den beiden. Sie gaben ihnen noch genaue Anweisungen, wie die Reise weitergehen würde und wie sie mit dem aktuellen Wind am besten zurück auf ihre Route kommen könnten.

Kamar war mittlerweile so gut im Fliegen, dass er Sun Konkurrenz machen konnte, und somit war es auch ohne die Leitvögel ein Kinderspiel, das Land nach zwei langen Flugtagen und einer Flugnacht sicher zu erreichen.

Das Paar war bereits auf dem unteren Teil der Erdkugel angekommen. Der kleine Löwe hatte glücklicherweise die Angst, von der Erde zu fallen, schon längst verloren, war er ja im Stande, selbst zu fliegen wie ein Vogel. Aber so sehr er das Fliegen mochte, war er dennoch heilfroh, dass er nach der beschwerlichen Reise wieder festen Boden unter seinen Füßen spürte.

Er liebte es, den feuchten Untergrund zu fühlen, und natürlich liebte er es, nicht von dem Planeten zu stürzen.

Bis zum Schluss war ihm nicht klar, wieso er nicht runterfiel, lief er doch auf der unteren Seite einer Kugel. Aber ohne es genau zu hinterfragen, freute sich Kamar und hüpfte in der Gegend herum, als ob er zum ersten Mal mit allen vier Pfoten Land berührte. Es war ihm einerlei, als Sun feststellte, dass er nicht mehr fliegen dürfe, sondern jetzt wieder gehen müsse. Denn die Landwinde seien im Gegensatz zu den Meereswinden fast unkontrollierbar und Kamar würde Gefahr laufen, von einer Böe in einen Felsen oder einen Baum geweht zu werden.

Ohne Wind zu schweben, machte ohnehin keinen Sinn, da die Fortbewegung in der Luft letztlich genauso anstrengend war wie das Gehen auf dem Boden.

Nach zwei Tagen Marsch durch meist trostloses, unfruchtbares, steiniges Land erreichten die beiden den Anfang der Wüste.

Sie kamen an eine große Wasserstelle, welche von riesigen Palmen umrandet war. Die verschiedensten Tiere tummelten sich an der Oase, alle waren fröhlich und ausgelassen. Die Atmosphäre und das Flair waren so ungemein lebendig. Jeder war lustig und planschte in einer kleinen Pfütze oder trank aus dem stattlichen Teich frisches, klares Wasser. Es war eine traumhaft heitere, beschwingte Stimmung. Man merkte allen sofort an, ob sie im Begriff waren, in die Wüste zu gehen, gerade aus der Wüste kamen oder ob sie hier auf der Wüsteninsel wohnten.

Als Kamar und Sun zur Oase schlenderten, um Wasser zu trinken, erregten sie die Aufmerksamkeit einer Löwenfamilie. Die Sippe war sehr groß und bestand aus mindestens acht Löwen, die auf einer kleinen Erhöhung unter einer ausladenden Palme thronten, von welcher aus sie die ganze Oase gut überblicken konnten. Als Kamar die Wüstenkönige entdeckte, kam auch schon ein kleines Löwenmädchen, etwa im Alter von Kamar, mit weit aufgerissenen Augen auf die beiden zugerannt.

»Hallo, ich heiße Shana!«, sagte sie, während sie ihren Kopf leicht in den Nacken legte und Kamar zuzwinkerte.

»Hallo Shana, mein Name ist Kamar«, bemerkte der kleine Löwe freundlich.

»Und ich bin Sun!«, schoss es aus dem quirligen und glücklichen Schmetterling.

Alle drei liefen zu dem Teich. Kamar und Sun tranken so viel Flüssigkeit, bis sie glaubten, zu platzen, und kühlten sich dann vollends im See ab. Obwohl der Schmetterling Wasser nicht mochte, flog auch er direkt in das Nass und schwebte minutenlang wie ein regungsloses Blatt darin. Die Sonne stand ja hoch am Himmel und ihre Hitze trocknete ihn binnen Sekunden.

Nach der Abkühlung lud die süße kleine Löwin Kamar und Sun zu sich auf den Erdwall ein, in den behaglichen Schatten der Palme. Nachdem sich alle freundlich vorgestellt hatten, sagte Shana gespannt: »Jetzt erzählt schon. Woher kommt ihr zwei Unerschrockenen und was führt euch in diese abgelegene Gegend?« Shana betrachtete und redete dabei immer nur mit Kamar. Sun wurde von ihr gänzlich ignoriert. Sie war durchsichtig wie Luft für Shana und Sun wurde zum ersten Mal auf der Reise wahrhaftig wie ein Insekt behandelt.

Kamar beschrieb kurz und knapp, dass er und seine Freundin Sun sich nur kurz in der Oase aufhalten würden, da ihr eigentliches Ziel jenseits der Wüste lag.

»Deine Freundin?«, fragte Shana zweifelnd. Dann lachte sie in die Gruppe.

»Du meinst gewiss *eine* Freundin.« Sie erntete dabei nickende Zustimmung von all den anderen Löwen der Großfamilie. Nach einer schier endlos wirkenden Pause hob Kamar seinen Kopf, schaute in die Runde, öffnete die Augen ungemein weit und sagte gesetzt und selbstbewusst:

»Nein, Sun ist nicht *eine* Freundin, sondern sie ist *meine* Freundin! Wir sind ein Paar!« Kamar sah hierbei Sun in ihre glücklichen Augen und fasste ihre Hand. Die junge Löwin verstummte und ihre noch lächelnde Unterlippe fiel nach unten. Erstarrt blickte sie die anderen an, um in derselben Sekunde laut zu lachen und unter dem einsetzenden Gelächter der sonstigen zu spotten:

»Ein Paar? Ihr zwei wollt ein Liebespaar sein?«

Zutiefst gekränkt und auf irgendeine Art abgewiesen, fand die Häme von Shana keinerlei Ende. Immer wieder grölte sie: »Ihr beiden seid doch kein Paar! Das ist bloß ein Scherz!«

Sie schaute zu Sun und plärrte sie regelrecht an: »Du bist doch nie und nimmer eine Frau für Kamar!

Sieh dich bitte einmal an, du bist ein Schmetterling und er ist ein Löwe! Er hat doch nur Mitleid mit dir!

Kein vernünftiger Löwe würde sich auch nur eine Sekunde mit dir abgeben oder nur einen Gedanken an dich verschwenden! Du bist nichts weiter als ein Wurm in seinem Leben und du wirst und kannst ihn nie glücklich machen!« Und als sie nochmals NIE brüllte, senkte Sun den Kopf, sah auf den sandigen Boden und flog wortlos davon.

Kamar folgte Sun mit seinem Blick, als ihm Shana von der Seite ins Ohr flüsterte: »Lass sie ziehen, sie wird es bald verstehen und einsehen, dass es keinen Sinn macht, Kamar.«

Der kleine Löwe drehte sich wieder dem Kreis zu, sah Shana ernst ins Gesicht und entgegnete ihr: »Ja, sie wird bald erkennen, dass nicht alle Löwen nachdenken, bevor sie sprechen, und dass nicht alle Löwen über ihren eigenen Horizont blicken können. Ein schlauer Zugvogel hat mir unlängst erklärt, dass unzählige Artgenossen Angst haben vor dem Fremden und vor dem Neuen. Das Unbekannte abzulehnen und zu verurteilen, geht viel einfacher und schneller, als sich die Zeit zu nehmen, das Neue zu verstehen oder zu begreifen. Die eigene und vor allem die gesellschaftliche in Klischees geordnete Welt aufzubrechen, ist wirklich anstrengend und nicht jeder hat den Mut und die Kraft, sich einer möglichen neuen Identität und Wahrheit zu stellen. Ich verstehe und akzeptiere deine

Reaktion, Shana, aber deine Vorstellungen und Ansichten werden keinen Platz finden in meinem Leben.«

Shana blieb der Mund weit offen stehen und die Worte von Kamar trafen sie wie kleine Pfeile ins Gesicht. Sie sprang auf und rannte zutiefst beleidigt in die offene Wüste.

Der älteste Löwe, welcher bislang wortlos und regungslos im Schatten geschlafen hatte, hob seinen Kopf und deutete Kamar, ihm zu folgen. Sie liefen aus dem kühlen Halbdunkel in die pralle Sonne hinaus.
»Du musst entschuldigen, Kamar«, erhob der greise Löwe gemächlich seine raue Stimme, »aber Shana hat durch dich weiter in die Zukunft geschaut, als es sinnvoll ist, und ist in Gedanken weiter gegangen, als du mit ihr gehen kannst. Sie hat in dir eine Chance gespürt und in dir ihr Glück erhofft, das sie sehnt wie die Wüste das Meer. Das war sicherlich etwas voreilig von ihr und sicher unklug, sich so schnell in diesem Traum zu verfangen. Dennoch ist es sehr ungewöhnlich, dass ein Löwe und ein Schmetterling ein Paar sind. Ich bin ein alter Löwe und habe einiges erlebt und gesehen. Ich glaube, dass ihr beiden eine Zukunft habt, wenn ihr es über die Maßen wollt und selbst daran glaubt. Meine Familie jedoch ist überaus traditionell, es sprengt deren Grenzen des eigenen Denkens und der eigenen Vorstellung. Ich bitte dich darum herzlich, euch einen anderen Platz zu suchen und den Kontakt zu uns zu meiden, solange ihr Gäste in dieser Oase seid, um einem Streit zwischen uns aus dem Weg zu gehen.«

Kamar nickte kurz, dankte dem alten Löwen ergeben und machte sich auf die Suche nach Sun.

Er fand sie im Schatten eines Steines mit starrem Blick auf die endlose Weite der Wüste.

»Was für Ignoranten«, bemerkte Kamar und lächelte Sun zu. Sie jedoch blieb stumm und schaute weit in die Ferne. Als der kleine Löwe sich setzen und Sun küssen wollte, drehte sie demonstrativ ihren Kopf weg.

»Was ist los? Was habe ich denn falsch gemacht?«, fragte Kamar.

Sun verharrte weiterhin wortlos. Der kleine Löwe wollte sie nun halten, doch sie wand sich aus seinen Pfoten heraus.

»Was ist denn los, Sun?«, ersuchte er nochmals das Gespräch.

»Es ist aus zwischen uns!«, sprach sie, und nach einer schweigenden Schockminute ergänzte sie: »Das Löwenmädchen hat Recht, wir passen nicht zusammen! Was haben wir uns nur dabei gedacht? Ich werde wieder zurückfliegen, unser Rausch endet hier!«

Suns Blicke verloren sich in der Grenzenlosigkeit der Wüste. Und auch wenn Schmetterlingstränen ungewöhnlich selten sind und fast so klein, dass man diese mit bloßem Auge nicht erkennen kann, so glitzerten sie sehr wohl in ihrem Antlitz.

Sun dachte an die Reise, dachte an Kamar, dachte an ihre Liebe. Sie beurteilte ihre eigenen Vorbehalte und fragte sich, ob es je funktionieren könnte. Sie dachte an ihren Wunsch und daran, dass es doch einen Weg geben musste. Sun kämpfte und weinte innerlich. Sie blickte auf, sah Kamar in die Augen, unterdrückte ihre Tränen und sagte kühl: »Es ist aus, Kamar!«

Und dann flog sie weg, wortlos und ohne sich umzudrehen.

Der kleine Löwe stand immer noch unter Schock und obwohl ihm Suns Erregung nicht entgangen war, wusste er, dass dies kein Scherz von ihr war.

Er fand keine Worte, seine Zunge klebte förmlich in seinem Rachen und sein Herz schlug ihm bis zum Hals. Er brachte keinen Ton heraus, so getroffen war er von ihrer Aussage.

Auf einmal drehte sich Sun nochmals um, flog gerade auf Kamar zu und schrie ihn an: »Und du? Du hast dazu nicht ein einziges Wort zu sagen? Du sitzt unbedarft da und glotzt stumm und starr in den Sand? Alles, was ich verkündet habe, lässt dich einfach nur kalt? Du bist und bleibst ein dummer, gefühlloser, eingebildeter, egoistischer, selbstverliebter, ignoranter Löwe!« Sie warf ihm noch einen brennenden Blick zu und flog endgültig davon.

Kamar blieb einsam zurück. Er versuchte sich zu sammeln und jedes einzelne Wort von Sun und Shana zu ordnen. Er verglich alles, was geschehen war, und alles, was gesagt wurde, mit seinem eigenen Denken, Fühlen, Wollen und Sehnen. Und je länger er dasaß und nachdachte, je ausführlicher er alles immer und immer wieder durchging und überlegte, desto mehr gab es für ihn keinen einzigen Zweifel daran, dass er Sun über alle Maßen liebte! Nur Sun!

Er mochte sie viel mehr als alles andere auf der Welt und er wusste, dass er stark genug war, dies auch zu leben! Er sprang auf und folgte abermals den Flügelspuren des Schmetterlings.

Kamar fand Sun an der großen Wasserstelle, als sie soeben dabei war, zu trinken und sich für den Rückflug zu stärken.

»Was hast du denn, mein Schatz?«, fragte der kleine

Löwe immer noch sichtlich mitgenommen. Kein Wort zurück.

»Hallo«, bettelte er und versuchte Sun zu küssen. Doch sie wand sich wieder ab.

»Geh zu deiner Löwendame!«, blaffte sie ihn an.

»Wohin soll ich gehen?«, fragte Kamar überrascht.

»Zu deiner Sippe und zu dem allzu süßen Löwenmädchen mit den großen Augen, die sie sicher noch größer für dich machen kann«, spottete der sichtlich nervöse Schmetterling.

Kamar schnappte kurz nach Luft, sagte dann aber ruhig und besonnen: »Sun, bitte sag mir, auf wen soll die Sonne selbst denn neidisch sein? Auf die Fackel? Oder auf die Kerze? Oh mein süßer Schmetterling, du musst nie eifersüchtig sein, denn du bist und bleibst mein Leben, meine Sonne und mein Licht!« Kamar hielt den Schmetterling sanft im Arm und beide wirkten erschöpft und erstarrt für den Moment, welcher die zwei umhüllte und miteinander verschmolz.

Die sternenklare Nacht war kühl und ruhig und es schwebten keine Worte zwischen den beiden durch die Luft. Dennoch spürten Kamar und Sun, dass ihre Beziehung gewachsen war in jener Stunde, die doch so dunkel begonnen hatte.

Als sie in der Morgendämmerung aufbrachen und die schlafende Oase hinter sich ließen, stand einige hundert Meter inmitten der Wüste ein Schakal mit einem Verkaufsladen.

»Was machst du hier so früh am Morgen?«, rief ihm Sun entgegen.

»Ich verkaufe Sand«, erwiderte der Schakal.

»Sand? Wie willst du Sand verkaufen?«, fragte Sun überrascht.

»In diesen kleinen Glasbehältern«, sagte das Tier und zeigte es Sun.

»Hier ist überall Sand! So weit das Auge reicht! Niemand wird dir in der Wüste den Sand abkaufen, mein Guter. Geh besser nach Hause und schlaf dich aus. Du vergeudest an dieser Stelle doch nur deine Zeit«, belachte ihn Sun und wollte eben weiterfliegen, als sie Kamar völlig arglos sagen hörte:

»Ich nehme ein Glas.« Und er reichte dem netten Schakal einen Löwentaler. Selbiger tauschte eilig den Taler gegen das Behältnis.

»Eine sehr weise Entscheidung, mein Herr, der Sand wird Ihnen noch lieb und teuer sein«, bemerkte der Schakal noch, und bevor Sun loswettern konnte, war das flinke Tier auch schon hinter einer Düne verschwunden.

Man konnte und durfte unter keinen Umständen alles wiedergeben, was Sun dem kleinen Löwen daraufhin sagte und wie sehr sie ihn schimpfte. Nur so viel: Sie war jetzt nicht nur gelb wie eine Zitrone, sondern auch so sauer wie eine ebensolche. Jetzt, da sie ein Paar waren, fand ihr Unmut keine Grenze und ihre Worte schlugen wie Blitze aus einem Gewitter auf den kleinen Löwen nieder. In der Tat war Suns Liebe gegenüber Kamar grenzenlos. Und so war auch ihre Intoleranz, insgeheim die kleine Schwester der Liebe, ungemein groß.

Nach einer gefühlten Stunde Schreien und Toben und einem Schmetterling, der immer noch außer Rand und Band war, geschah das Unmögliche: Sun wollte sich in diesem Moment umdrehen und Kamar ein letztes Mal ihre Meinung an den Kopf werfen und holte soeben tief Luft, um ihn anzuschreien. Aber anstelle der Standpauke brüllte sie ihn an. Und es war in der Tat ein richtiges lautes Brüllen.

Es war so laut und intensiv, dass der Löwe erschrak und für einen Augenblick dachte, dass sein Vater vor ihm stehen würde. Auch Sun erbebte vor ihrem eigenen Brüllen und sie wurde vom Rückstoß ihres Atems einige Meter nach hinten geschleudert. Der gelbe Schmetterling färbte sich hochrot und leuchtete wie die aufgehende Sonne. Der Lärm verhallte und als die Stille die Gefährten überfiel, verloren sie kein einziges Wort mehr über den Kauf des Sandes und keine Silbe darüber, dass Sun es endlich geschafft hatte, zu brüllen.

Kamar und Sun liefen wie zwei stumme Kamele die Sanddünen entlang. Obwohl sie sich beide tief im Inneren sehr darüber freuten, dass Sun nun wie ein Löwe brüllen konnte, und sie sich sehr gerne darüber unterhalten hätten, blieben sie stur und sprachen kein Wort.

Stunden später fragte Sun: »Wie viele Taler hast du eigentlich noch? Hast du noch mehr?«

Kamar schüttelte den Kopf und lief ruhig und bedächtig weiter. Es war die letzte Frage und auch das letzte Wort für diesen Tag, welcher, durchzogen von der brennenden Sonne, ohnehin nicht zum Reden einlud.

Erst als die Nacht kalt wie Eis im Schlaf über die beiden

hereinbrach, kroch Sun wie gewohnt in das warme Fell des Löwen. Wortlos, versteht sich.

Auch am nächsten Tag kein Wort, nicht einmal ein Husten, nur Stillschweigen.

Und als wäre die Wüste mit ihrer unerträglichen Hitze am Tag und der brutalen Kälte in der Nacht nicht schon schlimm genug, quälte Kamar diese Stille noch mehr. Aber ja, das war fraglos der Plan, den Sun verfolgte. Und so lief er weiter, durch tausend Wüsten, stumm und still.

Nachdem sie einige Stunden in der sengenden Sonne gelaufen waren, kam am Horizont eine Wolke in ihr Blickfeld. Kamar freute sich und dachte bereits an den Regen und an eine kühle Erfrischung.

Doch bevor er das Sun mitteilen konnte, wurde er von ihr eines Besseren belehrt.

»Ein Sandsturm«, informierte sie wie betäubt und blickte in den immer größer werdenden Dunstschleier.

»Ein Sandsturm?«, fragte Kamar überrascht und war insgeheim froh, dass er nichts von dem Regenschauer erwähnt hatte. Nach einer nachdenklichen Pause sagte der Schmetterling nüchtern: »Ich glaube, ich werde den Sturm nicht überleben. Die kleinen Sandkörner werden ein Sieb aus mir machen und es gibt keine Möglichkeit, mich zu schützen.« Sun breitete ihre Flügel aus und blickte auf diese, als wären sie längst durchlöchert von dem Sand. Kamar hatte Sun noch nie so ratlos und resigniert gesehen.

»Kein Problem! Ich kann dich beschützen und unter mein Fell nehmen«, sagte er abgeklärt.

»Nein, das wird nicht funktionieren«, konterte Sun schnell. »Du wirst selbst alle Mühe haben, das Unwetter zu überleben. Arbas hat mich bereits vor den Orkanen gewarnt. Sein Großvater hat Dutzende Vögel in einem Sandsturm verloren. Die Sandmassen und die heftig tobenden Winde töten einfach alles, was fliegt. Nichts, was flattert, kann dem Sturm entrinnen und nichts ihm entkommen.« Nach einer kurzen Weile hob Sun ihre Stimme an, schaute dem Löwen tief in die Augen, hielt ihn ganz fest und flüsterte ihm ins Ohr: »Wir müssen uns verabschieden, mein kleiner Löwe. Hier endet unsere Reise.«

Kamar riss sich von Sun los, öffnete seine großen schwarzen Kulleraugen ganz weit und begann zu schluchzen: »Das meinst du nicht ernst! Ich lege mich auf dich! Dir wird auf gar keinen Fall etwas passieren, vertrau mir.«

»Ich würde es dir gerne glauben«, deutete Sun ernst an, »aber es wird nicht funktionieren!« Sun drückte den Löwen wieder dicht an sich und sagte mit leiser, zarter Stimme:

»Kamar, ich liebe dich! Auch wenn du mitunter dumm und tollpatschig bist, wie nur ein Löwe dumm und tollpatschig sein kann, so liebte ich dich zu jedem Zeitpunkt unserer Reise als Freund und als Partner! Vergiss mich bitte nicht, wenn du mit den Wolken fliegst. Denk an mich und küsse mich durch den Wind, denn ich werde immer bei dir sein, im Jetzt und im Dann, im Hier und im Dort.«

Schließlich verstummte der Schmetterling und Kamar schloss seine Augen, als er die warmen Tränen von Sun still und lautlos an seinem Hals spürte, während sich der einst blau strahlende Himmel dunkelschwarz färbte.

Husein

Als ich hörte, wie Lea und Tim weinten, entschloss ich mich dazu, eine Pause zu machen.

Sogar die Katze schaute verloren und ratlos aus dem Fenster in den anhaltenden Schneeregen. Berlin gehörte gewiss zu den hässlichsten Städten der Welt, wenn der Regen in der herabsinkenden Abenddämmerung im nasskalten Winter an die Scheiben prasselte.

»Ist die Geschichte zu Ende, wenn der Schmetterling jetzt durchlöchert wird?«, fragte Kai.

»Sun ist nicht tot und sie stirbt auch auf gar keinen Fall!«, keifte Lea ihn laut an.

»Sag schon, Küp, stirbt der Schmetterling jetzt in der Wüste?«, wollte Kai, der innerlich gleichfalls mit seinen Tränen kämpfte, wissen.

»Lasst uns das Schokoeis fertig essen, Kinder«, schlug ich vor und erntete zwar zögerlich, aber schließlich doch Zustimmung.

Als ich selbst die Geschichte zum ersten Mal gehört hatte, musste ich ebenso genau an dieser Stelle weinen. Es war inmitten eines wirklich strengen Winters auf dem Berg in unserem Dorf und ich durfte seit drei Tagen nicht aus dem Haus. Abgesehen davon, dass ich von Opa Emrullah genötigt wurde, ihm zu helfen, den Neuschnee von unserem Dach zu schippen. Das Gebäude von Onkel Kemal gab nämlich an jenem Tag den Schneemassen nach und der komplette erste Stock wurde mit einem lauten Krach eingedrückt. Alle hatten ein irrsinniges, unvorstellbares Glück, und dass niemandem etwas Schlimmeres passierte, grenzte faktisch an ein Wunder.

So schliefen an diesem Abend meine drei Cousins auch bei uns zu Hause. Es schneite unaufhörlich und man konnte regelrecht zusehen, wie die Schneedecke wuchs. Wir kauerten uns im winzigen Kinderzimmer dicht zusammen und hofften alle sehr, dass der Schnee unser Haus und das Dach nicht genauso zerstörte wie das von Onkel Kemal und wir nicht im Schlaf davon überrascht wurden. Jedes einzelne Geräusch, jedes noch so leise Knarren nahmen wir wahr und schrien sogleich auf. Wir hatten alle solche Angst und wir fürchteten uns in höchstem Maße.

Sämtliche verfügbaren Männer arbeiteten draußen in der Dunkelheit und versuchten mit Schaufeln und Schippen dem Winterweiß Herr zu werden. Oma Zehra kam zu uns Kindern ins Zimmer, setzte sich auf den dicken Teppich vor dem Diwan und zündete einige Kerzen an. Sie schaute jeden einzelnen von uns an, streichelte jedem über den Kopf und murmelte dabei ein unverständliches Gebet. So lenkte sie all die Aufmerksamkeit auf sich, um uns abzulenken und zu beruhigen. Und als es so still im Raum war, dass man die Kerzenflammen lodern hörte, begann sie leise und langsam zu sprechen. Sie erzählte uns das Märchen vom kleinen Löwen und dem Schmetterling.

Die Winter in der Türkei waren wirklich hart und es war keine Seltenheit, dass wir über einen Monat von der Außenwelt abgeschnitten waren. Es konnten weder Autos noch Pferde oder Eselskarren zu uns gelangen. Die lebenswichtigen Dinge wie Essen und Heizmaterial hatten wir bereits im Sommer und Herbst eingelagert und so mussten wir zumindest nicht erfrieren und konnten uns über diese Wintertage selbst versorgen. Unheimlich war es in diesen eisigen, kalten, schneebedeckten Nächten, und auch sehr gefährlich – wegen der Wölfe. Je nach Schneelage kamen die Tiere im Rudel bis in die Ortschaften. Der alleinige Schutz und die einzige Wache vor den Bestien war eine noch viel größere Bestie. Und das war unser *Karabas* – eine sehr spezielle Hunderasse.

Fast jede Siedlung hatte einen, aber unserer war der größte und furchterregendste von allen. Er war ein echtes Prachtexemplar, allseits gefürchtet und gleichsam beliebt im Dorf. Er konnte es mit der ganzen Meute an Wölfen und Raubtieren aufnehmen. Dieses Tier beschützte uns vor den Ungeheuern und den Fremden, welche in der Nacht durch die Dörfer schlichen, auf der Suche nach Essbarem und Kohle zum Heizen. Somit war auch für alle klar, dass es für uns Kinder verboten war, in der Dunkelheit noch allein draußen zu sein. Gelegentlich war das wirklich schwierig, da die Tage sehr kurz waren und wir, unabhängig vom Schnee, zur Schule gehen mussten.

Unterricht im Winter bedeutete, fast eine halbe Stunde lang über die tief verschneiten Wege zu laufen. Zweifellos hatten wir weder echte Winterkleidung noch geeignete Schuhe zum Gehen im Schnee. Im Grunde genommen trugen wir Sommer wie Winter stets dasselbe, und so kamen wir meist vollkommen durchnässt in dem nur spärlich beheizten Schulgebäude an. Für gewöhnlich waren unsere Kleider selbst nach der letzten Schulstunde immer noch feucht und kalt.

Dies hielt uns natürlich unter keinen Umständen davon ab, mit den Schultaschen unter unserem Hintern von jedem noch so kleinen Hügel zu rodeln. Andere Sportgeräte hatten wir nicht.

›Schulhaus‹ war im Übrigen der Oberbegriff für einen Raum neben der Moschee, in welchem alle Kinder und demgemäß sämtliche Jahrgänge auf einmal unterrichtet wurden. Ich durfte zwar erst im Alter von sieben Jahren in die Schule gehen, lernte aber wirklich sehr flink lesen, schreiben und rechnen, da ich bereits einige Grundlagen von meiner Oma gelernt hatte. Weil sich nicht immer ein Lehrer in unser Dorf verirrte und die meisten Akademiker lieber in Istanbul oder Ankara unterrichteten, kam es gelegentlich vor, dass wir wochenlang keinen richtigen Lehrer hatten. In jenen Tagen lehrte uns Ahmet, der Dorfälteste. Wenn dieser nicht verfügbar war, weil er, wie es ziemlich oft vorkam, etwas zu viel *Raki* getrunken hatte, unterrichteten wir uns eben selbst. Damals lernte ich, dass die Disziplin mit der Verantwortung wuchs und die Klasse allein im Selbstunterricht oft um einiges gesetzter und strebsamer war als mit einem Erzieher.

Oh, was war dies für eine außerordentlich schöne Zeit, Winter wie Sommer – wobei, eigentlich waren die vier Monate Ferien im Sommer schon noch um etliches besser als die kalten Tage im Winter. Leider war die Bedeutung von Ferien in der Türkei eine gänzlich andere als hier in Deutschland. Schulfrei bedeutete für uns Arbeit! Allesamt kamen wir nicht umhin, entweder im eigenen Garten zu hacken und zu pflanzen oder auf dem Berg Schafe oder Ziegen zu hüten.

Wir mussten ja alles komplett selbst anbauen. Wir hatten kein Geld, um das Grünzeug zu kaufen, und wir brauchten das Essen wirklich dringend, um über die Wintermonate zu kommen. Wir säten und ernteten Tomaten, Gurken, Zwiebeln, Kartoffeln, Bohnen – all das Gemüse eben, welches man leicht einkochen oder einlagern konnte.

Wenn ich nicht gerade im Garten half, musste ich auf unsere Kuh aufpassen. Da unsere Kuh, wie auch Hunde oder Katzen, keinen Namen hatte, habe ich immer nur *Inek* zu ihr gesagt, das ist das türkische Wort für Kuh. Es war der angenehmste Job im Sommer. Inek war wirklich sehr alt, aber dennoch eine ergiebige Milchkuh.

Alles in allem war sie einfach nur froh, dass sie noch stehen und langsam laufen konnte, an Wegrennen war somit gar nicht erst zu denken. Wir suchten uns jeden Tag ein neues grünes Plätzchen. Sie durfte dann fressen und ich durfte Fußball spielen. Alle liebten wir Fußball. Auch wenn wir praktisch nie einen echten Ball besaßen, so hatten wir uns immer etwas Ähnliches gebastelt, um zumindest gegen eine Kugel zu treten, bis die Sonne uns wieder nach Hause rief.

Eines Tages wurde es jedoch später – viel später. Onkel Gencaga aus Trabzon besuchte uns mit seinem neuen Fahrrad. Ich war gerade mal acht Jahre alt und noch nie hatte ich ein Fahrrad mit Gangschaltung gesehen. Und dieses hatte gleich drei Gänge! Als Onkel Gencaga sich von den Anstrengungen der Bergfahrt erholte und zusammen mit Oma und Opa Chai trank, stahl ich sein Rad und fuhr einfach los. Ich klammerte mich wie ein kleiner Affe an den Lenker und ließ es einfach rollen. Ich fuhr immerzu bergab und fand keine Worte, um zu beschreiben, wie sehr ich diese Fahrt genoss. Als ich den Dreh heraushatte, ließ ich den Lenker los und streckte meine Arme wie Flügel aus. Es fühlte sich an wie zu fliegen und so schwebte ich dem Schwarzen Meer entgegen. Dort angekommen, fuhr ich die Spazierwege rauf und wieder runter. Als ich Stunden später Onkel Gencaga mit Opa an der Uferpromenade traf, brauchte ich einige Minuten, um zu verstehen, dass sie nur bedingt erfreut waren, mich zu sehen.

»Was hast du, Küp?«, frage Maria. »Willst du denn kein Eis?«

Nein, ich wollte kein Eis. Ich war in Gedanken so tief in der Türkei wie schon lange nicht mehr. Ich hatte zwar keinen Hang zur Melancholie, aber durch das Erzählen der Geschichte waren die Erinnerungen sehr stark geworden. Ich konnte meine Oma sehen, wie sie, auf dem Boden sitzend, uns Kindern das Märchen von Kamar und Sun erzählte, wie wir alle mucksmäuschenstill ihren Worten lauschten, wie wir das Schneechaos und das Geheule der Wölfe draußen vergaßen und wie uns inmitten der Kälte heiß wurde mit dem Löwen und dem Schmetterling in der Wüste.

Alle Gedanken und Bilder fielen auf einmal so hell und so klar auf mich ein und ich vermisste genau diesen einen Augenblick so sehr. Die Abreise aus dem Dorf verlief im Übrigen doch nicht so problemlos. Es flossen ganze Bäche von Tränen und meine Oma rannte, so eilig sie konnte, dem Wagen nach und schüttete Wasser auf den staubigen Boden. Was bedeutete, dass ich so schnell wiederkommen sollte, wie die Flüssigkeit zum Verdunsten brauchte. Es war wirklich sehr bedrückend, aber auch so spannend zugleich! Ich fuhr zum ersten Mal in einem richtig schicken Auto. Ich hatte die Scheibe bis zum Anschlag hinuntergekurbelt und lehnte mich so weit aus dem Fenster, dass mein Vater Angst hatte, dass ich rausfallen würde.

Aber ich vergaß alles um mich herum, ich begehrte nur, dass mich alle im Dorf bemerkten, dass jedermann wusste, dass ich, Küp, jetzt nach *Almanya* fuhr. Dass ich auf dem direkten Weg ins Paradies war! Ich trachtete danach, den Neid in ihren Augen zu sehen, ich wollte darin erkennen, dass sie gerne an meiner Stelle wären und mich beneideten für dieses Glück!

Obwohl ich damals noch ein Kind war, wurde mir bereits im nächsten Dorf bewusst, dass mein Verhalten falsch war. Es war das letzte Mal, dass ich Neid oder ein ähnliches Gefühl in einem anderen Menschen provozierte. Ich tat es bis zum jetzigen Zeitpunkt nie wieder!

Nie wieder weckte oder säte ich gewollt oder ungewollt den Neid in anderen Personen. So empfand ich diese Eigenschaft bis zum heutigen Tag als eine der schlechtesten, die man nur besitzen konnte. Facebook sei Dank, dass viele ebendieser Leidenschaft tagtäglich frönten und bewusst oder unbewusst zahlreiche Kinder und Erwachsene mit den ausgelösten Gefühlen dem Glück leider keinen Schritt näher brachten.

Die Fahrt nach Deutschland war dann echt unglaublich und bis heute noch vollkommen irreal, unvorstellbar und phantastisch für mich. Aus den schmalen, staubigen Kieswegen wuchsen mächtige geteerte, achtspurige Autobahnen. Aus den winzigen Blechdachhütten mit

Brunnen erblühten Paläste mit Pools. Aus einer Hand voll Menschen gingen Hunderte, Tausende, ja, Millionen hervor! Plötzlich war alles so gewaltig und so unendlich groß.

Im Dorf hatten wir keinen Strom, nicht eine einzige Lampe, und hier wurden selbst die Straßen beleuchtet. Es war einfach unfassbar!

Es waren die temporeichsten vierzehn Stunden Autofahrt meines Lebens, und das, obwohl die Tachonadel die Hundertermarke nie überschritt.

Am Ende der Reise, wir waren bereits umgeben von Tausenden Hütten und Hochhäusern, die von der Fahrbahn bis hoch in die Hügel reichten und sicher einigen Millionen Menschen ein Zuhause gaben, war es dann so weit. Wir fuhren auf die Bosporus-Brücke zu. Ich hatte nie ein derartig großes Ungetüm aus Stahl und Beton gesehen! Natürlich kannte ich Bilder und Fotos aus Zeitschriften, aber wenn man an diesem Punkt direkt davorstand, war die Dimension und Größe der Brücke atemberaubend.

Sobald ich daran zurückdachte, wie wir mit unserem winzigen Auto über diese gigantische Brücke von Asien nach Europa fuhren, lief mir immer noch ein Kälteschauer über den Rücken! Es war ein wunderschöner, bewegender Moment, es war einfach unbeschreiblich! Erst viel später wurde mir bewusst, was es hieß, dass es oft die kleinen Türen waren, welche den Zugang in große Räume öffneten. Uns stand der Weg ins Abendland in diesem Augenblick meilenweit offen.

Den ersten Halt machten wir dann direkt in Istanbul – bei Muzafer, dem Onkel meines Vaters. Muzafer hatte einen kleinen Gemischtwaren-Handel. Es war somit nicht weiter verwunderlich, dass wir einen Stopp von knapp drei Wochen einlegten, um alle Bestellungen der Verwandten und Bekannten aus Deutschland zu beschaffen und anschließend im Auto zu verstauen.

In der Zwischenzeit schleppte mich mein Vater ins deutsche Konsulat, und nachdem ich drei Tage lang von deutschen Ärzten auf Herz und Nieren untersucht wurde, waren zwei Dinge gewiss. Erstens: Ich durfte in die Bundesrepublik einreisen und bekam ein Visum auf unbestimmte Zeit. Und zweitens: Ich war definitiv kerngesund, keine Merkmale einer wie auch immer gearteten Behinderung waren zu erkennen. Nach dieser Etappe, angefüllt mit Ungewissheit und Stress, erhielt ich dann endlich die Erlaubnis, die Stadt zu erforschen und zu genießen.

Istanbul war wunderbar und ich wurde von der Metropole an jeder Ecke immer wieder aufs Neue überrascht. Ich ließ mich in der Menge treiben und wurde regelrecht verschluckt von der Großstadt. So viele Köpfe, Hände und Beine, ich schaffte weder, sie zu zählen, noch, sie mental zu erfassen. Es waren Millionen Menschen. Die unzähligen Häuser und die grandiosen Gebäude beeindruckten mich, vor allem deren Größe stand in keinem Verhältnis zu den Hütten in unserem Dorf. Ich hatte in Trabzon zwar auch schon das eine oder andere Flugzeug gesehen, aber hier standen Hunderte in einem Pulk. Ich fuhr zum ersten Mal mit einem großräumigen Schiff. Ich konnte in meinem Zimmer bei Onkel Muzafer das Licht ein- und ausschalten, was ich auch über eine Stunde lang tat.

Es faszinierten mich Tausende Dinge, welche ich bislang nie gesehen hatte, aber am meisten jedoch imponierte mir die Rolltreppe am Bahnhof. Sie war meine zweite große Liebe und ich war mir sicher, dass ich um die hundertmal rauf- und wieder runtergefahren war, zumindest nachdem ich mich endlich getraut hatte, darauf zu steigen.

Istanbul, als Tor zwischen Orient und Okzident, zwischen Asien und Europa, war echt eine Wahnsinnsstadt und man konnte die Geschichte und Vergangenheit wahrlich allerorts einatmen. Auch später noch bewunderte ich das Pulsieren und das Treiben dieser Stadt, aber damals, mit den Augen eines Kindes, das tief in den Bergen von Trabzon ohne Strom und fließend Wasser aufgewachsen war, war Istanbul ein Phänomen. Ein Wunder. Ich bestaunte die riesigen Schiffe und Tanker im Marmara-Meer. Ich sah die gigantische Bosporus-Brücke von unten und immer wieder verlor ich mich in den Menschenmassen, den vielen Autos, dem elektrischen Strom und allem, was man mit Elektrizität blinken und leuchten lassen konnte. Ich verlief mich im großen Bazar und fand erst nach Stunden wieder raus, stand staunend und gläubig in der blauen Moschee und in der Hagia Sophia. Ich war der Herrscher im Topkapi-Palast und träumte davon, einen Blick in den Harem von damals zu werfen.

Ich wähnte mich im Mittelpunkt des Universums und fühlte mich phantastisch!

Nach zwei Wochen des Staunens und des Umherspazierens in der Stadt mit offenem Mund musste ich jedoch das Paradies verlassen und es ging ab in Richtung *Almanya*. Im Auto war kein erkennbarer Platz mehr für meine Person. Ich machte es mir, so gut es eben möglich war, auf der Rückbank gemütlich zwischen Tee, Gewürzen, Gemüse, Stoffen – einfach inmitten von allem, was man in der Türkei preiswerter kaufen konnte. Und das war, abgesehen von Schokolade und Kaffee, de facto alles!

Wir verließen Istanbul und vor uns lag der Balkan. Tausende Landsleute waren auf derselben Route mit ihrem Ford Transit oder Ford Taunus auf dem Weg. Die Wagen platzten aus allen Nähten und auch die Dachträger waren meist gefährlich vollgepackt. Wir hatten einen Opel Kadett und ich bekam erst in Österreich andere Fahrzeuge als diese drei Autotypen zu Gesicht. Das lag wohl daran, dass es spezielle Angebote für Türken gab und somit jeder *Almanci* mit türkischer Abstammung eines der zuvor genannten Autos fuhr.

Unsere mehrtägige Reise führte uns zuerst durch Bulgarien. Die Wartezeit an der Grenze betrug zwölf Stunden und hätten wir nicht einen Geldschein in den Pass und eine Stange Marlboro in den Kofferraum gelegt, würden wir vermutlich immer noch vor dem bulgarischen Schlagbaum stehen. Somit erkannte ich bereits recht früh die Mechanismen der freien Marktwirtschaft und merkte sehr rasch, wie maßgeblich Geld in diesem Teil der Erde war.

An der nächsten Grenze zu Serbien standen Hunderte Soldaten. Der Jugoslawienkrieg und im speziellen der Bosnienkrieg war erst seit einigen Monaten vorüber und die Tinte des Friedensvertrags war noch nicht ganz trocken. NATO-Truppen kontrollierten mit Tausenden Mann das zerrüttete Land und versuchten im Auftrag der UN die Region zu stabilisieren.

Wir mussten die genaue Strecke, die wir fahren wollten, mit den Beamten abstimmen und diese genehmigen lassen. Die eingeschlagene Route war somit von Anfang an klar und jedes Abweichen von dem gestatteten Weg strengstens verboten. So kam es, dass sich ein Autokonvoi aus Abertausenden türkischen Autos durch den Balkan schlängelte wie eine zusammengeschlossene Karawane. Die Türken waren schon immer Nomaden und so wurde einzig und allein das Kamel gegen das Auto getauscht. Alles andere lag uns im Blut.

Wir durften auch nur in speziell ausgewiesenen Raststätten Zwischenstation machen. Dort traf man dann immer und immer wieder auf dieselben Gefährten, welche allesamt grillten, was der Ofen hergab. Bei meist herrlichem Wetter saßen wir zusammen mit den anderen Reisenden fröhlich und ausgelassen um den Rost, erzählten uns Geschichten und erholten uns von der Fahrt. Ich war in der Tat überzeugt, dass die Grilltradition der Türken genau aus jenen Tagen am Balkan stammte.

Kurz bevor wir nach Kroatien kamen, machten wir einen vorab genehmigten Zwischenstopp bei Onkel Husein. Er war ein ehemaliger Arbeitskollege von Vater in Kassel gewesen, und als er ins Stammhaus nach Wolfsburg versetzt wurde, blieben sie weiterhin in Kontakt. Onkel Husein war nicht mein leiblicher Onkel und in Wahrheit kannte ich ihn zu diesem Zeitpunkt noch gar nicht. Ich hatte zwar viel Gutes von ihm gehört, aber ihn noch nie persönlich getroffen. Husein war Jugoslawe und wohnte in einem vom

Krieg verschonten Haus, welches vorübergehend auch unser Heim wurde.

Die Gastfreundschaft der Südländer war nicht zu übertreffen und alles, was hier normal war, wäre in Deutschland unvorstellbar gewesen, aber das wusste ich zu diesem Zeitpunkt noch nicht.

Wir hielten uns drei Tage bei ihm und seiner Familie auf. Mein Vater und mein Leihonkel tranken und redeten viel, meistens die ganze Nacht hindurch. Die beiden wirkten tatsächlich sehr vertraut und waren deutlich erkennbar wahre, gute Freunde. Ich fand die Unterbrechung auch wundervoll und freute mich darüber, einige Tage nicht mehr eingesperrt in dem engen Auto zu sein. Ich genoss es, Zeit mit seinen Kindern, welche etwa in meinem Alter waren, zu verbringen. Husein hatte zwei Söhne und eine Tochter. Wir spielten zwischen den Ruinen der zerstörten Stadt Verstecken und waren die restliche Dauer entweder beim Fußball oder tummelten uns im nahegelegenen Wald.

Wir spürten und erkannten in den Augen der Älteren, dass mancherorts die bösen Geister der letzten Tage durch uns fröhliche Kinder vertrieben wurden. Das Mädchen und ich verstanden uns auf Anhieb sehr gut und so war es nicht verwunderlich, dass wir uns besonders nahe kamen. Und das, obwohl wir uns faktisch kaum unterhalten konnten. Die Handvoll deutscher Worte, die ich von meiner Schwester kannte, waren buchstäblich unser einziger gemeinsamer Nenner. Als der Abend in den heißen Sommertag einzog und sich das Dunkel zwar mild, doch schlagartig breitmachte, willigten unsere Väter ein, dass wir Kinder mit Decken draußen schlafen durften. Wir suchten und fanden ein lauschiges Plätzchen am Waldrand, welches im Notfall auch nicht allzu weit vom Haus weg war. Der ältere der Brüder entfachte ein kleines Feuer und so lagen wir hellerleuchtet in der strahlenden Wärme.

Es war unbeschwert und herrlich! Später sangen die anderen Kinder Lieder, die ich weder kannte noch verstand. Ich empfand die melodischen Worte dennoch als heimisch und vertraut. Die Zeit rann unter den Sternen am Lagerfeuer der aufkommenden Morgendämmerung entgegen. Doch der Morgen war nicht das Einzige, was näher kam in jener Nacht. So ließen wir es geschehen, dass die Zeit mit all dem Fühlen und all dem Leben durch uns floss und durch uns strömte. Ich schlief als Kind ein und erwachte als Mann. Welche Freude, welche Liebe. Und als sich am nächsten Tag unsere dunklen Augen zum Abschied trafen, ließen sie keinen Zweifel offen. Das war nicht der letzte Blick, nicht der letzte Halt und nicht das letzte Wort zwischen uns. Dennoch sahen wir uns nie wieder.

Ausgefüllt mit Glückseligkeit und geflutet von Lebensfreude blies mich der Wind dann wie ein Sandsturm, der über die Dünen wehte, im Auto gen Westen, weg von ihr. Im Wagen war mit einem Mal unendlich viel Platz, zwar nicht für mich als Person, dafür aber für meine Sehnsüchte und meine Träume. Die Menschen auf dem Balkan waren den Türken sehr ähnlich und auf die eine oder andere Weise fühlte es sich genauso wie zu Hause an. Das änderte sich abrupt, als wir nach Österreich kamen.

Alles war schlagartig sauber. Kein Müll und kein Dreck mehr auf den Straßen, keine streunenden Tiere in den

Gassen, nicht ein Arbeiter oder Pferdekarren auf den Feldern, nur noch große Traktoren, die durch die Landschaft pflügten.

Alle Verkehrswege waren durchgehend geteert, keine Schlaglöcher, kein aufgerissener Asphalt. Die Häuser waren solide und in einem vorzüglichen Zustand. Die Menschen wirkten glücklich und waren sehr ansprechend gekleidet. Hier also begann das Schlaraffenland. Ich wusste, dass wir noch nicht in Deutschland angekommen waren. So war ich ungelogen verwundert, dass es schon in Österreich so ansehnlich war. Ich sah so viele blonde Gestalten wie bislang noch nie. Toll fand ich auch, dass Papa sich mit dem Zöllner einwandfrei unterhalten konnte. Für mich indes war es völlig ausgeschlossen, etwas zu verstehen. Ich konnte ja außer den paar Brocken, welche ich von Ayse kannte, kein Wort Deutsch. Zumal die Silben, die ich verstand, aus dem Munde des Österreichers etwas anders klangen. Ich war vollkommen verwirrt. ›Hörte sich *Almanca* so an oder sprachen die Österreicher nicht Deutsch?‹, fragte ich mich und bezweifelte ernsthaft, diese Redeweise je erlernen zu können.

Nachdem wir einen weiteren Tag gefahren waren, erreichten wir endlich das goldene Land. Ich spürte, dass ich eine Grenze überschritt, welcher ich bislang nicht einmal nahe gekommen war. Hallo Deutschland! Hallo neue Heimat! Ich hielt sofort Ausschau nach den Bäumen, auf denen die Bananen wuchsen, kam jedoch sehr rasch darauf, dass mich Ismet, mein Freund, angelogen hatte. Es gab keine Bananenbäume in Deutschland. Das einzig Gelbe, was ich an jenem Tag auffallend und wirklich unheimlich fremd fand, waren die vielen blonden Menschen hier. Nach einer

Woche Eingewöhnung stellte sich aber heraus, dass in der Maximilianstraße mehr Alis, Hakans und Mustafas ansässig waren als Hellhaarige, deren Namen ich zu diesem Zeitpunkt nicht mal aussprechen konnte.

»Küp?«, fragte mich Maria. »Kommst du?«
So versuchte ich, meine Gedanken aus der Türkei wieder nach Berlin zu holen.

Kamel

Kamar und Sun schauten verloren und ratlos auf die immer größer werdende Wolke.

Der Löwe wollte sich mit den Gegebenheiten keinesfalls abfinden und dachte angestrengt nach. Aber so sehr er sich auch bemühte, es fiel ihm nichts ein, und so hielt er den Schmetterling sanft, versuchte stark zu sein und nicht zu weinen. Der Sand türmte sich jetzt mehr als Hundert Meter auf und kam wie eine riesige Welle auf die zwei zu. Der Dunstschleier war so gewaltig, dass er die Sonne und zugleich den Tag verdunkelte. Als die Sandwolke schon bedrohlich nahe war und sich beide bereits mit ihrem Schicksal abgefunden hatten, blickten sie sich intensiv an und ihre Liebe funkelte durch ihre ängstlichen Augen. ›Ich liebe dich, Sun‹, sagte Kamar tonlos, ohne den Versuch, gegen das Getöse zu sprechen, und ebenso formte Sun ihre Lippen zu einem ›Ich liebe dich auch, Kamar‹.

Die Sandwelle war mittlerweile genau über ihnen und war im Begriff, auf sie herabzustürzen und Sun wie ein Sieb zu durchlöchern. Plötzlich schreckte Kamar hoch, fuchtelte wild um sich und schrie hektisch gegen den Lärm des bereits herabprasselnden Sandes auf Sun ein. Dann ging alles blitzschnell. Kamar ergriff den Schmetterling, holte den Sack Luft, den er von dem Frettchen gekauft hatte, aus seiner Tasche hervor und steckte Sun gekonnt in die durchsichtige Hülle.

Sun, die in der Eile nicht wirklich mitbekam, was mit ihr geschah, flog unterdessen wie in einem geschützten Käfig in der kleinen, glasklaren Tüte herum und lächelte zum ersten Mal seit Langem wieder. Sie zappelte wie ein winziger, fröhlicher Fisch in ihrem Aquarium aus Luft. Kamar konnte den Vogelkäfig gerade noch verknoten, da schlug der Sturm schon mit voller Wucht auf die beiden ein. Die Sandkörner prasselten nur so auf den bescheidenen Sack, aber dieser wirkte völlig unbeeindruckt davon. Kamars Plan schien zu funktionieren.

Der Sand war auf einmal überall in Kamars Fell und in seinem Gesicht. Wie kleine Nadeln bohrten sich die Körner in jeden Körperteil des haarigen Löwen. Vor allem in der Nase war es unglaublich unangenehm, da er fast keine Luft mehr bekam. Der Sand kroch in jede noch so schmale Öffnung und verstopfte alles. Er konnte seine Pfoten nicht schützend vor den Mund legen, weil er Sun in der Tüte festhalten musste. Der Wind wurde immer heftiger und stärker und Kamar hatte zunehmend Mühe, den Sack festzuhalten, obwohl er sich mit beiden Pranken daran hielt und sich mit seinem ganzen Gewicht dagegenstemmte. Die Angriffsfläche der Kugel war einfach zu groß, sodass der kleine Ballon wegfliegen wollte. Kamar klammerte sich mit voller Kraft an das Ende des Beutels. Gleichzeitig kämpfte er mit dem Sand auf seinem Körper und mühte sich mit seinem Atem und seiner schon fast komplett mit Sand verschlossenen Nase. Kamar bekam kaum mehr Luft und er musste dringend seine Atemwege frei machen, da er sonst zu ersticken drohte.

Der Löwe löste eine Pfote von dem Luftballon, um den Sand aus seiner Nase zu wischen, als in ebendiesem Moment der Luftstrom seinen Höhepunkt erreichte und das

Unausweichliche geschah. Kamar verlor den Halt und konnte den kleinen Schmetterling in seinem durchsichtigen Gefängnis nicht mehr festhalten. Sun glitt wie eine Kugel aus einer Pistole aus Kamars Klauen und segelte mit dem Sturm holpernd durch die Wüste. Der kleine Löwe befreite unverzüglich seine Nase von dem Staub und stürmte dem Schmetterling hinterher. Er war jedoch keineswegs so schnell wie der Wind und auch dass er gelegentlich flog, half ihm nicht. Er konnte Sun im Sandtreiben nicht mehr entdecken. Überall war nur Sandstaub und noch mehr Sandstaub. Kamar konnte seine eigenen Pfoten nicht mehr sehen, seine Augen tränten und waren ebenso über und über mit Sand bedeckt.

In blinder Panik suchte Kamar dennoch weiter, er rannte wie ein unbändiger Löwe quer durch die Wüste. Gerade, vor, zurück, wieder vor, aber wohin immer er auch schaute, so schnell und so weit er auch lief, er konnte Sun nicht mehr finden. Er brüllte und schrie immerzu ihren Namen, aber der Lärm der prasselnden Sandkörner verschluckte seine Worte. Der Sandsturm hatte Sun, eingesperrt in den Luftsack, weggeweht und die Wüste hatte den Schmetterling mit Haut und Haaren verschlungen. Kamar war nicht in der Lage gewesen, sie festzuhalten, und musste jetzt selbst Schutz suchen, da der Sandregen immerfort heftiger wurde.

Nach einer guten Stunde war der Spuk schließlich vorbei und Kamar war tief vergraben inmitten eines riesen Berges aus Sand. Hustend und keuchend grub er sich durch die Sandmassen an die Oberfläche und blinzelte in das blendende, grelle Tageslicht. Er brauchte einige Minuten, bis er seine Atemwege halbwegs vom Sand gesäubert hatte und wieder einigermaßen frei atmen konnte. Der Sturm war verzogen und die Sonne brannte wie ein loderndes Feuer unbarmherzig vom Himmel. Kamar war abermals verzweifelt und streunte ziellos mit hängendem Kopf in der Wüste umher.

Seine Augen glühten rot und schmerzten sehr, waren sie doch von den Sandkörnern wie von kleinen, scharfen Nadeln durchstochen worden.

Als die Sonne hinter dem Horizont von einer Sekunde auf die andere erlosch, war es finster und bitterkalt und der kleine Löwe ließ sich entmutigt auf den Boden fallen.

Kamar kauerte hilflos im Sand, alles tat ihm weh und auch sein Herz konnte er nicht beruhigen. Es litt so sehr, weil er Sun nicht hatte festhalten können und sie im Sandsturm verloren hatte. Er fühlte sich so schuldig. In seiner grenzenlosen Ohnmacht und Ratlosigkeit nahm er die letzte Perle aus der Schachtel, schluckte diese und suchte den Schlaf.

»Was ist passiert, kleiner Löwe?«, fragte Fanny, als der Löwe in Gedanken soeben mit Steinen am Fluss spielte.

»Fanny, ich habe Sun in der Wüste verloren. Sie wurde vom Winde verweht«, begann Kamar und erzählte der Eule die ganze Geschichte. Fanny hörte aufmerksam zu und beobachtete jede noch so minimale Regung des Löwen. Als dieser alles geschildert hatte, dachte Fanny sehr lange nach und meinte dann etwas benommen, doch ausgeprägt überlegt:

»Der Wind nimmt und der Wind bringt, und was geht, wird wiederkommen.« Kamar verstand nicht das Geringste und bohrte nach.

Die Eule versuchte es ihm erneut zu erklären und sagte: »Der Wind hat dir Sun genommen, aber vertraue mir, der Wind wird drehen und dir Sun zurückbringen. Bau einen Damm, damit sie nicht an dir vorbeifliegen kann.«

»Das werde ich gerne machen. Wie kann ich sie indessen erreichen, damit ich weiß, dass sie noch am Leben ist, dass es ihr gut geht und sie Kenntnis davon hat, dass ich auf sie warte und sie sich keine Sorgen machen muss?«, erkundigte sich der Löwe hastig.

»Oh mein Löwe!«, sagte Fanny überlegt. »Du kannst doch durch den Wind mit ihr reden. Wenn du sie wirklich vermisst und du sie ohne jeden Zweifel liebst, dann sprich mit ihr und sie wird dich fühlen und du wirst sie spüren.«

»Durch den Wind? Ich kann mit ihr durch den Wind sprechen?«, fragte Kamar ungläubig.

»Aber ja, Kamar, wenn du das wünschst, dann wird sie dich hören! Du liebst sie doch, kleiner Löwe. Und ich bin der Überzeugung, dass sie schon seit längerer Zeit deine Seele berührt hat.«

Kamar blickte verblüfft hoch zu Fanny und stotterte: »Sie hat meine Seele berührt?«

»Oh mein kleiner Löwe, das glaube ich tief und fest! Wenn all dein Denken, all dein Fühlen und all deine Liebe stets nur ein Gesicht und stets nur einen Namen haben, dann hat sie deine Seele berührt und du wirst sie fortan immer lieben.«

Kamar schaute nach oben, nach unten, zur Seite hin und wieder hinauf zu Fanny.

Alsdann lächelte er und sagte: »Oh ja, es fühlt sich genau so an, wie du es beschreibst. Es ist so wunderschön!« Er schloss seine großen schwarzen Augen, schnurrte kurz und legte sich glücklich und zufrieden hin.

Als Kamar in der Morgendämmerung erwachte, ließ er in Gedanken nochmals jedes einzelne Wort der schlauen Eule Revue passieren, um auf keinen Fall etwas zu übersehen. Als Erstes baute er einen riesigen Damm aus Sand, welcher wie eine Mauer meterhoch zwischen den Dünen stand. Er arbeitete wie ein Irrer, obwohl er nahezu nichts mehr sehen konnte, da seine Augen nach wie vor wie Feuer brannten und das helle Tageslicht ihn schier um den Verstand brachte.

Am Abend legte er sich vollkommen erschöpft hin und blickte fast schon erblindet in den halben Mond. Er folgte dem Rat von Fanny und setzte dazu an, mit Sun zu sprechen. Er schloss seine Augen und die Silben flossen wie ein stetiges Rinnsal weich aus seinem Mund in den sanften Wind:

»Im Gewirr der Gefühle und Lärm der Worte gefangen, ertrage ich die Stille nicht, die mich mit all der Kraft, mit all der Härte am Boden hält. Mich abwendet von dem Denken und Tun und mich distanziert von dem eigenen Traum, der weit hinter den Augen schläft wie Märchen einst in ihrem Buch.
Ein Fühlen nur, ein Berühren nur deiner lieblichen Zier würde wandeln meine Stille in endlose Ruhe, meinen Schatten in Licht, das den Raum und die Zeit durchflutet und den Nebel bricht.
Würde meine Dunkelheit wandeln in ein Leuchten, das mich deine Blicke sehen lässt, die ohne Gegenwehr durch mich fallen, bis tief in die Wurzel meines Seins.

Würde mich berühren wie des Morgens erster Sonnenstrahl das Meer zärtlich küsst.

Deiner Liebe erlegen, sehne ich mich nach deiner Umarmung und deinem Halt, auf dass ich die Grenzen meines Körpers nicht mehr spüre und nur ein gemeinsamer Pulsschlag uns umhüllt.

Lass uns schweben wie das erste Herbstblatt im Wasser, lass das Bunte das Grau durchdringen, uns den Mond vom Himmel reißen und unsere Liebe explodieren.

Wie ich deine Nähe sehne, wie ich jeden Augenblick mit dir genieße und die Luft, die du berührtest, inhaliere, als wäre es mein letzter Atemzug.

Wie innig ich deine Lippen und dein Küssen begehre und wie vollkommen ich doch deiner Anmut und deiner Schönheit verfallen bin.

Auch wenn all die Sterne in einen einzigen Lichtpunkt fallen würden, wäre es dennoch nur ein blasses Funkeln und Glitzern gegen dein wundervolles Strahlen, das ich liebe wie den Tag, an dem ich dich zum ersten Mal sah und du mich gefangen hast in all meinem Denken und all meiner Leidenschaft.«

Unter großen Schmerzen öffnete Kamar seine mit Schorf überwucherten Augen und schaute traurig und verlassen in den Mond, bevor er letztlich sein Haupt senkte und in die traumlose Nacht entschwand.

Der Morgen war noch jung, als Kamar spürte, wie der Wind drehte. ›Wieso weiß diese Eule eigentlich alles?‹, fragte er sich, freute sich darüber jedoch sehr. Der Luftstrom war noch sehr sacht und weit weg von einer Brise oder gar einem Sturm.

Kamar verbrachte den ganzen Tag mit geschlossenen Augen geduldig im Schatten seiner eigenen Mauer und wartete. Nach einer weiteren Nacht und einem neuen Tag wurde der Landwind stärker und Kamar glaubte, Sun zu hören. ›Gib Acht, mein Löwe, dass du mich nicht verpasst, ich komme schon‹. Er öffnete abwechselnd ein Auge und fixierte immerzu den Horizont, um jede noch so klitzekleine Bewegung sofort zu erkennen. Nach einigen Stunden, der Wind hatte schon die Intensität eines kleinen Sturmes erreicht, sah er den winzigen, hüpfenden, durchsichtigen Gegenstand auf sich zukommen. Er sprang auf, riss seine beiden Augen auf, so gut er konnte, und rannte dem Flugobjekt entgegen. Als der Ball ganz nahe war, drehte er sich auf den Rücken und ließ sich vom Ballon, welcher mit einer wahnsinnigen Geschwindigkeit über den Sand jagte, überrollen.

Geschickt und blitzschnell hielt er sich an dem Knoten fest, den er selbst gebunden hatte, und wurde wie ein Anker mitgezogen. Zwar konnte er den fliegenden Sack nicht zum Stehen bringen, aber er war in der Lage, diesen von hinten gewandt zu steuern und zu lenken. Es war somit sehr einfach, sich zusammen mit Sun in seine eigene Mauer zu navigieren. Die Wucht des Aufschlags war derart heftig, dass der Ballon sofort platzte und Sun samt Kamar und dem Luftsack durch das Loch geschleudert wurde, welches die prall gefüllte Kugel beim Aufprall in die Sandmauer riss.

Die beiden lagen minutenlang benommen im Sand und erst als sie sich wieder etwas von dem Unfall erholt hatten, umarmten sie sich. Einen Moment lang waren sie überglücklich, bis kurz nach der ersten Schockstarre Sun wütend zu schreien begann: »Wie kannst du nur auf die Idee kommen, mich in diesen Sack einzusperren, ohne dass ich mich selbst befreien kann? Du bist und bleibst doch ein unendlich dummer Löwe!«

Kamar konnte den Schmetterling nur noch als Silhouette wie durch einen dichten Nebelschleier wahrnehmen. Er verstand zwar jedes einzelne Wort, das sie ihm an den Kopf warf, aber es kümmerte ihn nicht, da seine Augen so sehr brannten. Die verbalen Schmerzen von Sun konnten sein körperliches Leid nicht durchdringen.

Er hob seinen Blick und schaute qualvoll zu Sun. Sie erkannte erst jetzt seine kranken, entzündeten und verkrusteten Augen. Der Schmetterling, nur kurz perplex, flog nun geistesgegenwärtig auf Kamars Gesicht zu und setzte sich sanft auf seine Nase. Zur Überraschung des kleinen Löwen begann Sun zu heulen, zu schluchzen und zu weinen.

Stand es tatsächlich so schlecht um ihn, dass Sun – gegen ihre Natur – Mitleid verspürte und weinte? Würde er erblinden?

Kamar musste unweigerlich an seinen Vetter Paul denken, welcher im besten Alter in einem Feuersturm erblindet war. Tief in der Erinnerung hörte er noch seine Großmutter flehen: ›Ein blinder Löwe! Ein blinder Löwe, oh, was soll er nur tun, der Arme.‹ Das Bild seiner weinenden Oma im Kopf, kämpfte Kamar mit dem Gedanken, auch das Augenlicht zu verlieren, und haderte mit dem Schicksal, ohne dieses wirklich zu akzeptieren. Er wollte sein Sehvermögen nicht einbüßen.

Erst als er immer mehr von den weichen Tränen des Schmetterlings in seinen Augen spürte, wusste er, wieso Sun weinte. Sie benetzte seine Augen mit ihrer Tränenflüssigkeit. Keine andere Flüssigkeit war so weich und zart wie das Tränenwasser eines Schmetterlings. Suns Tränen rannen wie die eigenen durch seine verkrusteten Augen und Kamar erkannte jetzt, dass sich Sun nicht wegen ihm, sondern für ihn in Tränen auflöste. Er war so dankbar und froh über ihre Fürsorge und darüber, dass er vermutlich doch nicht erblinden würde.

Sun weinte und heulte und ließ sich kein bisschen beruhigen, auch ihre beiden Flügel waren bereits derart durchnässt, dass sie wie zwei feuchte Waschlappen an ihr herabbaumelten. Vorsichtig legte sie sich mit ihren nassen Flügeln auf Kamars Gesicht. Der kleine Löwe verschwand wie bei einem Zaubertrick komplett unter dem durchtränkten gelben Tuch, welches nahtlos seine Gesichtszüge verschlang. Der Schmetterling verschmolz regelrecht mit dem Löwen und aus den zwei Tieren wurde eins. Kamars Augen bekamen endlich die seit Tagen erhoffte Erholung und Ruhe und er spürte, wie die Kühle über sein Angesicht floss.

Jene Nacht in der Wüste war stumm und still und es war kein Laut und kein Jammern zu hören. Als der Morgen graute, der Schmetterling verdeckte immer noch Kamars Gesicht, flüsterte Sun sanft in das zottelige Ohr:

»Guten Morgen, mein kleiner Löwe, du leuchtest und strahlst in mir wie tausend Sonnen stark!
Danke, dass du mit mir gesprochen hast, als ich einsam und eingesperrt war, und danke dafür, dass du mich gerettet hast vor dem Sand und vor dem Sturm. So nimm und spüre meine Liebe, denn sie ist mehr als nur ein Wort!«

Kamar jedoch schlief und schnurrte unbeeindruckt weiter, seine Augen waren tief verschlossen und so war für ihn der Tag noch dunkle Nacht.

Mit der Zeit erhellten sich Kamars Augen etwas und die Entzündung war leicht abgeheilt. Die weichen Tränen hatten den Schmerz gelindert und eine Heilung war in Sicht, auch wenn diese nicht so schnell eintreten würde. Der kleine Löwe sah aber nach wie vor schrecklich aus und lag völlig erschöpft reglos da und stöhnte.

Sun wusste, dass sie so schnell wie möglich aus der Wüste gelangen mussten, weil ihnen die unerträgliche Hitze am Tag und die strenge Kälte in der Nacht auf Dauer zu schaffen machen würde. Nur wusste sie nicht, wie sie das anstellen sollte. Kamar konnte nur wenig sehen und war viel zu schwach, um selbst zu laufen oder gar zu fliegen. Und sie war nicht in der Lage, ihn einfach zu tragen und mit ihm davonzufliegen. Sun harrte der Dinge, kümmerte sich um die wunden Augen und hoffte auf eine zeitige Genesung, damit sie den kleinen Löwen alsbald zur nächsten Oase bringen konnte.

Völlig gedankenverloren und hochkonzentriert schreckte sie zusammen, als eine dunkle, tiefe Stimme außerhalb ihres Blickfelds fragte: »Alles in Ordnung mit dem Löwen?« Sun schoss im Reflex hoch in die Lüfte, weil sie instinktiv eine Bedrohung witterte. Weit in der Höhe, fernab der Gefahrenzone, spähte sie aus ihrer Vogelperspektive nach unten und erkannte – Kamele! Drei friedliche Kamele, welche nach oben zu dem gelben, rot angelaufenen Schmetterling schauten und herzhaft lachten. »Oh, tut mir leid, mein Schmetterling, ich wollte dich nicht erschrecken«, wieherte das größte der Trampeltiere.

Mit unbändigem Herzschlag und sichtlich beschämt flog Sun zu den Tieren zurück und erklärte ihnen die Situation und ihre Not. Nach einer kurzen Beratung boten die Kamele an, den Löwen in die nächste Oase zu bringen, da diese ohnehin auf ihrem Weg lag. Ebenso sei es, bemerkten sie, ein Leichtes für ein ausgewachsenes Kamel, einen kleinen Löwen zu schultern, zumal sie sich beim Tragen abwechseln konnten. Sun war so dankbar und glücklich über dieses Angebot.

Die fünf Gefährten liefen über eine Woche am Tag durch die sengende Sonne und ruhten eng aneinander in der kalten Nacht unter einem schier endlos glitzernden Sternenhimmel.
Und obwohl Sun Tag und Nacht versuchte, mit den Kamelen zu sprechen, war bis auf ein einsilbiges »Ja« oder »Nein« nichts von diesen Tieren zu vernehmen. So prallten zumindest redetechnisch zwei Welten aufeinander, aber ja, es hieß wohl nicht umsonst ›stumm sein wie ein Kamel‹. Kamar bekam von all dem nicht wirklich etwas mit, lag stets wie ein leerer Sack ausgebreitet und völlig benommen auf dem schaukelnden Rücken eines der Trampeltiere.

Am Abend des achten Tages erreichten sie die rettende Wasserstelle auf der Südseite der Wüste.
Kamar, dem es seit geraumer Zeit ein wenig besser ging, ließ es sich nicht nehmen, die letzten Meter selbst in die Oase zu laufen. Die neue Wüsteninsel war viel größer und viel schöner als die andere. Durstig und vollkommen erschöpft tranken alle fünf im Mondlicht aus dem großen Teich. Das Wasser war kühl und frisch und stillte ihren

Durst, welcher immer wieder aufs Neue entfachte, um wiederum gestillt zu werden. Kamar und Sun hatten es tatsächlich mit Hilfe der Kamele geschafft, die Wüste zu durchqueren.

Das älteste der Kamele kam zu Kamar und Sun und sagte: »Sun, ich danke dir für die nette Unterhaltung während der Reise. Eure Geschichte hat mich bezaubert und berührt. Auch wenn wir Kamele eher ruhige Gesellen sind, so bedeutet dies nicht, dass wir gefühllos und mit Scheuklappen durchs Leben schreiten. Schaut, unsere Heimat ist die Wüste, welche heiß und kalt, trocken und unfruchtbar, öde und karg von den meisten gemieden wird. Dennoch ist genau diese Wüste unsere Heimat und unser Zuhause. Eure Liebe zueinander ist für viele genauso unvorstellbar wie unsere Liebe zu dem Wüstenland. Ich persönlich kann euch nur eines mitgeben: Heimat und Liebe fragen nicht nach Vernunft, fragen nicht nach einem Sinn. Heimat und Liebe fragen nicht nach dem Weg, sie sind der Weg.«

Kamar und Sun schauten verblüfft zu den Reittieren hoch, welche sich noch verabschiedeten und genauso schnell verschwanden, wie sie dereinst aufgetaucht waren.

»Sehr liebenswerte Tiere, wenn auch etwas eigen und insgesamt sehr verschlossen«, lächelte Sun, als sie zusammen mit Kamar ein Nachtlager suchte. Die beiden waren so glücklich und froh!

Später in der in Nacht, am Rande der Oase unter einer großen Palme, der Mond stand noch hell und voll am Firmament, nahm der kleine Löwe den Schmetterling in den Arm und fragte:

»Sun, weißt du, was Liebe ist und wie sie sich anfühlt?«

Der Schmetterling schaute auf, sah dem kleinen Löwen tief in die Augen und sagte:

»Ja, Kamar, das weiß ich.«

Sun hielt kurz inne und dann begann sie, Kamar zu erzählen, wie es ihr ergangen war inmitten der Wüste, eingesperrt in dem Ballon.

»Weißt du, mein Löwe, ich war nahe dran, aufzugeben und mich meinem Schicksal zu ergeben. Bis der Wind mir deine Worte schenkte. Das gab mir die Kraft, weiterzukämpfen und mich nicht fallen zu lassen. Ich schickte dir auch meine Gedanken und ich sagte dir, was mich bewegte in diesem Moment. Doch meine Worte konnten gegen den Wind nicht fliegen und somit mein Gefängnis nicht verlassen. Deshalb will ich sie dir jetzt anvertrauen.«

Und dann sprach der kleine Schmetterling, während er in die nun wieder strahlenden Augen von Kamar blickte und selbst sichtlich glücklich und zufrieden wirkte: »In meinem Tag gefangen, sehe ich die Sonne nicht, spüre ich das Leben nicht.

Obwohl es pocht, obwohl es fühlt, obwohl es atmet und schreit nach dir.

So sehne ich die Stunde, so sehne ich deine Nähe, so sehne ich deine Liebe und deinen Kuss, der mich erlösen und befreien wird.«

Sie hielten sich fest, umklammerten sich lieb und schliefen friedlich ein in dem Glauben, den schwierigsten Teil der Reise gemeistert zu haben.

Die nächsten Tage verliefen im Vergleich zu denen in der Wüste an und für sich problemlos. Sie liefen über üppige Felder, über baumreiche Hochebenen und quer durch das eine oder andere Waldstück. Ihre Zeit hatte bereits eine gewisse Ordnung und Routine und so meisterten sie Tag um Tag, Meile um Meile ohne großes Aufsehen. Tagsüber waren sie vorwiegend mit dem Gehen und mit sich selbst beschäftigt und eher ruhig. Die Abende jedoch waren durchzogen von Zweisamkeit, sie redeten viel und schmiedeten Pläne, was sie denn tun würden, wenn sie wieder zu Hause wären, und wie es mit ihnen weitergehen würde. Und süßer noch, als gemeinsam zu reden, war es, zusammen zu schweigen. So wurden sie Stück für Stück mehr und mehr ein vertrautes, eingespieltes Paar.

Eines Morgens, der Tag war noch schläfrig und nicht ganz erwacht, hatte sich Kamar in den Kopf gesetzt, dass er wieder einmal fliegen wollte. Sun jedoch wünschte das nicht, weil es aus ihrer Sicht einfach zu gefährlich war und die Winde über Land zu unberechenbar waren. Kamar, der das nicht einsehen wollte, stieg hoch auf in die Luft und frohlockte: »Sieh nur her, Sun, ich kann genau so gut fliegen wie du.« Er machte einen Purzelbaum im Himmel, drehte sich, ließ sich fallen und führte wie ein kleiner Zirkuslöwe ein Kunststück nach dem anderen vor.

Sun jedoch ließ sich nicht beeindrucken von dem Schauspiel, flatterte zum kleinen Löwen hinauf und meinte: »Lass es bitte, Kamar, glaub mir, es ist einfach zu gefährlich.« Kamar ließ den Kopf hängen und schwebte traurig und entmutigt zum Boden zurück, als ihn genau in der Sekunde eine leichte Windböe erfasste und wieder nach oben hob.

»Kamar, gib Acht, der Baum«, schrie Sun entsetzt und flog direkt auf den kleinen Löwen zu. Kamar kam ins Trudeln, wankte und fiel hinunter Richtung Baumstamm. Der Löwe stürzte auf Sun, welche auf dem Weg zu ihm war, und riss sie mit sich in die Tiefe. Beide schleuderten mehrmals gegen den harten, knorrigen Stamm. Der Löwe und der Schmetterling brüllten auf dem Weg nach unten und sie schlugen mit einem dumpfen Knall auf dem Waldboden auf.

Nach dem Aufprall war alles still, kein noch so leiser Ton, kein Stöhnen, kein Jammern war zu hören. Kamar kam wie betäubt zu sich, reckte sich und prüfte, ob all seine Knochen unversehrt waren. Zwar tat ihm jeder Körperteil weh, aber so wie es schien, war er unverletzt geblieben.

»Alles gut! Alles heil! Alles in Ordnung!«, quietschte er erfreut. Doch dann entdeckte er Sun, wie sie über einer Wurzel lag. Und er wusste sofort, dass nicht alles gut war. Seine Fröhlichkeit rann aus seinem Körper wie die Tränen aus Suns Gesicht. Der kleine gelbe Schmetterling lag völlig benommen auf dem harten Untergrund und röchelte vor Schmerzen. Kamar begriff sofort, dass Sun ihren rechten Flügel gebrochen hatte, als er sah, dass dieser wie ein jämmerliches welkes Blatt unkontrolliert im Wind flatterte. Er versuchte mit ihr zu sprechen, doch der Schmetterling war vollkommen weggetreten und in einem regungslosen Schockzustand.

»Was habe ich nur getan? Es tut mir so leid. Verzeih mir, verzeih mir, das wollte ich doch nicht!«, stotterte der kleine

Löwe und kämpfte mit seinen Tränen. Kamar war erbost und untröstlich über seine Dummheit und er wäre am liebsten im Boden versunken. Aber er mahnte sich selbst, jetzt einen kühlen Kopf zu bewahren. Der kleine Löwe hob den verletzten Schmetterling ganz sacht hoch und legte diesen auf das weiche Moosbett, in welchem sie bereits die Nacht verbracht hatten. Wie gerne hätte er jetzt eine Schokoperle geschluckt und Fanny gefragt, was er machen sollte, doch er hatte keine Perlen mehr.

Sun schluchzte vor Schmerzen. Ratlos durchsuchte er seinen Beutel. Aber seine Tasche war leer, nur ein nutzloses Gefäß mit Sand fand er darin und eine Flasche Quellwasser. Er setzte sich neben Sun, hielt ihre Hand und versuchte sie zu trösten. Doch er wusste, dass dies sinnlos war, weil sie ihn weder hören konnte, noch der Flügel mit Worten zu heilen war. Er musste irgendetwas machen, solange sich Sun noch im Ruhezustand befand. Also stand er auf und durchkämmte den Wald nach einem Teil, mit welchem er den Bruch möglicherweise schienen oder zumindest ruhig stellen konnte. Aber je länger er suchte, desto klarer wurde ihm, dass Sun nicht lange genug ruhig bleiben und alles, was er an ihr anbrachte, sofort losreißen würde. Ein Schmetterlingsflügel war hauchzart und fein wie Seidenpapier, und wenn er diesen mit einem Ast oder Zweig fixieren würde, liefe er Gefahr, Sun noch mehr zu verletzen. Der Tag neigte sich seinem Ende entgegen und Kamar war nach wie vor ratlos und wusste nicht, was er für Sun tun konnte. Er hielt sie sanft und küsste sie, als ob es das letzte Mal wäre.

Kamar war traurig und unendlich betrübt.

Zehra

»Ich habe mir auch mal das Bein gebrochen, Küp«, sagte Tim und streckte dabei sein linkes Bein aus der Bettdecke. »Ich weiß, wie sehr das schmerzt.«

»Aber du warst nicht stundenlang bewusstlos«, keifte Lea.

»Nein, Tim hat geflennt wie ein Baby«, lachte Kai und rieb seine Fäuste in den Augen.

Tim schämte sich und verkroch sich unter dem Federbett.

Maria lächelte, zog die schweren Vorhänge zu und entzündete sogleich eine Kerze, damit sie dem Raum etwas von dem Licht zurückgab, das sie ihm genommen hatte. Die Kinder mummten sich noch mehr in ihre Decken ein und ich setzte mich ganz nahe zu ihnen ans Bett.

Im Kerzenschein flackerten meine Erinnerungen wieder auf und ich sah Großmutter Zehra im kleinen Kinderzimmer auf dem Boden sitzend, wie sie uns Sprösslingen das Märchen erzählte.

An jenem bitterkalten Abend in den tief verschneiten türkischen Bergen.

Bei meinem ersten Besuch als *Almanci* in Trabzon hatte ich sofort bemerkt, dass sich vieles geändert hatte. Keineswegs in den anderen, aber so sehr in mir! Ich war schon über dreißig und somit war ich vierzehn lange Jahre keinen einzigen Tag zu Hause gewesen. Gewiss reiste mein Vater jeden zweiten oder dritten Sommer in die Türkei, aber die finanziellen Mittel waren beschränkt und so fuhr er meistens allein mit meiner Mutter in den Urlaub. Eigentlich war ich froh darüber, denn in Wahrheit und tief im Inneren wollte ich dort auch nicht mehr hin. Ich war jetzt Deutscher, und ja, ich hatte es als Kind gehasst, dass die Deutschtürken in den Sommerferien immer wie die Heuschrecken in unserem Land einfielen und sich aufspielten wie die Götter. Ich hatte die *Almanci* damals nicht im Geringsten gemocht, da diese mit ihrem Geld um sich warfen und uns in allen Dingen wie zurückgebliebene Schimpansen einer Kolonie behandelten. Und in Wahrheit waren wir das wohl auch auf die eine oder andere Weise. Das wiederum hatte mich in jener Zeit noch mehr geschmerzt.

Ich wollte unter keinen Umständen einer von ihnen werden und fuhr deshalb nicht mehr nach Hause. Im Dezember 2009 erreichte uns dann die Nachricht vom Tod meiner Oma Zehra. Nicht, dass es meine Oma interessiert hätte, aber sie starb genau am Weihnachtsabend, als Jesus das Licht der Welt erblickt hatte. Meine Eltern und ich buchten umgehend die Flüge und waren bereits am Abend des 25. Dezembers in Trabzon. Als uns die bitterliche Kälte am Terminalausgang ins Gesicht schlug, wussten wir, dass wir zu Hause, im Norden der Türkei, angekommen waren. Obwohl Trabzon am Schwarzen Meer lag, war es dort bereits unendlich kalt und der Schnee türmte sich meterhoch. Wir jedoch mussten noch tiefer ins Landesinnere, viel höher auf die Berge, da dort unsere Wurzeln lagen.

Mein Onkel holte uns vom Flughafen ab und es war mir bis heute ein Rätsel, wie wir es geschafft haben, durch die Schneemassen ins Dorf zu gelangen. Wir brauchten über fünf Stunden für eine Strecke, welche wir im Sommer in fünfzig Minuten bewältigen konnten. Wir waren mehr außerhalb als im Inneren des Autos, drückten und schoben den Wagen quer durch den Schnee. Teils mit dem halb erfrorenen Ochsen des Bürgermeisters, teils mit dem alten Traktor der Feuerwehr. Als wir gegen drei Uhr in der Nacht ankamen, hörten wir bereits mitten durch den Nebel und das Schneegestöber die Schreie, das Weinen und das Wehklagen der Leute. Dieses gesangsähnliche Jammern drang durch Mark und Bein und keinem Westeuropäer könnte ich je empfehlen, an einer türkischen Beerdigung teilzunehmen. Wenn man mit diesem Ritual nicht aufgewachsen war, dann wurde man die Bilder und Eindrücke nie wieder los.

Alle waren noch wach und warteten auf uns. Wir vergossen unzählige Tränen und beteten im Kreise des *Hoca* – so hieß der muslimische Pfarrer – bis in die frühen Morgenstunden.

Als der frostige Wintertag dämmerte, ließen wir meine Mutter und meine Tanten zurück und ich zog mit meinem Vater auf den Friedhof, um das Grab unter der weißen, kalten Schneedecke auszuheben. Die Frauen nahmen in der Zwischenzeit die rituelle Reinigung vor. Wie in den meisten Religionen üblich, wird der Verstorbene nach einem genauen Regelwerk gewaschen, um rein im Paradies anzukommen. Drei Stunden nach der Waschung begann dann, dem Ritus entsprechend, die Beisetzung.

Der Tag war tiefgefroren und auch die Sonne vermochte der Zeit keine Wärme zu schenken. Ich hatte von klein auf solchen Beerdigungen beigewohnt, welche in ein Meer aus Schreien, Weinen und Wehklagen gebettet waren. Für

Deutschtürken war das nichts, somit stand fest, dass Margret nicht mitdurfte, denn sie hätte definitiv heute noch posttraumatische Erinnerungen davon.

Wir blieben bis Neujahr im Dorf, versuchten etwas Ruhe zu finden und verloren uns all die Tage und Nächte in unendlich langen Diskussionen und Gesprächen. Mir wurde erst in der Türkei wieder bewusst, wie sehr ich dies tatsächlich vermisst hatte – das Reden, das Zusammensein mit der Familie, den realen Kontakt zu den Menschen. Keine E-Mails, keine Kurznachrichten, keine digitale Pseudokommunikation. Echte, wirkliche, lebendige, stundenlange analoge Gespräche und Unterhaltungen.

Traurigerweise war es das letzte Mal, dass ich in der Türkei war. Und dieses Mal hatte es ungelogen einen finanziellen Grund. Ich hatte durch mein nicht veröffentlichtes Buch nach wie vor Schulden und nicht die Mittel, mir einen solchen Urlaub zu leisten. ›Hätte ich doch nur damals‹ waren fünf Worte, die mich oft begleiteten in den letzten Jahren. Maria hatte mich so oft gebeten, ihr endlich meine Heimat zu zeigen, doch nicht zuletzt wegen meines Stolzes hatte ich ihr diesen Wunsch immer wieder verwehrt. Ich war damals der Auffassung, dass man weder im Disneyland Amerika kennenlernen konnte noch in einem All-inclusive-Club die wahre Türkei.

Fisch

Sun lag immer noch vollkommen regungslos in ihrem Moosbett. Nur ihr leises Röcheln ließ erahnen, welche Schmerzen sie hatte. Als Kamar am Fluss Wasser trank, um sich abzulenken, kam ihm mehr aus der Not heraus als auf Grund seines intensiven Nachdenkens die womöglich rettende Idee. ›Das könnte klappen‹, dachte er bei sich und rannte mit einem Mund voll Wasser wieder zurück zu Sun, welche immer noch jammernd in ihrem Moosbett lag. Kamar legte den beschädigten Flügel von Sun frei auf den Untergrund und richtete alle Knöchelchen und Knorpel aus. Dann nahm er das Behältnis mit dem Sand, welches er von dem Schakal gekauft hatte, und goss die Hälfte des Quarzsands auf den Boden. Er bettete den gebrochenen Körperteil auf dem Sandhaufen und drückte diesen ganz sanft und ganz sacht in das warme Sandbett. Jetzt nahm er den restlichen Sand und schüttete diesen behutsam über den eingebetteten Flügel, bis dieser vollkommen verdeckt war. Als er die ganze Substanz aufgebraucht hatte, befand sich der Flügel wohl geformt inmitten des Sands. Kamar tropfte nun vorsichtig das Wasser aus seinem Mund an die verschiedensten Stellen des kleinen Sandkuchens und ließ diesen trocknen, bis aus dem lockeren, feinen Sandstaub ein fester und zäher Brei wurde. Der gebrochene Schmetterlingsflügel war jetzt gefestigt in diesem Sandblock und Sun war nicht mehr im Stande, ihn zu bewegen.

Kamar kümmerte sich jetzt rührend und vorbildlich um den armen Schmetterling. Er holte Sun Wasser zum

Trinken, tupfte ihr die Stirn ab und wich keine einzige Sekunde von ihr. Jeden Abend vor dem Einschlafen sagte Kamar zu ihr: »Flieg nicht zu weit, mein kleiner Schmetterling, damit dich die schönen Träume erreichen können, tief in deinem Schlaf.«

In jeder Nacht, sobald er von ihrem Stöhnen und Jammern wach wurde, hielt und streichelte er sie behutsam und sacht, bis sie sich wieder beruhigte. Kamar redete unentwegt mit Sun in der leisen Hoffnung, dass sie ihn verstehen würde, tief hinter ihrem Schleier aus Ruhe und Schlaf.

Am fünften Morgen, die Sonne sandte bereits ihre ersten Strahlen durch den Wald, schrie Sun unerwartet auf: »He, Löwe, wo sind wir? Und sag mir, wieso ich meinen Flügel kein Stück bewegen kann!« Kamar, schlagartig hellwach, umarmte Sun und küsste sie, wie man sich küsste, wenn man sich ewig nicht mehr gesehen hat.

»Geh weg, Kamar, was ist denn los mit dir? Ich habe jetzt keine Lust, abgeknutscht zu werden«, fauchte Sun ihn an. »Was ist denn in dich gefahren?«

Kamar, immer noch voller Freude über Suns Erwachen, überhörte ihre Bemerkungen, küsste sie weiter und begann das ganze Geschehen von Anfang an zu erzählen.

Als er am Ende angekommen war, schrie Sun ihn wieder an: »Hättest du nur ein Mal auf mich gehört, nur ein Mal, du dummer Löwe, dann wäre dies alles nicht passiert! Du bist einfach nur eigensinnig und egoistisch!« Kamar senkte seinen Kopf und trottete beleidigt weg. Die folgenden Stunden und die ganze Nacht verliefen wieder mal wortlos und still.

Am nächsten Morgen hatte sich Sun ein Stück weit beruhigt und sprach Kamar etwas Lob aus für seine Idee mit dem Sand. Von nun an war der kleine Löwe der leibeigene Krankenpfleger von Sun und sie kommandierte ihn nach Belieben herum. Tu dies, tu das, hol dies, hol das. Kamar fiel jeden Abend vollkommen erschöpft ins Bett und schlief in der Nacht tief und fest wie ein Stein. Am Tag ertrug er ihre beherrschende Art völlig geduldig, da er sich wirklich sehr schuldig fühlte und er sie ja erst in diese Lage gebracht hatte. Der Schmetterling war sehr böse zu dem kleinen Löwen und gelegentlich, wenn er nicht mehr ein noch aus wusste, setzte er sich weit ab von ihr in den Schatten eines Baumes.

Immer und immer wieder kam ihm dann die Aussage seines Großvaters in den Kopf, deren Bedeutung er erst jetzt richtig verstand.
»Du kannst allein nie so einsam sein wie zu zweit«, hatte Opa stets augenzwinkernd zu Oma gesagt, die dann meist entgegnete: »Das stimmt vielleicht, aber man kann allein auch nie so glücklich sein wie gemeinsam.«
Beides ergab in dieser Sekunde so viel Sinn in Kamars Leben.

Nach zwei Wochen verkündete Sun: »Wir müssen den Flügel befreien, Kamar. Ich denke, er sollte mittlerweile geheilt sein.« Kamar hasste zwar die Worte ›wir müssen‹, weil sie immer bedeuteten ›ich will, du musst‹, aber in diesem Fall befolgte er Suns Anweisung wirklich sehr gerne.

Er baute einen kleinen Zaun um Sun und dichtete diesen mit Moos, Schlamm und Stroh ab.

Es entstand ein winziges abgeschlossenes Becken, ähnlich einem kleinen Swimmingpool. Sun lag wie eine Prinzessin mittendrin, jedoch noch ganz trocken, ohne einen Tropfen Wasser. Kamar füllte Flusswasser in das Glas ein, in welchem der Sand gewesen war, und stellte es in die Sonne, um die Flüssigkeit im Glas zu erwärmen. Als das klare Wasser nach einer Weile aufgewärmt war, schüttete er es langsam und vorsichtig in das Bassin. Sun lag nun wie ein Fisch in ihrem eigenen Teich, ihr ganzer Körper war unter Wasser und nur ihre Fühler und ihr zartes Köpfchen schauten über den kleinen Wellen heraus. Nach und nach bröckelte der harte Sand ab, aufgeweicht vom warmen Nass, und löste sich auf. Kurz nach Mittag und stetigem Nachschütten von temperiertem Wasser war der Schmetterlingsflügel frei und Sun konnte sich wieder ungebunden bewegen.

Nachdem sich Sun gewaschen und in der Sonne getrocknet hatte, versuchte sie den Flügel leicht zu schwingen.
»Es tut noch etwas weh und mein Flügel fühlt sich schlaff und kraftlos an, aber danke, mein Held, dass du dich so rührend um mich gekümmert hast und mich durch deine Pflege geheilt hast!«, sagte Sun und zog den mittlerweile sichtlich erleichterten Löwen eng an sich heran und küsste ihn seit Ewigkeiten wieder innig und lieb.

Nach einer zusätzlichen Woche Ruhe und stetigem Training ging es Sun schon wieder blendend und sie flog frisch und fröhlich wie an ihrem allerersten Tag. Am nächsten Morgen brachen sie zum wiederholten Male auf und folgten ihrem Weg entlang der Sterne.

Nach einigen sehr beschwerlichen Tagen öffnete sich das Land und eine geradezu endlos scheinende Ebene lag vor ihnen. Am Horizont konnte man einen gewaltigen schneebedeckten Gipfel unter den Wolken erahnen. Der Berg wirkte bereits aus dieser Entfernung riesig und Kamar blickte angsterfüllt dem Gebirge entgegen, als ihn der kalte Wind des Gletschers zum Frösteln brachte.

Kamar stand immer noch ehrfürchtig und regungslos da und starrte auf den gigantischen Bergkamm, als Sun vollkommen heiter juchzte: »Wir haben es geschafft, Kamar. Hinter diesem Berg und einer Woche Marsch liegt mein Dorf. Das ist der Schneeberg.«
»Der Schneeberg?«, murmelte Kamar fragend, schaute noch mal in die Ferne zu dem Gletscher und sagte: »Diesen Berg können wir nicht überqueren Sun. Wir müssen einen anderen Weg finden. Diese Erhebung ist zu hoch, wir würden erfrieren wenn wir es versuchen.«
»Papperlapapp«, sagte Sun vollkommen aufgedreht und es konnte ihr gar mehr nicht schnell genug gehen. Hektisch flatterte sie los und trieb den kleinen Löwen an. »Komm schon, Kamar, lauf.«

Der Schmetterling flog, so geschwind er nur konnte, und selbst in der Dämmerung und am Abend machte er keinen Halt. Kamar hechelte wie ein Rennpferd hinterher und wunderte sich darüber, dass Sun es so eilig hatte. Insgeheim war er jedoch froh, dass ihr Flügel so gut verheilte.

Die beiden waren so schnell unterwegs, dass sie bereits in der Nacht am Fuße des Bergzugs ankamen. Kamar schlief auf der Stelle ein und hörte Sun nicht mehr sagen: »Der

Bergrücken ist durchaus nicht besonders schwierig zu passieren, das Problem sind vielmehr die Höhe, der Schnee und die daraus resultierende Kälte. Kein Schmetterling, der es je gewagt und versucht hat, den Berg zu überqueren, ist jemals wieder nach Hause zurückgekehrt. Vielleicht hast du Recht, mein Löwe, und wir suchen uns einen anderen Weg.« Kamar kommentierte Suns Aussagen mit einem lauten Schnarchen, denn er war schon lange in seinem Traum angekommen.

Am darauffolgenden Tag waren jedoch alle Bedenken verflogen und der Mut in Sun neu erwacht. Sie überredete den skeptischen Löwen und beteuerte, dass es ein Leichtes für sie war, über diesen Berg zu kommen. Bald jedoch stellte sich der Weg über den Kamm als der anstrengendste der bisherigen Reise heraus. Bereits gegen Mittag wurde die Luft zunehmend dünner und eisig kalt. Das Atmen wurde Meter für Meter schwerer und Sun machte es sich, so gut es ging, auf dem Rücken von Kamar bequem. Selbst zu fliegen war für sie angesichts der dünnen Luft und der Eiseskälte undenkbar. Als sie auf dem höchsten Punkt des Weges ankamen und dabei waren, den Pass zu überqueren, schlug das Wetter um. Monströse dunkle Wolken verhüllten die Sonne und es wurde unvorstellbar frostig und erbarmungslos kalt. Der Wind frischte auf und Kamars Barthaare waren schlagartig mit Schnee und winzigen nadelspitzen Eiszapfen übersät.

Und obwohl es bereits abwärts ging, musste Kamar einen sichtlichen Kraftaufwand aufbringen, um durch die tiefe Schneedecke zu waten. Der kleine Löwe lief dennoch stetig und tapfer halbblind quer durch den Sturm, da der Nebel ihm die Sicht verhüllte.

»Wie geht es dir, Sun?«, fragte Kamar einige Zeit später. Sie antwortete nicht.

»Sun, geht's dir gut?«, schrie Kamar gegen den Wind. Aufs Neue keine Reaktion von dem Schmetterling. Kamar blieb stehen, schüttelte die Schneeschicht und ungewollt auch den Schmetterling von seinem Körper und sah das Unfassbare. Sun lag ausgebreitet und flach wie ein Spiegel im Schnee und regte sich keine Spur.

»Sun, wach auf!«, brüllte der Löwe. Und als Kamar sie hielt und schütteln wollte, brach ein winzig kleines Stück ihres Flügels ab. Kamar erschrak und sein eigenes Blut drohte zu erstarren. Jetzt merkte er, dass Sun tiefgefroren war. Ihre Schwingen weit von sich gespreizt, lag sie wie ein kleiner gelber Engel, gebettet in den weißen Pulverschnee, regungslos und stumm da.

Kamar ging ganz nah an sie heran und spürte, dass sie flach und leise atmete. Er hauchte sie mit seinem warmen Atem an, aber durch die Kälte erreichte die Wärme den Schmetterling nicht. Kamar zögerte keine Sekunde, schnappte sich Sun und rannte, so gut und so schnell er nur konnte, den Berg hinab. Dabei zog er sie wie einen kleinen Schlitten hinter sich her, denn er hatte Angst, sie zu zerbrechen, wenn er sie wieder auf seinen Rücken setzte. Der Bergrücken war an dieser Seite viel flacher, so war der Schnee tiefer. Kamar erkannte, dass er nicht schnell genug von dem Bergplateau kommen konnte, um Sun zu retten. Und obwohl ihm sein sinnloses und erfolgloses Handeln fortwährend bewusst war, rannte er in Windeseile durch das grenzenlose Weiß.

Es war wie ein Wettrennen gegen seine eigene Verzweiflung. Er versank weit über die Knöchel in dem darunterliegenden pulverweichen Tiefschnee und seine Pfoten waren bereits taub von der Eiseskälte. Kamar suchte wie verrückt einen Unterschlupf, aber an welchem Ort er sich auch umsah, er konnte weder einen Baum noch eine Höhle und somit keinerlei Schutz für sich und Sun finden. Sie hatten nicht die geringste Chance und die Situation war ausweglos. Die harschen Schneeflocken und die beißende Kälte brannten in seinem Gesicht. Auf allen Seiten nur Frost und Schnee. Die Landschaft erfror regelrecht in Grausamkeit und mündete in einem schier endlosen weißen Meer aus Rohheit und Stille, das nur von dem eisigen Heulen des Windes durchschnitten wurde. Am absoluten Tiefpunkt und am Ende seiner Kräfte fiel er völlig erschöpft in das kaltblütige und herzlose Schneefeld. Er wusste sich keinen Rat mehr. Der Niederschlag wurde immer heftiger und intensiver. Kamar und Sun wurden von Kopf bis Fuß Stück für Stück von den fedrigen Schneeflocken zugedeckt.

Der kleine Löwe versuchte immer wieder, Sun etwas Wärme mit seinem heißen Atem zu geben, doch sein Hauchen wurde zunehmend dünner und langsamer. Die unbarmherzige Eiseskälte kroch in all seine Glieder und er gab seinen Kampf auf. Er hatte verloren und ließ sich von jetzt an regungslos treiben, wie ein kleines, entwurzeltes Boot in dem seelenlosen weißen Ozean aus Eis und Schnee. Die bitterkalte Sintflut überströmte ihn und er ergab sich seinem erbärmlichen Schicksal, tief eingeschneit und verdeckt.

Kai

Der kalte Hauch der Geschichte wehte durchs Zimmer und Adolf war weit unter der Decke verschwunden. Nur seine kleine Schnauze und seine spitzen Ohren lugten darunter hervor.

»Küp, es ist so kalt. Kannst du bitte die Heizung aufdrehen?«, fragte Lea.
»Gerne. Wenn du mir zeigst, wie?«, erwiderte ich und wollte eben aufstehen, als Kai lächelnd hochsprang und die Zahl 24 in das schmucklose Display an der Wand tippte. Kai liebte alles, was mit Technik zu tun hatte. Er verbrachte Hunderte Stunden mit seinem Handy, iPad und Notebook. Tag ein, Tag aus zockte er und tötete virtuelle Computermonster mit fiktiven Computersoldaten oder anderen programmierten Kämpfern.

Ich fand diese Entwicklung im Grunde ausgesprochen bedenklich und im Kern zutiefst unsozial. Man spielte nicht mehr gemeinsam, sondern vorwiegend isoliert. Und wenn man überhaupt zusammen spielte, dann nur über Netzwerke im Internet. Man kannte seine Spielkameraden in keiner Beziehung mehr real und trat mit ihnen in keinen sozialen Kontakt außerhalb des digitalen Netzes. Auch waren die Spiele nie zu Ende. Nie gab es einen Sieger oder Verlierer, und das, obwohl fast zu jedem Zeitpunkt alles gemessen und gewogen wurde.

Es war die schöne neue Welt im Internet, in der man sich mühelos verlaufen konnte, in welcher man leicht Gefahr lief, nie wieder herauszufinden und dies über kurz oder lang als echtes Leben zu verstehen und zu akzeptieren. Die Kinder wurden Schritt für Schritt von dieser Glitzerwelt betäubt und sie wurden unter den Augen der Erziehungsberechtigten aus dem Kinderzimmer entwendet. Es blieb nur noch deren Hülle vor dem Schreibtisch sitzen. Der Geist war schon lange in den Fuchsbau gekrochen und von den Rattenfängern dieser Welt verschleppt worden.

Meist waren die Eltern keine unwissenden Gutmenschen und der Versuchung auch schon seit Langem erlegen. Sie suhlten sich genauso in der Sonne des Facebook oder lechzten nach dem Geld der Onlinespiele. Allesamt kauften Klamotten, Bücher oder Filme im Internet, um diese nach Wochen oder Monaten wieder zu verkaufen. Natürlich wieder via Internet. So konnte man alle realen sozialen Kontakte auf ein Minimum reduzieren. Es ließen sich doch alle freiwillig entführen und sprangen dem Kidnapper sogar unaufgefordert ins Auto. Jeder akzeptierte willenlos, dass man ihn verführte und mitnahm, um somit ein Teil der eigenen Illusion zu werden und das Reale wie im Alkoholrausch zu vergessen, für die Sekunde und den Tag.

Das Internet war das real gewordene Soma von Huxley, die nüchterne Droge, die jeder konsumierte und tolerierte. Die sozialen Netzwerke waren asozialer, als der Name vermuten ließ, und gelegentlich wäre es besser gewesen, nicht mit einem unschuldigen Schafsgesicht vor dem Computer zu sitzen, sondern zu hinterfragen, ob wir dies alles nur taten, weil wir es tun konnten oder weil wir es wirklich tun wollten. Diese Antwort könnte uns dem Glück und der Zufriedenheit ein Stückchen näher bringen.

»Danke, Kai«, lächelte ich mit einem Augenzwinkern.

»Sterben jetzt beide? Ist die Geschichte jetzt aus?«, fragte Kai.

Kaum war die Frage ausgesprochen, schauten mich die Kinder und Adolf erwartungsvoll und gespannt an. Selbst in Marias Augen konnte ich etwas Unruhe erkennen.

Eisbär

Kamar und Sun lagen mindestens eine Stunde lang auf dem offenen Feld inmitten der Berge und sie waren bereits tief unter einer dichten Schneeschicht verschwunden. Von der Ferne konnte man fast nichts mehr von den beiden erkennen. Es war unendlich kalt und der Wind wehte ungestüm und heftig.

Auf einmal schrie Kamar: »AUUUU!« Er brüllte, so laut er nur konnte, unterhalb der Schneedecke hervor. Dabei bekam er so viel Schnee und Wasser in den Mund, dass er mit einem explosionsartigen Schneegestöber aus dem weißen Tuch hochjagte und sich die Schneeflocken und Wassertropfen aus der Lunge hustete. Er schüttelte sich den kalten Niederschlag von seinem Fell und als er seinen Kopf nach hinten warf und über seine Schulter zur Quelle seines Schmerzes schaute, traute er seinen Augen nicht. Ein kleiner Eisbär, kaum größer als er, knabberte an seinem Schwanz, welcher wie eine kleine Antenne aus dem Schnee ragte. Der Polarbär erschrak noch mehr, hatte er doch geglaubt, an einem frischen Grashalm zu kauen. Der Kleine hatte den buschigen Stängel immer noch zwischen seinen Zähnen, als der Rest des Tieres erwachte und ihn böse anstarrte und fürchterlich schrie.

»Tut mir leid, tut mir leid«, stotterte der Eisbär und ließ sofort den zotteligen Löwenschwanz aus seinem Mund fallen. Kamar brüllte irrsinnig vor Schmerzen und hopste wie ein aufgescheuchtes Reh durch den Tiefschnee.

»Auuu, Auuu«, dröhnte es durch den Schneefall. Kamar war kreideweiß und er wirkte wie eine hüpfende große Schneeflocke im Flockentanz der anderen.

Minuten später, nachdem er sich etwas beruhigt hatte und sein brennendes Hinterteil im Schnee kühlte, fragte der kleine Eisbär: »Was in aller Welt machst du hier? Du kannst hier doch nicht schlafen! Wenn du hierbleibst, wirst du erfrieren! Hier herumzustehen oder zu schlafen bedeutet deinen sichereren Tod!«

»Ich bin nicht allein«, sagte Kamar betrübt und zeigte auf Sun, welche nach wie vor ausgestreckt und tiefgefroren im Schnee lag.

»Lebt der Falter noch?«, fragte der Eisbär sichtlich mitgenommen.

»Ja, aber wenn kein Wunder geschieht, wird er die nächste Stunde nicht überleben.« Kamar senkte seinen Kopf und schaute ratlos zu Sun.

»Nimm den Schmetterling und komm! Schnell!«, schrie der weiße Bär und rannte den Berg hoch. Kamar folgte den Anweisungen, ohne diese zu hinterfragen, und musste seine letzten Reserven mobilisieren, um den kleinen, wendigen Bären nicht aus den Augen zu verlieren.

Nach einer gefühlten Ewigkeit erreichte Kamar mit letzter Kraft den kleinen Eisbären, welcher wie ein König auf einem Schneehügel stand und in die Tiefe blickte. Rauch und Nebel umhüllten ihn und der Dunst verlieh der kleinen, stoischen Gestalt etwas Mystisches. Als Kamar neben ihm ankam und auch hinunter in den Abgrund sah, erkannte er eine sprudelnde heiße Quelle inmitten dieser unwirklichen gefrorenen Landschaft aus Eis und Schnee. Er sprang, ohne auch nur eine Sekunde zu zögern oder zu überlegen, sofort mit Sun im Schlepptau ins warme Wasser. Und obwohl das rettende Nass wie beißend heiße Nadeln an seinem Körper brannte, war es das schönste und wundervollste Gefühl, das er sich für den Moment wünschen und vorstellen konnte.

Kamar führte Sun wie ein schwebendes gelbweißes Blatt sanft an der Oberfläche des spritzenden und schäumenden Naturbeckens und wiegte sie behutsam auf dem behaglichen, feuchten Untergrund. Langsam und sacht taute sie auf und die kleinen Eiskristalle schmolzen in dem blubbernden Wasser. Kamar schaukelte Sun in der dampfenden heißen Quelle, welche inmitten des Schneesturms brodelte, und er konnte bereits leichte Bewegungen in dem noch harten, ausgebreiteten Schmetterlingsflügel spüren. Als Sun etwas später die Augen aufschlug und lächelte, wusste der kleine Löwe, dass alles gut werden würde, und genoss zum ersten Mal selbst die angenehme Wärme des Beckens.

Kamar blickte sich nach dem Eisbären um und wollte sich bei ihm bedanken, aber der kleine weiße Bär war aus seinem Blickfeld im Schneetreiben entschwunden und von da an nicht mehr zu sehen. Der kleine Löwe war ihm doch so dankbar und er war nun so unendlich niedergeschlagen und traurig, ihm dies nicht mehr sagen zu können. So geschwind, wie der Bär in sein Leben gekommen war, so plötzlich war er auch wieder verschwunden in dem Weiß, das ihn unsichtbar zu machen schien. So würde nicht Gesagtes ewig nicht gesagt bleiben, und das stimmte Kamar unglücklich in jenem Moment, der doch gleichsam in Freude und Glück getaucht war.

Kamar und Sun verharrten wortlos gefühlte Stunden in ihrem rettenden Pool. Sie staunten erst über den Sturm, der die Schneeflocken um den Gipfel und über den Bergkamm trieb. Und später, als das Heulen sich legte, staunten sie über die Sterne und den Mond, welche aus der aufreißenden Wolkendecke strahlten. So schrecklich der Schnee und der Blizzard eben noch gewesen waren, so schön und unsagbar faszinierend lagen jetzt die schneebedeckten elfenbeinfarbenen Berggipfel in ihrem Rücken und das weite Tal zu ihren Füßen.

»Kamar, es ist eine so wunderschöne sternenklare Nacht und es scheint so, als würden die Sterne heller leuchten, wenn sie frieren«, flüsterte Sun und ihre Stimme klang noch sehr erschöpft, war es doch das Erste, was Sun formulierte, und Kamar drückte sie fest an sich.

Die wohlige und behagliche Wärme in der Quelle war einfach herrlich und nach und nach krochen Glückseligkeit und Freude wieder in die beiden Körper zurück. Sie trieben ihre Späße in dem Nass und sie planschten wie zwei kleine Kinder in dem heißen Sprudel. Als später wieder Ruhe einkehrte, sagte Sun ernst: »Kamar, ich komme von hier nicht weg. Sobald ich aus dem Wasser steige, gefriere ich erneut!« Und nach einer längeren Pause ergänzte sie: »Auch wenn es ein wunderschönes Ende ist, so ist es doch ein Ende. Diese Quelle wird zu unserer Mündung!«

Kamar, erst etwas überfordert mit der Aussage, begriff dennoch sofort, dass Sun einmal mehr Recht hatte. Es führte kein Weg von diesem Berg, außer der durch die eisige Kälte. Und so beschützt sie selbst in dem Wasser waren, so tödlich war es nur einen Meter außerhalb ihrer tosenden Insel im stummen, schroffen Eismeer.

Die beiden hielten sich innig und zart und ihre Stille übertönte das Jaulen des Windes und das Plätschern des Wassers. Der Mondschein blitzte in dem samtweichen Schnee und bahnte sich einen hell gleißenden Lichtweg vom Gipfel über den Gletscher bis ins Tal.

»Du kannst in meinen Mund kriechen«, platzte es schlagartig aus Kamar heraus. »Sun, wenn du dich winzig klein machst, hast du in meinem Mund Platz und ich kann dich sicher ins Tal transportieren«, sagte der kleine Löwe und spritzte dabei Wasser aus seinem Mund.
»Spinnst du?! Ich krabble doch nicht in dein sabberndes Maul! Lieber sterbe ich hier, als mich derart zu erniedrigen und zu demütigen!«, donnerte der gelbrote Schmetterling.

Nach einer sehr langen Schweigeminute willigte Sun dann doch ein. Kamar musste ihr jedoch hoch und heilig versprechen, dass er nie auch nur ein Wort darüber verlieren würde, dass sie je freiwillig in seinen Mund gerobbt war. Nachdem er ihr das geschworen hatte, versuchte Sun sich so klein wie nur möglich zu machen, um überhaupt in das Maul von Kamar zu passen. Und nach einigen Versuchen und etwas Übung mit Flügelzusammenrollen klappte es tatsächlich.

Sun saß zusammengekauert im Mund des kleinen Löwen und lugte mit ihren schwarzen Äuglein frech zwischen seinen Lippen hervor.

Jetzt ging alles blitzschnell. Kamar sprang aus dem warmen Teich und rannte dem Tal entgegen. Sun schrie und brüllte wie am Spieß: »Lauf schneller, ich ertrinke hier in deinem Sabber. Kamar, renn, es ist so eklig in deinem Schlund!« Sie biss ihn in die Zunge, kratzte ihn am Gaumen. Doch Kamar hielt den Mund geschlossen. Es war ihm völlig egal, was sie schimpfte, und die Schmerzen konnte er gut ertragen.

»Kamar, lass mich sofort raus hier! Eher will ich auf dem Gletscher erfrieren, als in deinem Maul vom Speichel ertränkt zu werden!«, kreischte sie, aber der kleine Löwe ignorierte ihr Jammern und lief stetig dem Tal entgegen. Eine Ewigkeit später, als die Sonne tief hinter den Wolken zaghaft und scheu etwas Helligkeit in den trüben, stürmischen Tag warf, hatten sie es geschafft. Sie waren im Tal angekommen.

Kamar öffnete erstmals seinen Mund und als der klitzekleine glitschige Schmetterling aus seinem Maul flutschte, konnte er sich nicht mehr halten. Das gelbe Tierlein glitt wie ein neugeborenes glibberiges und schmieriges Kälbchen auf den Boden. Da Kamar genau wusste, wie sehr Sun Flüssigkeiten und vor allem Schleim hasste, musste er losprusten und laut auflachen. Schließlich war sie über und über voll mit Speichel und Sabber. Tief im Inneren jedoch war er froh, dass Sun nichts geschehen war, und so löste sein Lachen auch die Anspannung, welche er die ganze Zeit in sich getragen hatte.

Er lachte und wieherte fröhlich vor sich hin und weil der Anblick von Sun derart komisch war, konnte er sich einfach nicht mehr beruhigen. Sun war zwar außer sich und am liebsten hätte sie mit Kamar und der Welt geschimpft, aber sie ließ sich von seinem Lachen anstecken und stimmte am Ende sogar mit ein. Sie hielten sich fest, lachten zusammen Tränen und waren unendlich glücklich und zufrieden für diesen Moment und Augenblick.

Margret

Die Tür sprang auf und Margret und Olaf polterten mit den Koffern in die Wohnung.

»Mama«, schrien alle Kinder los und stürmten zum Zimmer hinaus, in den engen Flur, ihrer Mutter entgegen.

»Ihr seid noch nicht umgezogen?«, bemerkte sie als Erstes. »Jetzt aber Marsch, ab ins Bad, umziehen und waschen«, befahl sie den Kleinen nach einem flüchtigen Kuss.

»Küp!«, rief sie etwas direkter, und als ich verstohlen aus dem Kinderzimmer spähte und langsam auftauchte, verbarg sie kein bisschen, dass sie verärgert war. »Wieso sind die Kinder nicht bettfertig? Hast du mal auf die Uhr gesehen?«, fragte sie, ohne einen Zweifel daran offen zu lassen, dass sie zumindest so viel von mir erwartet hatte.

»Gut«, begann ich mich zu rechtfertigen, aber Margret beabsichtigte nicht, mir zuzuhören, wie ich ihr erklärte, dass wir die Zeit hinter der ausgesperrten Dunkelheit vergessen hatten. Sie lief geradewegs, ohne mich zu beachten, in Richtung Küche.

Als sie Maria erblickte, huschte das erste Lächeln über ihr Gesicht und sie meinte schon etwas fröhlicher: »Zumindest ist alles schön aufgeräumt und sauber. Danke, Maria.«

Adolf kam auch in den bereits heillos überfüllten Flur und umschmeichelte Margrets Beine, als hätte ich ihn das ganze Wochenende eingesperrt und überhaupt nicht gefüttert oder gar gestreichelt. Die Katze war so eine falsche Ratte! Margret nahm ihn sofort hoch und kraulte ihn.

»Armes kleines Kätzchen, hast du vom bösen Küp gar nichts zu fressen bekommen?« Mit seinen großen Augen und einem vorgetäuscht traurigen Blick sah der Kater in Margrets Gesicht und bettelte förmlich um etwas Futter und Streicheleinheiten.

»Jetzt gebe ich dir was ganz Feines zu essen«, flüsterte meine Schwester sanft in Adolfs Ohr und verschwand mit ihm und Maria in der Küche. Die Frauen ließen mich mit Olaf und dem Gepäck im Gang stehen.

»Und, Schwager, war's schön?«, erkundigte ich mich etwas verlegen.

»Was denn?«, fragte Olaf einsilbig.

»Nun ja, die Reise? Hamburg? Das Musical?«, bohrte ich nochmals vorsichtig nach.

»Ah, das Musical, oh ja, das war ganz nett«, verkündete Olaf ein wenig verwundert darüber, dass ich so viel wissen wollte. Somit hatten wir, streng genommen, schon weit mehr miteinander gesprochen, als von uns beiden zu erwarten war.

Nach einem provisorischen Nachtmahl und einigen schlichten Geschenken für die Kinder ging es dann ab ins Bett.

»Mama, Küp erzählt uns eben noch das Märchen vom kleinen Löwen und dem Schmetterling.«

»Oh, wie schön. Ich liebe diese Erzählung!«, äußerte sie und blickte kurz gedankenverloren über die Bettdecke, als der Nachwuchs bereits bettelte:

»Dürfen wir die Geschichte fertig hören? Mama, bitte, bitte!«

»Ich weiß nicht. Aber ja, wenn es nicht allzu lange dauert und Küp noch Zeit hat, dann gerne.«

»Küp, Küp, bitte, bitte!«, strahlte es aus den sechs Kinderaugen und selbst Adolf hatte sich eingereiht und war wieder auf meine Seite gewechselt. Ich hoffte insgeheim, dass Tim den Kater nochmals auf den Boden schubste.

Olaf kannte die Geschichte gar nicht und fragte, ob er auch zuhören dürfe.

»Von mir aus gerne, jedoch können wir jetzt nicht alles erneut wiederholen und es fehlt dir schon einiges«, merkte ich an, aber er ließ sich nicht beirren und sagte knapp:

»Wie kompliziert kann denn so eine Kindergeschichte sein?«

Da hatte er wohl Recht. Ich schlüpfte nochmals kurz in die Küche, um mir einen frischen Kaffee zu holen. Margret saß, von der Reise gezeichnet, erschöpft auf dem Stuhl und war in ein Gespräch mit Maria vertieft.

Als sie mich in der Tür bemerkte, stand sie auf, umarmte mich und flüsterte mir ins Ohr: »Danke, Brüderchen, vielen Dank! Das Musical war so wunderschön, du musst es dir unbedingt mit Maria ansehen!«

Ich bejahte den Vorschlag und konnte ein Strahlen in Marias Gesicht erkennen.

»Woher kennst du die Geschichte?«, fragte ich Margret, während ich mir die Milch in den frischen, heißen Kaffee schüttete. »Du warst doch nie dabei, als Oma das Märchen erzählt hat.«

»Oma? Oh nein, ich habe die Geschichte von dir erfahren! Du warst keine Woche in Deutschland und sprachst noch kein richtiges Wort Deutsch. Du hast dich damals zwar immer über mein Türkisch lächerlich gemacht, aber es war in jener Zeit die einzige Möglichkeit für uns, uns zu unterhalten.«

Sie machte eine kurze Pause und sah nachdenklich durch das regennasse Fenster in die dunkle, kalte Nacht.

»Kannst du dich wirklich nicht mehr erinnern?«, fuhr sie fort. »Ich hatte mich unsterblich in den blonden Erik verliebt und wir küssten uns nach der Schule unten in dem alten Schuppen zwischen den verrosteten Eisenbahnwaggons. Papa kam um diese Uhrzeit mit dem Zug nach Hause und hat uns gesehen. Was aus dem fahrenden Zug eigentlich fast unmöglich war. Als ich dann später heimkam, hat er getobt und geschrien, dass ich unkeusch sei, weil ich einen Christen geküsst hätte. Er brüllte quer durch die Wohnung, dass er mich sofort in die Türkei schicken würde, wenn er das nochmals mit ansehen müsste.« Margret fuchtelte mit den Händen über ihrem Kopf, wie es unser Vater immer machte, wenn er aufgeregt und nervös war.

Ich musste lachen und sie erzählte weiter: »Ich rannte in mein Zimmer und weinte. Ich warf meinen Koffer aufs Bett und wollte ausziehen und weg aus Kassel! Um mich zu beruhigen und zu besänftigen, hast du mir dann die Geschichte vom kleinen Löwen und dem Schmetterling erzählt. Seit diesem Tag stand für mich das Märchen zu allen Zeiten an erster Stelle, wenn es um das Thema Toleranz und Menschlichkeit ging.«

Wow! Ich war echt überrascht. Zum einen, weil ich mich nicht daran erinnern konnte, Margret diese Geschichte erzählt zu haben, zum anderen, weil die Erzählung bei ihr eine solche Wirkung hatte.

»Es ist wunderschön, eine Schwester wie dich zu haben«, flüsterte ich in ihr Ohr, als ich sie, mit dem Kaffee in der Hand, drückte.

»Küp, bringst du mir ein kaltes Bier mit, wenn du zurückkommst?!«, rief Olaf aus dem Kinderzimmer. Ich staunte nicht schlecht, ein Satz mit mehr als zehn Wörtern! Sogar Olaf überraschte mich an diesem verrückten Wochenende.

Wobei, das muss an dieser Stelle wohl angemerkt werden, Olaf kein übler Kerl war. Eventuell etwas einfältig und eher ruhig und still als ein Mann großer Worte. Ihn aber als niveaulos zu bezeichnen wäre falsch! Gut, er trank gelegentlich das eine oder andere Bier zu viel. Er freute sich über die Maßen, wenn die Deutschen in welcher Sportart auch immer gewannen, und war für einen Ossi nationalistischer, als dies ein Westdeutscher je hätte sein können. Aber genau genommen taten Tausende ihm das gleich, also alles in allem war er vollkommen normal!

Auch war er den Kindern ein wunderbarer Vater und Margret ein anständiger Mann. Und selbst wenn er vielleicht in Latein oder Mathematik den Kleinen nicht helfen konnte, so kannte er doch jeden Ort, jede Stadt, jeden Fluss und jeden noch so kleinen Berg auf diesem Planeten. Er hatte in Geschichte und Erdkunde definitiv mehr drauf als jeder andere, den ich kannte, und in sportlichen Dingen konnte ihm so oder so niemand etwas vormachen. Er kannte jeden, wirklich jeden einzelnen DDR-Sportler, sei es Mann oder Frau, der je eine olympische Medaille gewonnen hat. Und das galt für Wintersport genauso wie für Sommersport! Aber dem nicht genug, er kannte auch deren Geburtsort und Geburtsdatum.

Für mich war er wie eine persönliche Datenbank der deutschen Sportgeschichte.

Olaf unterhielt auf Facebook sogar eine Fanseite der ehemaligen DDR-Olympioniken, auf welcher sich in der Tat alle noch lebenden Athleten als Freunde eingetragen hatten.
Hier flossen wirklich seine ganze Leidenschaft und ein beachtlicher Teil seiner Zeit hinein.
Aktuell war er dabei, ein Treffen am Rande des Berlin-Marathons mit den Sportlern zu organisieren. Er war nach eigenen Aussagen bereits in Kontakt mit der ARD und der Bildzeitung. Wobei, so ganz konnte und wollte ich ihm das nicht glauben.

So gesehen war mein Schwager ein Wunder für mich, und tief im Inneren war ich tatsächlich froh, dass meine Schwester einen so großartigen Mann wie ihn an ihrer Seite hatte.

Ameise

Sun erwachte an jenem Morgen sehr früh und flatterte bereits mit dem ersten Sonnenstrahl runter zum Fluss, um sich ein wenig frisch zu machen und sich Wasser ins Gesicht zu spritzen.

»Wohin fliegst du, Sun?«, erkundigte sich Kamar halblaut, noch schlaftrunken, mit nur leicht geöffneten Augen.

»Wohin ich fliege?«, fragte der kleine Schmetterling etwas überrascht. »Das geht dich wohl gar nichts an! Beginnst du jetzt, mich zu kontrollieren?«, schnaubte Sun dem verdutzten Löwen laut entgegen, schwebte weiter und schmachtete in sich hinein: ›Wie lieb er doch ist. Er will immer wissen, wo ich bin‹.

Am nächsten Morgen ignorierte Kamar den Schmetterling, als dieser wegflog, und schlief weiter. Sun dachte: ›Wie schön, er lässt mir meine Freiheit und kontrolliert nicht jeden meiner Schritte‹. Sie wirbelte jedoch herum, jagte zu dem im Dämmerschlaf dösenden Löwen zurück und schrie ihn an: »He! Du kümmerst dich keine Spur um mich und dir ist vollkommen egal, wohin ich gehe und fliege! Mir könnte etwas zustoßen und ich könnte sterben und dir würde es nicht einmal auffallen.« Sun kehrte um, schwirrte davon und ließ den kleinen Löwen stumm in seiner Verwunderung zurück.

So vergingen die Tage und die Nächte und aus ihnen war beileibe ein echtes Paar geworden. Nach den Tagen der

Ruhe, nach dem Kräftesammeln und Nichtstun beschlossen Kamar und Sun, weiterzureisen. Sun kannte sich in der Gegend, in der sie sich befanden, wieder aus, da das Tal der Schmetterlinge nur eine Reisedauer von einer Woche von den Schneebergen entfernt war. Sie kannte sich in der Tat sehr gut aus in der Umgebung, da sie hier schon einige Male ihre Bahnen gezogen hatte. Und so zeigte sie Kamar den einen oder anderen wirklich sehr schönen Platz. Ihr Zuhause befand sich zwar nicht auf der direkten Linie der Sterne, welchen sie seit dem ersten Tag folgten, dennoch fühlte es sich gut an und war äußerst hilfreich, sich nach der langen Zeit wieder in bekannten Gefilden zu befinden. Nicht mehr ständig kontrollieren zu müssen, ob man auf dem richtigen Weg war, machte das Reisen deutlich entspannter. Kamar und Sun spazierten und wanderten fröhlich und vollkommen ausgelassen durch die Natur und genossen wirklich jede einzelne Sekunde zusammen. Sie lachten zu zweit, erzählten sich Geschichten von der Familie und den Freunden. Sie harmonierten und sie waren ein sehr glückliches, eingespieltes Team. In den ruhigeren Phasen, wenn sie mal nicht lachten und sich nicht unterhielten, träumten sie allein oder auch vereint von der gemeinsamen Zukunft, einer eigenen Familie und einem eigenen Heim.

Am dritten Abend nach den Schneebergen schliefen sie eng umschlungen und friedlich ein. Und wie hätte es bei Sun anders sein können, hatte sie selbst beim Einschlafen bereits eine große Routine entwickelt und ihre ureigenen Rituale. Auch meckerte Sun Mal für Mal noch jeden Morgen über das dröhnende Knurren von Kamar während der Nacht. Sie warf ihm immer vor, das mit Absicht zu machen, aber der kleine Löwe konnte wirklich in keiner Weise etwas dafür, dass er zu laut war in seinem Schlaf.

Es stimmte natürlich, dass er sein Schnarchen alles andere als kontrollieren konnte, aber dazu war schließlich niemand fähig. Dieser Umstand allerdings ließ den Schmetterling kalt und er mahnte Kamar immerzu, still zu sein im Nachtschlaf und sie nicht zu wecken während ihrer doch so wichtigen Nachtruhe.

Jene Nacht jedoch, welche so sanft unter klarem Himmel begann, sollte dabei so heillos anders verlaufen als alle Nächte zuvor. Es geschah das Unvorstellbare!

Sun, wegen Kamars Grollen halb im Dämmerschlaf, mit halb geöffneten Augen, sah das Spektakel, kurz bevor sie es tatsächlich hörbar wahrnehmen konnte.

Ein gleißender Blitz, gefolgt von einem abnorm lauten Knall, schreckte die zwei aus dem Schlaf.

Der Gewitterblitz erleuchtete den Wald heller als die Sonne an einem strahlenden Tag. Der Lichtstrahl fuhr mit einer so unsagbaren Wucht in den Scheitel der großen Pinie, unter welcher die beiden Schutz in der Dunkelheit gesucht hatten, dass diese in zwei Teile gespalten wurde. Kamar, welcher jäh aus seinem Traum gerissen wurde und seinen Kopf nach oben schleuderte, erkannte die Situation pfeilschnell.

Er zog Sun im allerletzten Moment an den Felsen, bevor ein mächtiger Ast des lichterloh in Brand stehenden Baumes zusammen mit dem Donnerschlag zu Boden krachte. Eine wuchtige Feuersäule mit lodernden Feuerflammen schoss nur so in die Höhe. Die winzigen brennenden Glutglitzer stoben wie glühende Ameisen durch die Luft. Sun stellte sich Schutz suchend hinter Kamar, um das Entsetzlichste zu vermeiden. Schmetterlinge waren wirklich nicht gebaut, um in ein Feuermeer zu geraten.

Nur einmal hatte Sun mit ansehen müssen, wie ein großer Falter in die Flammen geriet. Sein rechter Flügel fing Feuer und je mehr er sich mühte, mit heftigem Schlagen die Flammen selbst zu löschen, umso mehr fachte er das Feuer an. All seine Versuche waren nicht nur vergeblich, sondern überdies schädlich!

Je mehr er sich quälte, um aus der Grube zu kommen, umso tiefer wurde sein Grab. Nie hatte Sun diesen Anblick und das tragische Schicksal ihres Artgenossen vergessen. Der arme Schmetterling flog brennend zu den Sternen und umarmte diese, einer Sternschnuppe gleich, mit seinem letzten Flügelschlag.

Kamar und Sun waren zwar fürs Erste in Sicherheit, aber dennoch gefangen in der lodernden Hitze der Pinie. Nach hinten versperrte der Felsen den Weg und nach vorn und nach oben loderte ihnen die Feuersbrunst entgegen, welche stetig näher kroch und den beiden ihren heißen und glühenden Atem in die ängstlichen Gesichter spie.

»Kamar, mach etwas«, zitterte Sun und ihre Augen weiteten sich vor Angst.

»Was soll ich denn tun? Wir können hier nur abwarten, bis der Brand ausgeht«, schrie Kamar gegen das laute Knistern und Lodern des Feuers an und hielt Sun, so gut es ging, von der Hitze fern.

»Nein, wir können nicht warten, die Flammen kommen immer näher heran und wir werden sie nicht aufhalten können. Die Feuerwalze wird uns beide überrollen, Kamar.«

Sun kauerte zwischen dem kleinen Löwen und dem Felsen. Sie spürte immerzu, wie Kamar zuckte, wenn ihn wieder ein Feuerregen traf, und wie winzige spitze, heiße Nadeln in ihn drangen. Man merkte ihm förmlich die Schmerzen an. Gelegentlich fing er selbst Feuer und er konnte es nur löschen, indem er ungestüm darüber schleckte. Seine Zunge und seine Lippen waren bereits überall mit Brandblasen und Pusteln übersät und er wusste, dass sie weg mussten von diesem Ort. Sofort! Er konnte sich mit einem mächtigen Sprung über den Baum retten, aber Sun konnte von hier nicht wegfliegen. Zu groß war die Hitze und zu dicht und hoch das Flammenmeer. Nur ein winziger Funke, und Sun würde lichterloh wie eine Fackel in hellen Flammen stehen und innerhalb von Sekunden zu Asche verbrennen.

Die beiden waren gefangen und der Löwe spürte, dass dies ihre letzte Stunde war. Es schien, als konnten sie dem flammenden Inferno nicht mehr entrinnen.

Kamar drehte sich um zu Sun, sah ihr tief in ihre Augen, hielt sie fest und sagte:

»Sun, alles ist so unendlich perfekt hier auf der Welt und das Leben ist so wunderschön. In Wahrheit jedoch wissen wir vom ersten Tag an, dass es nichts bedeutet und wir die gesamte Zeit nicht bis an ihr Ende erleben werden. Seit unserer Geburt leben und existieren wir in einer bunten Seifenblase und es ist uns zu jedem Zeitpunkt bewusst, dass diese früher oder später platzen wird.

Ich bin froh und dankbar, zufrieden und glücklich darüber, mit dir meine Zeit und meine Seifenblase geteilt zu haben. Du warst wie ein Wirbelwind, der vom ersten Moment an durch meinen Kopf fegte, und ich wusste vom allerersten Augenblick an, dass du es bist oder keine. Vom ersten Flügelschlag an warst du tief in meinen Gedanken und tief in meinem Fühlen.«

Kamar umarmte Sun ein letztes Mal, als die Glutfunken wie Raketen von einem Feuerwerk auf sie niederregneten, und flüsterte: »Ich liebe dich so sehr, mein Herz.«

Während sie im Feuerregen in ihrer Umarmung erstarrten und sich ein allerletztes Mal küssten, beschlich Kamar der ersehnte rettende Gedanke.

Flink holte er das Wasser aus seiner Tasche, welches er an der Quelle von der kleinen Ente gekauft hatte. Er riss den Verschluss herunter und schüttete den gesamten Inhalt über Sun.

»He, was machst du? Spinnst du?!«, schrie sie auf, als sie das nasse Quellwasser auf ihrem Körper spürte. Aber sie verstummte sogleich wieder, war sie doch schlau genug, den Einfall dahinter zu erkennen. Und so befeuchtete sie sich überall mit der kühlen Flüssigkeit und spritzte den Rest, so gut es ging, auf Kamars Haare und sein Fell.

Klitschnass und blitzschnell kletterte Sun auf Kamars Rücken und hielt sich an seiner Mähne fest. Der kleine Löwe nahm Anlauf und drängte sich, so weit er nur konnte, zurück an den Felsen. Er atmete tief ein, verharrte einen Moment und preschte los. Er sprang tollkühn, ohne zu zögern, mit einem mächtigen Satz wie ein Pferd, wie die Hauptattraktion in einem Zirkus, mitten durch den glühenden und Funken spritzenden Feuerreifen, über den brennenden Baumstamm, durch die lodernden Äste hindurch. Kamar fing Feuer und sein Fell brannte an allen vier Beinen. Er rannte und brüllte schmerzerfüllt, als er gleichzeitig versuchte, die Flammen mit seiner Zunge abzutöten, was ihm jedoch nicht gelang. Auch der immer noch anhaltende Regen war zu schwach, um das brennende Fell zu löschen.

Er stürmte weiter, so flink er nur konnte, die steile Böschung zum Teich hinab. In der Eile und Hektik stolperte er und Sun schleuderte von seinem Rücken. Kamar polterte wie eine brennende Kanonenkugel den Hang hinunter und glitt am Ende in das kühle, heiß ersehnte Wasser.

Mit einem lauten Zischen und Dampfen löschte er sein in Flammen stehendes Fell in dem Tümpel. Patschnass und außer Atem, eingehüllt in den Nebel des gelöschten Feuers, trafen sie sich am Rand des kleinen Sees und waren sich über eines einig: Sie hatten nun ein für alle Mal genug Abenteuer erlebt und sie wollten nur noch eins – nach Hause!

Erschöpft und vollkommen erledigt suchten sie sich ein trockenes Plätzchen und schliefen bis weit in den nächsten Nachmittag.

Zwischenzeitlich hatte es aufgehört zu regnen und beide stellten sich zum Trocknen in die strahlende Sonne.

»Alles noch dran«, scherzte Kamar. Sein Fell hatte zwar einige verbrannte Stellen und seine Zunge wies immer noch große Brandblasen auf, aber alles in allem war er glimpflich davongekommen.

»Ahhhh«, schrie Sun auf einmal. »Ahhhh, mir fehlt ein Stückchen von meinem Flügel!«

Kamar schaute unwissend und fragte verlegen: »Wo denn?«

»Hier, schau her«, kreischte Sun und drehte sich zu dem Löwen, um Kamar das fehlende Fragment zu zeigen.

»Das sieht man doch kaum«, sagte er. »Das ist nahezu nicht erkennbar.«

»Was heißt da, man erkennt es nicht?«, fauchte Sun. »Wie konnte das nur passieren? Wieso habe ich das nicht früher bemerkt?« Ihre Augen glühten, als sie Kamar anschaute und schrie: »Weißt du etwas darüber?«

Der kleine Löwe war nun vollkommen erstarrt. Er konnte den Schmetterling nicht mehr anschauen und drehte den Kopf verlegen weg. Sun schrie und flog in sein Blickfeld, hüpfte auf seiner Nase herum und war völlig außer sich.

Kamar, jetzt eingeschüchtert und voller Angst, stotterte: »I...i...ich ...«

Sun tobte und schäumte vor Wut, als sie ihn nochmals anherrschte: »Was hast du mit mir gemacht? WAS!?«

»Dein Flügel ist auf dem Schneeberg weggebrochen, als du tiefgefroren im Schnee lagst und ich dich anheben wollte«, purzelten die Worte aus Kamars Mund.

»Was?«, brüllte Sun wieder. »Du hast einen Teil meines Flügels abgebrochen?«

»Es ist doch nur ein winziges Stückchen! Es tut mir leid, es war ein Versehen!«

»Ein Versehen? Und wann wolltest du mir das sagen? Dass du mich verunstaltet hast, dass du mich verletzt hast?! WANN?«

Sun verlor die Fassung, sie raste, sie kreischte, sie war außer Rand und Band.

»Du bist nicht nur ein dummer, dämlicher Löwe, nein, du bist darüber hinaus noch zu feige, um für das einzustehen, wofür du verantwortlich bist. Es ist jetzt endgültig aus! Ich gehe! Du kannst selbst schauen, wie du weiterkommst. Du bist wirklich das Letzte für mich!«

Suns Worte regneten wie Hagelkörner auf Kamar ein, der sich, begossen wie ein Pudel, gegen ihren Wortschwall nicht wehren konnte. Nicht zuletzt, weil Sun schneller redete, als er denken konnte. Auch sah er nicht ein, was denn so grauenhaft daran sein sollte, man konnte es doch kaum sehen und es hatte ja außerdem kein bisschen weh getan. Er war zu betäubt, um sich zu verteidigen, und so schluckte er seine Argumente hinunter, in der Hoffnung, dass sich der Sturm bald wieder legen würde. Suns Zorn jedoch brach wie eine Flutwelle über ihn herein und er ging langsam und qualvoll unter in dem Meer ihrer Beleidigungen und Kränkungen.

»Kamar, es reicht mir. Ich gehe. Du hast mich im Fluss ertränkt, hast mich in der Wüste ausgesetzt, mir im Wald den Flügel gebrochen, mich hinter einem Baum verbrannt, und ich habe dir alles verziehen! Aber dass du mich verunstaltet hast, das kann und werde ich dir nie verzeihen. Du hast ein Stückchen von mir abgebrochen und hattest bis zum gegenwärtigen Zeitpunkt nicht den Mut, es mir ins Gesicht zu sagen! Ich will dich nie wiedersehen und nie mehr etwas mit dir zu tun haben! Ich gehe!«

Sun donnerte los und drehte sich nicht einmal mehr um. Sie ließ den kleinen Löwen einsam im Wald zurück. Kamar sprang auf, stürmte ihr nach und schrie: »Sun, bleib bitte hier! Ich liebe dich! Gut, ich habe einen Fehler gemacht, aber so bleib trotzdem da und verlass mich jetzt nicht, nach all dem, was wir durchgemacht haben! Wir werden einen Weg finden, wie wir in den letzten Wochen stets einen Weg gefunden haben. Ich wünsche mir nichts sehnlicher, als dass du meine Frau wirst! Du liebst mich doch auch!«

Sun wendete, flog zu dem rennenden Löwen zurück und brüllte ihn an: »Du weißt genau, dass ich nie deine Frau werden kann und meine Antwort auf deine Frage stets NEIN sein wird. So werden dein Trachten und dein Buhlen für alle Zeit erfolglos bleiben!«
Sun schwebte hoch, drehte sich und segelte davon. Und als der kleine Löwe sie nicht mehr hören konnte, weinte sie: »Aber bitte versprich mir, mein Löwe, dass du nie aufhören wirst, es zu versuchen.«

Kamar hastete ihr nach und versuchte sie wieder einzuholen, doch der Schmetterling flatterte immerfort höher und höher und Sun entschwand mehr und mehr aus seinem Blickfeld.
Die Worte, welche er noch sagen wollte, zogen sich zurück in die Laute, aus denen sie einst entsprungen waren. Ratlos und stumm blieb er stehen, schaute ihr gedankenverloren nach und ließ sie ziehen. Er konnte nicht verstehen, warum sie derart wütend reagierte und ihn wegen einer solchen Bagatelle verließ.

Er spürte und musste dabei zusehen, wie ihre Liebe durch seine Finger rann und den Boden zu seinen Füßen säumte. Er saß an dem dunklen See seiner eigenen Niedergeschlagenheit und Verzweiflung. Sun riss ein Vakuum in sein Herz, das sich ganz langsam mit seiner Einsamkeit füllte und all sein Denken und all sein Fühlen im

Keim erstickte.

»Die Liebe birgt am meisten Licht und am meisten Schatten«, hörte er die Stimme von Sun sagen, welche immer noch wie ein Echo in ihm hallte.

Die Zeit lag schlaff und leer in seinen Händen und seine Phantasie hatte endgültig ihre Flügel verloren.

Als Kamar Stunden später aus seiner Lethargie erwachte und der Abend ihm die Kälte brachte, schimmerten der Mond und das Sternenlicht sanft und verschwommen im Rinnsal seiner Tränen. So brach er auf und folgte nunmehr allein den immer geradeaus vor ihm liegenden Sternen.

Ömer

Wir machten eine kurze Pause, weil Tim auf die Toilette musste und Adolf schon wieder Hunger hatte. Es war einfach unglaublich, wie oft und wie viel so eine kleine Katze fressen konnte und was das letztlich alles kostete!

Bei den sparsamen Deutschen war es echt überraschend, dass es so viele Haustiere gab. Oder besser gesagt: Es war nicht verwunderlich, dass man an anderer Stelle sparen musste, um sich so ein Haustier überhaupt leisten zu können. Aber ich konnte Adolfs Schmeicheleien nicht widerstehen und fütterte die Katze wie die letzten Tage auch schon. Als ich mit ihm in der Küche ankam, nahm ich die Gelegenheit wahr und rechnete Adolf vor, wie viel Geld sein Unterhalt eigentlich verschlang. Maria und Margret schüttelten nur den Kopf, als ich der Katze erklärte, was denn eine Dose Futter kostete und wie viele er davon jeden Tag verputzte, was er sonst noch alles brauchte und was man üblicherweise noch für ihn aufwenden musste. Und was das alles in einem Jahr ausmachte. Wenn ich die Ausgaben für Katzenklo, Katzenstreu, für Katzenbettchen, Katzenspielzeug, Katzenmilch, Katzenkratzbaum, Katzenhaus und Katzen-Dies und Katzen-Das zusammenrechnete, kam ich auf die stolze Summe von knapp tausend Euro pro Jahr!

Ich fand das durchaus unglaublich, denn das hieß, dass wir fast einen ganzen Monat für die Katze arbeiten mussten!

Adolf verstand genau, was ich meinte, aber es ließ ihn kalt und er wartete seelenruhig, bis ich eine andere Dose aufmachte, weil ihm gerade nicht nach Seelachs war und er lieber die Hühnerleber essen wollte.

Die Katze sah nun sehr glücklich und zufrieden aus und hatte in diesem Moment so gar nichts mit Kamar gemeinsam. Der kleine Löwe verlor Sun und der gelbe Schmetterling ein Stückchen ihres Flügels.

Dieser Umstand, dass Sun ein Stückchen ihres Körpers einbüßte, erinnerte mich wieder an meine eigenen Leiden. Als ich neun Jahre alt war, rückte der Tag meiner Beschneidung näher und meine Furcht davor wuchs ins Unermessliche. Ich hatte wirklich große Angst und ging meiner Oma fraglos voll auf die Nerven an jenem Tag. Dennoch war sie durchaus sehr lieb zu mir und versuchte mich zu beruhigen.

Ohne einen erkennbaren Zusammenhang erinnerte sie mich an Sun.
»Der Schmetterling hat doch auch ein Stück von sich verloren, ohne zu weinen und ohne zu jammern«, mahnte sie mich. Selbst wenn mich dies als Kind etwas besänftigte, so fand ich es im Nachhinein vollkommen absurd. Denn was in aller Welt hatte ein Stückchen Schmetterlingsflügel mit einem Teil Vorhaut zu tun?

Ich konnte mich leider nur allzu gut an diesen Moment erinnern und an alle Momente danach. Die Schmerzen waren, wenn gleichwohl nur im Kopf, wochenlang allgegenwärtig.

Die Beschneidung gehörte in vielen Religionen zum ›Mannwerden‹ einfach dazu. Weil es im wahrsten Sinne des Wortes ein sehr einschneidendes Ereignis in meinem Leben war, kann ich mich noch sehr gut an jenen Tag erinnern und meine Erfahrungen schildern, wie ich es damals als Kind empfunden hatte.

Wie bei fast allen rituellen Anlässen in der Türkei ging das Ganze natürlich nicht ohne entsprechende Feier vonstatten! In erster Linie war es eine Festlichkeit für die Verwandtschaft.
Das *Sünnet Düğünü* war zum einen eines der unzähligen türkischen Wörter mit etlichen Üs, zum anderen aber eines der wichtigsten Feste im jungen Leben eines Mannes – es war das Beschneidungsfest.

Es gehörte nach wie vor zu den bedeutsamsten Ritualen im Werdegang eines männlichen Türken. Heutzutage wurde die Kürzung der Vorhaut meist von Ärzten im Krankenhaus durchgeführt, aber zu meiner Zeit wurde das Zeremoniell ausschließlich vom *Sünnetci* vollzogen!
Der *Sünnetci* war ein speziell ausgebildeter Beschneider, welcher vor den Augen der Anwesenden alles penibel genau und gewissenhaft nach einer exakten Vorgabe vollzog. Vor meiner eigenen Beschneidung war ich von dem Treiben derart fasziniert, dass ich mir ungelogen überlegt hatte, bei Ömer, dem stattlichen *Sünnetci* von Trabzon, in die Lehre zu gehen.

Dieser Beruf erschien mir damals weit ehrbarer und viel lukrativer, als Schafe zu hüten.
Ömer war in der Tat ein Riese und alle Kinder hatten

nicht nur wegen seines scharfen Messers Respekt und Angst vor ihm. Überall, wo er auftauchte, bekam er, ohne je ein Wort zu sprechen, die volle Aufmerksamkeit, etwas zu essen und reichlich zu trinken. Er war mein erstes richtiges Vorbild und ich wollte definitiv so werden wie er. ›Meine Damen und Herren, bitte begrüßen sie mit mir den erhabenen, den ehrwürdigen *Sünnetci* Küp von Trabzon‹ klang einfach verlockend in meinen Ohren!

Als er mich jedoch beschnitten hatte und vor allem als ich den Schmerz am eigenen Leib spüren musste, kamen ein so immenser Hass und eine derart tiefe Wut in mir hoch, dass ich in der Sekunde alles Schlechte und Böse in die Person von Ömer dem Großen projizierte. Es wurde mir schlagartig klar, dass Schafhirte doch ein wunderschöner Beruf war und ich nur noch diese Karriere forcieren wollte.

Da meine Eltern nicht in der Türkei lebten, wäre es finanziell und organisatorisch für meine Großeltern viel zu aufwendig und zu teuer gewesen, ein Beschneidungsfest für mich allein auszurichten. Also musste ich bis zu meinem neunten Lebensjahr warten, um zusammen mit meinen Cousins Murat und Muhammet beschnitten zu werden. Dies war sehr oft in großen türkischen Familien der Fall, da – wie schon erwähnt – alle, wirklich alle Verwandten mit dabei waren! Nicht selten handelte es sich dabei um weit mehr als zweihundert Gäste.

Wir drei wurden, wie es dem Brauch entsprach, angezogen wie kleine Prinzen, alle in Samt und Seide und sogar mit einer goldenen Krone auf unseren Häuptern. Dies war für die Jungen – sie waren vier und sechs Jahre alt –

durchaus toll und aufregend, für mich als Neunjährigen war es nur doof! Ich war damals schon halbwegs groß und so war mir das Kostüm viel zu eng. Ich schaute an diesem Tag den Tatsachen entsprechend aus wie ein Depp. Und das war es ja, was die meisten von der Verwandtschaft nach wie vor in mir sahen und insgeheim auch sehen wollten. Die schlechte Nachricht von meinem Wasserkopf hatte sich ja dank der Hebamme zügiger herumgesprochen, als ein Stuhl umfallen konnte. Aber dass ich im Grunde genommen gar nicht zurückgeblieben war, diese Botschaft wollte im Nachhinein niemand mehr so recht glauben. Und ganz ehrlich: Als ich am Tag meiner Beschneidung in den Spiegel sah und mich in dem zu engen Kostüm mit der Krone auf dem Kopf erblickte, sah ich genau diesen Deppen in mir, welchen alle immer schon in mir vermutet hatten.

Weil derart viele Leute bei uns zu Hause natürlich keinen Platz fanden, feierten wir im großen Hochzeitssaal in der Stadt, dem *Dügün Salonu*. Auf der Fahrt dorthin fühlte ich mich wirklich elend. Ich hasste mein viel zu enges Kostüm und so beschloss ich, mich nie wieder zu verkleiden oder zu maskieren. Bis zum heutigen Tag hielt ich dies trotz Fasching und Fastnacht, ohne Rücksicht auf Maskenball und Karneval durch und verstellte oder kostümierte mich nie wieder.

Nach dem zentralen Akt, welcher in Wahrheit sehr schnell vonstattenging, wurden wir drei dann auf der Bühne für alle gut sichtbar platziert. Jeder von uns nahm Platz auf einem eigenen kleinen Thron.

Natürlich war mein Königsstuhl für meine Körpergröße viel zu winzig. Und so saß ich auf einem deutlich zu kleinen

Stuhl in einem ausgeprägt zu engen Anzug zur Belustigung aller auf einem Podest in diesem grandiosen, feierlich geschmückten Saal.

Was es bedeutete, sich zu schämen, bekam an jenem Abend eine neue Dimension für mich.

Das einzig Gute an dem betreffenden Tag war, dass mein Patenonkel, welcher mich während der Beschneidung begleiten und halten musste, der Bürgermeister unseres Dorfes war. Dies erwies sich als außerordentlich glückliche Fügung für mich, hatte aber auch etwas Gutes für ihn.

Für ihn war jetzt ausgeschlossen, dass ich in seine Familie einheirate, weil es nach dem Ehrenkodex verboten war, in die Familie des Paten einzuheiraten. Und ja, er wollte mich definitiv nicht als Schwiegersohn.

Für mich wiederum war es toll, ihn als Paten zu haben, weil er dafür verantwortlich war, dass sein Patenkind von jedem der Anwesenden ein Geschenk erhielt. Das war im Normalfall etwas Kleingeld, das man sammelte und dem eben frisch Beschnittenen übergab, um seinen Schmerz etwas zu lindern. Doch mein Pate, der Bürgermeister, ließ sich nicht mit Münzen abspeisen, und so schnalzte er laut und für alle gut hörbar unter dem Gelächter aller Anwesenden mit der Zunge, wenn jemand ein Geldstück in mein Spendenkörbchen werfen wollte. Somit war es den zweihundert Gästen bald sonnenklar, dass in mein Geflecht nur Geldscheine durften.

So wandelte sich der Abend im Handumdrehen ins Positive und ich bekam so viel Geld geschenkt, dass ich damit eine Katze in Deutschland über ein Jahr lang hätte verwöhnen können. Ich war zum ersten Mal in meinem Leben richtig reich!

Als ich wieder zurück ins Kinderzimmer kam, schmiegte sich die Katze an meine Beine. Adolf war nun satt und glaubte bestimmt, auch ein kleiner Löwe zu sein, und nahm mich wahrscheinlich als Erzähler seiner ureigenen Geschichte wahr. Da sich Maria und meine Schwester auch zu uns gesellten, wuchs die Anzahl der interessierten Augen auf nunmehr vierzehn an.

Eichhörnchen

Kamar lief weiter allein durch die Nacht, den Sternen entgegen. Er fühlte sich verlassen und verloren. Der kleine Löwe hatte der frechen Liebe Leid ertragen und nun vermisste er Suns Anweisungen, sehnte sich nach ihren Befehlen und ihren Einschränkungen. Die Welt war gerade ein Stück zu groß geworden für ihn. Er wollte diese Freiheit nicht im Geringsten und konnte sich auch nicht anfreunden mit ihr. Sun hätte bestimmt unter keinen Umständen gewollt, dass er in der Dunkelheit lief. So machte der kleine Löwe dies jetzt ganz bewusst, in der Hoffnung, dass sie zurückkommen würde, um ihn zu schimpfen und ihm das zu verbieten. Aber sie kam nicht.

Als der Morgen dämmerte und Kamar keinen klaren Gedanken ohne sie fassen konnte, stürmte er auf einmal wie ein Besessener los.

Kamar rannte und rannte, er wollte von Sun und seinen Gefühlen davonlaufen, er wollte nicht mehr an sie denken, sondern sie einfach nur noch vergessen. Aber so geschwind der kleine Löwe sich auch bewegte, so schnell er auch sprintete, er konnte sich selbst schlichtweg nicht abschütteln. Überall, wo er stehen blieb, waren seine Probleme bereits da. Es war wie in der Fabel mit dem Hasen und dem Igel, er konnte einfach nicht gewinnen.

Der kleine Löwe hatte verloren und war nun tief in seinen Gedanken versunken und tief in seinem Schmerz vergraben über den Verlust von Sun. Kamar spürte, wie wertlos und leer sein Leben ohne sie jetzt war. Er schrie vollkommen zermürbt und verzweifelt sogar die Bäume an, welche im Wind wogten: »Habt ihr mir denn nichts mehr zu sagen? Erreicht ihr denn mein Herz nicht mehr?« Resigniert und niedergeschlagen ließ er sich ins hohe Gras fallen und schaute dem Himmel entgegen.

Kamar saß den ganzen Tag völlig regungslos auf der Wiese. Als die Nacht hereinbrach, wünschte er sich nur noch, dass die Dunkelheit ihn verschluckte und er für immer verschwinden würde. Was natürlich nicht geschah, und so saß er am nächsten Morgen an derselben Stelle wie tags zuvor, und das mit den gleichen Gedanken und den gleichen Gefühlen.

Und je länger der kleine Löwe im Gras lag und umso mehr er nachdachte, desto stärker erkannte er, dass er, was er auch immer tat, was er auch immer tun würde, es hier und jetzt nicht ändern konnte.

Er konnte weder Sun an seine Seite zurückholen noch das Geschehene rückgängig machen.

›Das Leben kommt von vorne‹, sagte er sich und beschloss, seinen eigenen Weg zu Ende zu gehen. Er hatte Sun verloren, aber er durfte sich selbst nicht auch noch verlieren.

So marschierte Kamar allein weiter den Sternen entgegen, auf der Suche nach seinem Zuhause.

Er war zwar nach wie vor noch weit davon entfernt, fröhlich zu sein, aber es ging ihm zumindest schon wieder so gut, dass er die Landschaft und die Natur um sich bemerkte und wahrnahm.

Der kleine Löwe spürte den Wind, der an den Bäumen

zerrte, sah die Blätter hoch über dem Feld und hörte die Tiere im Wasser und im Wald. Er war vollkommen im Hier und Jetzt.

Tage später, das Marschieren machte ihm sichtlich mehr Spaß, kam ihm auf einmal alles so bekannt vor. Alles erschien ihm so vertraut, ohne dass er es einordnen konnte oder sagen konnte, warum.

Als sich die Dunkelheit über das Land legte, beschloss Kamar, sich wieder einmal richtig auszuschlafen, weil er die letzten Nächte weder Schlaf noch Ruhe gefunden hatte. Er ließ sich unter einem großen Baum nieder und schlief zum ersten Mal seit Tagen friedlich und gedankenlos ein.

»Wach auf, Löwe«, weckte ihn inmitten der Finsternis eine schrille Stimme. Kamar, verschlafen, wie er war, konnte nicht sofort erkennen, wer ihn rief, er bekam seine Augen nicht auf.

»Wach auf, Kamar«, schallte es wieder in seinem Kopf. Als er endlich seine Augen aufschlug, erkannte er nur eine Silhouette, nur einen Umriss in der Schwärze, und er konnte immer noch nicht feststellen, wer ihn rief, obwohl ihm der Klang der Stimme vertraut vorkam.

»Wer bist du?«, erkundigte er sich zögerlich.

»Wer ich bin?«, schrie der Schatten ihn an. »Bist du blind, kleiner Löwe? Ich bin Fanny!«

»Fanny? Wie, Fanny? Aber ich habe doch gar keine Zauberperle geschluckt. Wie wusstest du, dass ich dich brauche? Wie kommst du in meinen Traum?«, fragte Kamar deutlich verwirrt.

»Perle? Traum? Aber nein, Kamar, das ist kein Traum. Du träumst nicht, mein Löwe, du bist wach! Du bist wieder hier, du bist zurück von der Reise! Wo ist Sun? Wo ist mein lieber, fröhlicher gelber Schmetterling?«, wollte die Eule jetzt sichtlich erregt wissen.

»Zurück? Was heißt hier zurück? Ich wollte doch nicht an diesen Ort zurück! Ich wollte doch zurück nach Hause! Weswegen bin ich jetzt bei dir?«

»Wo ist Sun?«, heischte Fanny abermals nach Informationen, etwas dringlicher.

»Sun ist ins Tal der Schmetterlinge geflogen. Als wir über den Schneeberg kamen, kannte sie den Weg und wollte heim.«

Und nach einer kurzen Pause wollte Kamar erneut wissen: »Fanny, weshalb bin ich nicht zu den Löwen gekommen, wie du es gesagt hast? Aus welchem Grund bin ich bei der großen Eiche gelandet?«

»Wieso ist sie nach Hause geflogen?«, fragte Fanny den Löwen sehr direkt.

Beide Fragen hingen schwer in der Luft und bildeten eine massive Mauer zwischen den zwei, welche für den Moment undurchdringbar schien.

»Ich habe ein Stück ihres Flügels abgebrochen und sie hat mich deswegen verlassen«, murmelte Kamar fast unhörbar in den Wald.

»Du hast sie verletzt?« Fanny schreckte zusammen.

»Nein, ja, nein, das ist eine lange Geschichte«, erwiderte Kamar und senkte kurz den Kopf, um ihn dann wieder zu heben und ein weiteres Mal zu fragen: »Wieso bin ich hier, Fanny? Es ist völlig ausgeschlossen, dass ich an meinem Zuhause vorbeigelaufen bin!«

Die schlaue Eule wusste auch keine Antwort, dachte jedoch angestrengt nach. Sie wurde ganz ruhig dabei und war vollkommen in sich gekehrt.

»Was habe ich denn nicht bedacht, was habe ich vergessen?«, redete sie laut mit sich selbst. Nach einer guten Weile, Kamar glaubte schon nicht mehr an eine Erklärung, schrie sie auf: »Natürlich, aber ja doch, was bin ich dumm! Kamar, schau: Wenn die Welt eine Kugel ist und du immer geradeaus läufst, dann kommst du zwar an die Stelle zurück, von welcher aus du gestartet bist, aber du kommst nicht durch jeden Ort auf der Erde! Schau, du bist von hier losgelaufen, also kommst du zwar mit Sicherheit wieder hierher zurück, aber du kommst nicht in jedem Fall an deinem Zuhause vorbei. Wir haben alle einen Denkfehler gemacht. Das war ein sehr großer Irrtum von mir. Tut mir echt leid, mein tapferer Löwe!«

Kamar war im ersten Moment etwas überfordert von den ganzen Informationen. Er sortierte Wort für Wort, und als er verstanden hatte, was Fanny meinte, brüllte er: »TUT DIR LEID!? Ich bin einmal um den Erdball gelaufen, weil ich dir vertraut habe und weil ich dir glaubte! Und nun bin ich wieder am exakt gleichen Punkt wie Monate zuvor und das Einzige, was du sagst, ist, dass es dir leidtut?« Kamar ließ den Kopf hängen, aber ihm war klar, dass Fanny es auch nicht besser gewusst hatte. Er hatte all die Anstrengungen auf sich genommen, hatte alle Strapazen gemeistert, er hatte sich sogar verliebt, um am Ende doch erneut an derselben Stelle zu stehen wie zu Beginn der Reise. Seine Lage hatte sich trotz all seiner Bemühungen nicht geändert und schon gar nicht verbessert. Er selbst indes hatte sich schon verändert, jedoch half ihm das für den Moment kein bisschen weiter. Er war wieder allein mit denselben Problemen und denselben Schwierigkeiten, mal abgesehen davon, dass er in Wahrheit ein neues, noch viel größeres Problem dazubekommen hatte – Sun!

Kamar und Fanny hatten zwischenzeitlich die Aufmerksamkeit der anderen Tiere auf sich gezogen, und als der kleine Löwe auf Fannys Bitte hin von seinen Erlebnissen zu erzählen begann, wurde die Schar der Zuhörer rasch größer.
Er berichtete haargenau von seiner Reise und schilderte den Ausflug in allen Einzelheiten. Es war mal lustig, mal nervenaufreibend, mal unglaublich, mal bezaubernd, mal faszinierend.
Kamar erzählte den ganzen Tag, bis tief in die Nacht hinein, und erst als der Mond und die Sterne schon hoch über der Eiche und dem Tal standen, kam er zum Ende.

Als dem Publikum klar wurde, dass Sun wieder nach Hause geflogen war und sie Kamar verlassen hatte, wurde es mucksmäuschenstill im Wald. Kein einziger Laut und kein Atemzug waren zu hören, bis Kamar leise zu weinen begann, und mit ihm fast alle der anwesenden Tiere.

Als sich später die Aufregung legte, kam ein winziges, schüchternes Eichhörnchen zu Kamar und stotterte nervös: »Herr Löwe, Herr Löwe, ich weiß, wo die Löwen leben, und ich kenne den Weg sehr gut. Ihr Zuhause ist nur eine Tagesreise von hier entfernt.«
»Du weißt, wo ich wohne?«, schrie Kamar und hüpfte hoch. Fanny staunte nicht schlecht und war selbst deutlich unruhig und neugierig, als das Eichkätzchen Kamar den

Weg erklärte.

»Genau! Ja, durch diesen Hohlweg bin ich gekommen, daran kann ich mich jetzt erinnern«, nickte der kleine Löwe dem süßen Tierlein zu und Kamar erkannte sofort, dass das Eichhörnchen die Wahrheit sprach.

Kamar redete noch, jetzt sichtlich fröhlich, die ganze Nacht mit den anwesenden Tieren und beantwortete alle ihm gestellten Fragen, so gut er nur konnte. Vor allem die Spatzen wollten alles über die Zugvögel wissen. Und als der kleine Löwe zu später Stunde noch eine kleine Flugshow machte, waren auch die letzten Zweifler zufriedengestellt und Kamar war erwiesenermaßen ein Held!
Er kannte inzwischen die Welt besser als jeder der Anwesenden, hatte mehr gesehen als die ganze Schar und war weiter gereist als alle anderen zusammen.

Kurz vor dem Einschlafen, Fanny war bereits mit Kamar allein, sagte der Löwe traurig: »Ich vermisse sie so sehr, Fanny.«
Die Eule rückte ganz nahe an den kleinen Löwen heran, breitete ihre Flügel aus, umfasste Kamar wie ein kleines Kind und flüsterte: »Ich weiß, mein tapferer Löwe, ich weiß. Doch all meine Weisheit kann deinen Schmerz nicht lindern und all mein Wissen kann deinen Durst nicht stillen.«

Als Kamar am nächsten Morgen erwachte, war er wieder allein. Fanny war weg und es fühlte sich so an, als ob er sie nie mehr sehen würde. So hatte er alles, was ihm lieb und teuer war, in wenigen Tagen verloren.

Olaf

»Sieht Kamar Fanny und Sun nun nie wieder?«, fragte Lea traurig.

»Sicher kreuzen die wieder auf, ist ja eine Kindergeschichte, die haben immer ein Happy End«, bemerkte Olaf klug und setzte ein triumphierendes Lächeln auf. Er ließ keine Zweifel daran offen, dass er die Geschichte längst durchschaut hatte. »Das Märchen gefällt mir! Ich mag den Gedanken, dass ein Löwe und ein Schmetterling zusammenkommen und aus ihnen ein richtiges Paar wird.«

›He, was war denn in Olaf gefahren?‹, dachte ich bei mir, als er weitererzählte.

»Erinnert mich auf irgendeine Art und Weise an Margret und mich«, murmelte er vor sich hin. »Wisst ihr, Kinder, als ich in eurem Alter war, lebte ich zwar schon an diesem Ort, aber ebendort war nicht Deutschland.«

»Ja, Papa, hier überall wütete noch die DDR, die Geschichte kennen wir und die ist echt öde und langweilig«, stöhnte Kai.

Olaf drehte sich zu mir und sagte: »Küp, du weißt doch auch, wie es sich anfühlt, von heute auf morgen seine Heimat zu verlassen und in einem fremden Land zu erwachen.«

›Gut‹, dachte ich, ›ich wusste, wie das war, aber Olaf hatte seiner Heimat nie den Rücken gekehrt.‹

»Du denkst jetzt sicher, dass ich mich von meinem Umkreis nicht losgelöst habe und ich froh sein sollte, dass die Mauer gefallen ist. Doch so einfach war es damals auf gar keinen Fall. Gut, ich habe mein Heimatland nicht verlassen, aber es hat mich verlassen! Und alles, was danach kam, war zwar spannend, aber dennoch unbekannt. Nach der anfänglichen Euphorie, nach den Raketen und dem Freudentaumel waren auf einmal wir die Fremden im eigenen Land. Ich war in jenen Tagen gerade mal zehn Jahre alt. Träume und Hoffnungen in einem Kind zu wecken war so mühelos. Und so erlagen ich und all meine Freunde dem Glanz und den Versprechungen der neuen Welt.

Wir holten unser Begrüßungsgeld von 100 DM bei der Stadtverwaltung und schmiedeten Pläne, was wir damit alles machen könnten. Wir alle waren wie im Delirium, in Gedanken kauften wir alles und wir reisten in unseren Phantasien zu jedem Ort, in jede Stadt und auf jede noch so kleine Insel. Wir waren frei! Allseits war nun Platz zum Träumen. Alles war so herrlich, alles war so wunderbar. Nach und nach aber wurde uns bewusst, dass wir gar nicht befreit, sondern vielmehr erobert worden waren! Wir waren mehr eine Kolonie als ein gleichberechtigtes Land.

Alle Wunschträume, alle Visionen und Sehnsüchte schmolzen so schnell im Schmelztiegel der Realität. Es verblassten die Bilder von gebratenen Tauben, die in den Mund fielen, im Schein der Arbeitslosigkeit. Es wechselten die Freudentränen der Harmonie mit den still vergossenen Abschiedstränen, als mein Vater uns verließ und sich in den Westen absetzte, ohne Nachricht und ohne Kommentar. Und vor allem wich der Konfettiregen der Vereinigung dem

Prasseln des Hasses gegen den Osten. Gut, das ist jetzt auch schon etliche Jahre her, aber fremd zu sein im eigenen Land ist tausendmal schwerer, als fremd zu sein in der Fremde.«

Ich hatte dies noch nie so gesehen und für eine Sekunde tat mir Olaf wirklich leid. Er drehte sich zu Margret und erzählte weiter: »Mein größtes Glück waren die Lehre und die Ausbildung bei der Post. Die meisten meiner Freunde hatten dieses Glück nicht und viele waren dem Abgrund näher als dem Anschluss. Unzählige haben es nicht geschafft und sind in der Alkoholsucht oder der Kleinkriminalität ertrunken.

Ich selbst habe mich in die Lehrjahre gestürzt, das war ich meiner Mutter und mir einfach schuldig.
Sie hatte schon damals als Zimmermädchen im Hotel des Westens gearbeitet und war somit immer am frühen Nachmittag zu Hause. Sie machte täglich den Einkauf und als ich heimkam, hatte sie bereits gekocht. Wir verbrachten jede Menge Zeit zusammen, redeten viel, lachten gemeinsam und gingen gelegentlich ins Kino oder in den Zoo. Wenn wir auch nicht viel Geld hatten, so hatten wir doch uns und unsere Verbundenheit. Wir waren ein sehr gutes Team, eine einwandfreie kleine Familie, und nichts konnte uns auseinanderbringen. Auch als mein Vater eines Tages wieder auftauchte und glaubte, aufs Neue einziehen zu können, haben wir ihm gemeinsam klar und deutlich gemacht, dass ihn hier kein Mensch brauchte und ihn definitiv niemand vermisst hatte.

So hatte ich, wie Kamar und Sun auch, einige Arbeit zu leisten und viele Prüfungen zu bestehen, bevor ich Jahre später Margret kennenlernte und sie mit zu mir nahm. Und ihr könnt mir glauben, wir waren damals genauso einem Feuersturm ausgesetzt wie der kleine Löwe und der Schmetterling. Ein Ossi mit seiner schwangeren türkischen Freundin auf dem Weg nach Westberlin«, lachte Olaf auf und zog Margret eng an sich heran. Meine Schwester küsste ihn stolz und die Kinder schauten genervt weg.

Ich wollte den schönen Moment unter keinen Umständen zerstören und es gab auch nichts zu erwidern. Ich verließ das Zimmer, um mich auf dem schmalen Balkon wiederzufinden. Die Kälte hatte Berlin zugedeckt, der eisige Wind jagte den Schnee durch die Häuserschluchten und der Sturm machte jeden Gedanken an ein Leben außerhalb dieser vier Wände undenkbar. Die Luft aber roch frisch und intensiv. Maria kam auch auf den Vorbau, umarmte mich und sagte: »Olaf kann ja richtig emotional werden.«

Ich nickte mit gespitzten Lippen, selbst sichtlich verwundert darüber. Der anhaltende Lufthauch blies kleine Kristalle aus dem Neuschnee, welche im kühlen Licht der Straßenlaterne wie Tausende Ameisen flackerten und tanzten, was mich kurz an die Feuergischt in der Geschichte erinnerte.

Wie gerne hätte ich in diesem Moment das enge Häusermeer eingetauscht gegen den endlosen Blick über das Schwarze Meer. Wie liebend gerne hätte ich den Winter getauscht gegen den Sommer und wie gerne Deutschland ausgetauscht gegen die Türkei. Ich konnte zwar, wie viele Türken, nicht schwimmen, zu meiner Zeit hatte es in Trabzon nicht einmal ein Strandbad gegeben, dennoch liebte ich das Wasser und das Meer. Gewiss, ich war in den

Bergen aufgewachsen, aber wir hatten nur eine Stunde Fahrtzeit vom Schwarzen Meer entfernt gewohnt.

Der Blick über das Wasser in die grenzenlose Weite tief hinter dem Horizont war so stark in mir verankert wie die Sehnsucht nach dem Meer.

Einmal im Jahr, meistens, um das Fasten im Ramadan zu brechen, fuhren Oma Zehra, Opa Emrullah und ich nach Akcaabat, eine kleine Stadt in der Nähe von Trabzon. Wir alle waren besonders schick angezogen mit Kleid und Anzug mit Krawatte. Wir nahmen an einem der unzähligen wunderschön gedeckten Tische im allerschönsten Lokal der ganzen Gegend Platz. Es war direkt am Meer und es gab ungelogen Sitzplätze in dem Restaurant, von denen aus man das Wasser mit der Hand berühren konnte. Alles war in Weiß getaucht, die Tische, die Stühle, die Säulen, das Dach, und sogar jeder Kellner war komplett weiß gekleidet. Es war so bezaubernd schön wie im Märchen. Für mich war es jedes Jahr aufs Neue faszinierend, wie genau mit dem Sonnenuntergang, Sekunden nach einem kurzen Gebet, alle Gäste, und das waren Hunderte, gleichzeitig ihr Gericht bekamen. Alle begannen zugleich zu essen, als wäre es der letzte Tag auf Erden. Diese Harmonie, jenes Kollektiv und ebendiese Gemeinsamkeit vermisste ich hier in Deutschland mehr als alles andere.

So schätzte ich es umso mehr, mit meiner Familie diesen Abend, gemeinsam mit Kamar und Sun, in dem kalten und winterlichen Berlin zu verbringen.

Kapitel 3 - Mündung

Schmetterlinge und Löwen

Kamar folgte dem beschriebenen Weg des Eichhörnchens und entdeckte am späten Nachmittag den Eingang in den Hohlweg. Am Ende dieses Ganges kannte er sich wieder vollends aus, er erkannte sofort den Fluss, die Felder und die Wiesen. Er schlug ein letztes Mal sein Nachtlager allein unter freiem Himmel auf und genoss es sichtlich, sich wieder heimisch zu fühlen.

In jener Nacht inmitten von den leuchtenden Sternen fand er keinen Schlaf, zu hell waren die Bilder des kleinen gelben Schmetterlings, zu stark die Erinnerungen an das Erlebte und die gemeinsamen Abenteuer mit Sun. Sein Schmerz darüber, allein zu sein, war unendlich groß. Er erinnerte sich an Fanny, als sie ihm geraten hatte, mit Sun durch den Wind zu sprechen, und er begann leise vor sich hin in das Firmament zu erzählen:

»Sun, ich schätze so sehr, was du aus mir gemacht hast. Ich liebe es, wie mein Fühlen mich flutet und mich bestimmt. Ich bin so, wie ich zu allen Zeiten schon sein wollte. Ich spüre dich jeden Augenblick und erkenne, wie du mein Denken beeinflusst, spüre, wie das Leben mich sanft umspült und mich zärtlich berührt. Ich bin ich, ich bin du und ich bin uns – durch dich. Wir sind die Liebe, die ich immer suchte und sehnte! Mein Schmetterling, ich liebe dich aufrichtig, ehrlich und tief und ich kann mir nichts Schöneres erträumen, als ein Teil von dir und deines Lebens zu werden und zu sein!«

Nachdem Kamar die Sätze, welche für ihn viel mehr als nur Worte und Buchstaben waren, gesagt hatte, kehrte endlich Ruhe in sein Herz und er schlief sogleich friedlich und gelöst ein.

Am nächsten Morgen, getrieben von Heimweh, flog Kamar förmlich das letzte Stück nach Hause. »Mama, Papa, Mira«, rief und schrie er schon von Weitem. Seine Schwester wurde als Erste auf das Rufen des kleinen Löwen aufmerksam.

»KAMAR! KAMAR!«, kreischte sie aus voller Kehle und rannte ihm entgegen, als sie ihn erblickte.

Es war ein so herzliches und wunderschönes Wiedersehen, alle freuten und umarmten sich innig und sehr liebevoll. Die Freude war so riesig über das unerwartete Glück, dass alles auf der Stelle vergessen und verziehen war.

Kamar musste ihnen jetzt natürlich alles haarklein über seine Reise erzählen, und da er bereits etwas Übung darin hatte, machte es ihm sichtlich Spaß. All die Geschichten und die Erlebnisse wurden weit mehr ausgeschmückt und noch eindrucksvoller von ihm erzählt. Und da Löwen definitiv viel skeptischer als andere Tiere waren, musste er alles auf der Stelle beweisen, was er sagte. Er musste brüllen und selbstverständlich auch fliegen. Speziell beim Fliegen blieb seinem Vater der Mund offen und der Atem stehen. Der große, starke Löwe konnte einfach nicht glauben, was er sah.

Mira hingegen hatte wenig Interesse an ihrem schwebenden Bruder, sie wollte alles ganz genau und bis ins letzte Detail über Sun wissen. Sie freute sich so sehr für ihren Bruder, dass sie darüber vergaß, dass der gelbe Schmetterling ihn ja verlassen hatte.

An diesem und den nächsten Tagen war jedoch kein Platz für nur einen schlechten Gedanken, und so feierten die Löwen die Rückkehr von Kamar fast eine ganze Woche lang. Und sie luden nach und nach alle Tiere aus der Nachbarschaft herzlich dazu ein.

Als Tage später die Freude wieder der Normalität gewichen war, kehrte die Traurigkeit in Kamars Gesicht zurück. Er wirkte lustlos am Tag und fand in der Dunkelheit keinen Schlaf.

Kamar hielt sich nach wie vor an den Rat von Fanny und sprach jede Nacht sein Fühlen und sein Denken in den Wind. In der Hoffnung, dass Sun ihn doch hören möge.

Eines Nachts, als das Vermissen immer größer und unerträglicher wurde, sagte er mit weitem Blick hinter die Sterne:

»Sun, ich kann nicht über den Abgrund blicken, den dein Verlassen in mein Herz gerissen hat. All mein Fühlen, all mein Sehnen kommt über diese Klippen nicht hinweg. So hell der Tag und so licht die Sonne auch scheinen mögen, es wird die Finsternis nie überstrahlen. Mein Vermissen lässt sich nicht ermessen und die Sehnsucht flutet mich von innen, auf dass ich bald ertrinken werde in meinem Schmerz, dir nicht nahe zu sein.

Du bist meine Sonne, mein Leben und mein Licht, du bist mein Himmel und mein Horizont, du bist mein letzter Gedanke in der Nacht und mein erster Gedanke im Tag!

Ich möchte dich spüren, wenn ich einschlafe, und dich fühlen, wenn ich erwache. Ich möchte dich sehen, berühren und küssen – sanft in den Schlaf und lieb in den Tag.

So lass mich in deiner Umarmung erstarren für den Augenblick, den ich sehne wie das Wasser das Meer!

Schlaf fein, mein Herz, ich vermisse dich mehr als die Finsternis das Licht.«

Am Tag streifte er gelegentlich mit seinem Vater durch die Wälder. An einem ruhigen, sonnigen Platz unten am Fluss grübelte Kamar darüber nach, ob er seinen Vater nach seiner Meinung zu ihm und Sun fragen sollte. Sein Vater war wirklich ein großer, mächtiger Löwe und er fühlte sich als Beschützer und König von allen Tieren. Seine Auskünfte, und das war das Gute, waren immer besonnen und wohl überlegt und sie ließen immer Spielraum, da seine Antworten nie schwarz oder weiß waren.

»Was glaubst du, Papa, könnte das je funktionieren mit mir und Sun?«, traute sich Kamar, ihn zu fragen.

»Nun«, der große Löwe war sichtlich etwas überrascht über die offene Frage seines Sohnes, »das Leben würde wohl weitergehen, Kamar. Und wenn ich entgegen meiner Art einmal zurückschaue auf den Weg, den ihr bereits beschritten habt, dann erwarte ich nicht, dass der Pfad, der vor euch liegt, je so eng werden kann, dass nur noch einer von euch darauf Platz haben wird. Auch wenn diese Bahn sehr viele Engstellen und Hindernisse haben wird, wird sie euch dennoch leiten und tragen, sofern ihr diesem Weg folgt und ihn nicht verlasst.«

Kamar nahm den Sinn der Worte tief in sich auf, umarmte seinen Vater und hielt ihn lange fest.

In jener Nacht spürte er einen Luftstrom, welcher sein Gesicht berührte, und er fühlte, dass dieser Hauch einst die Flügel seines Schmetterlings gestreichelt hatte. Er drehte sich in den Wind und fühlte sich Sun so nahe wie schon lange nicht mehr.

Es vergingen die Tage und die Nächte und die Zeit tropfte unhörbar, doch stetig an dem kleinen Löwen vorbei, der immer nachdenklicher und unglücklicher wurde.

»Was hast du nur, Kamar?«, fragte seine Mutter eines Morgens und zog ihn eng an sich heran.

»Ich vermisse sie so sehr, Mama«, sagte der kleine Löwe ohne Umschweife geradeheraus.

Seine Mutter spürte Kamars Schmerz, konnte diesen aber nicht teilen.

»Kind, sie ist ein Schmetterling und du bist ein Löwe, halt doch nicht fest an ihr und suche dir eine Freundin, die zu dir passt. Wenn du deine Vergangenheit nicht loslässt, erstickst du deine Zukunft!«

Kamar ignorierte die Aussage seiner Mutter und wand sich aus ihrer Umarmung.

»Kamar, mein Junge, ich kann dir beileibe nicht helfen. Und tief im Inneren will ich dir auch nicht helfen, weil ich es falsch finde und nicht über meinen Schatten springen kann und will.«

Seine Mama sah in die tränenden Augen von Kamar und versuchte ihn zu trösten: »Schatz, ich kann nicht mit ansehen, wie du leidest. Lass sie doch endlich ziehen, lass sie los, so wie sie es schon vor Wochen getan hat.«

Der kleine Löwe stotterte: »Sie hat mich nicht losgelassen. Sie hat mich verlassen, weil ich sie verletzt habe!«

Kamars Mama musste unterdessen lächeln und bemerkte: »Oh nein, mein Sohn, wenn es dir hilft, kann ich eines mit Sicherheit sagen: Sie ist auch eine Frau und sie hat sich mit

Gewissheit nicht wegen des abgebrochenen Flügels abgewandt.«

Kamar drehte seine verweinten Augen zu seiner Mutter, die weiter ausholte und sagte: »Sie hat dich aufgegeben, weil du ein Löwe bist und sie ein Schmetterling und sie nicht wollte, dass du in diesem Problem früher oder später ertrinken wirst. Sie hat dich verlassen, weil sie dich liebt!«

Kamar stockte der Atem. Hatte seine Mutter tatsächlich Recht mit diesem absurden Gedanken? Hatte er in der Tat an alles Schlechte gedacht, ohne diesen Grund auch nur in Erwägung zu ziehen? Konnte das wirklich sein? Tausend Fragen schossen ihm durch den Kopf.
»Sun hat mich verlassen, weil sie mich liebt? Und nicht, weil ich sie verletzt habe?«
Seine Mama musste jetzt laut auflachen. »Wegen des kleinen Stück abgebrochenen Flügels, das sie tagelang nicht bemerkt hat? Oh nein, Kamar, das wäre so, als ob dein Papa mich verlässt, weil ich ihm ein Barthaar ausgerissen habe.«

Kamar wurde blass. Er hatte keine einzige Sekunde an diese Möglichkeit gedacht. Wie von einer Hummel gestochen sprang er auf.
»Mama, ich muss zu ihr!«, schrie er, und so rasch er diese Worte sagen konnte, so geschwind war er auch schon weg.
»Bleib hier, Kamar«, schrie ihm seine Mutter mehrere Male nach. Aber seine Glücksgefühle gaben ihm Auftrieb und Kamar ignorierte das Rufen und Schreien seiner Mutter. Er war wehrlos gegen die Erregung in seinem Inneren und rannte, ohne sich ein einziges Mal umzudrehen, ohne Halt und ohne Pause die komplette Strecke bis zum Ende des Hohlweges.

Seine Leidenschaft war aufs Neue entfacht, doch als ihm klar wurde, dass er gar nicht wusste, wo Sun lebte, blieb er stehen und dachte nach.

›Fanny muss es wissen!‹, tobte es auf einmal durch seinen Kopf und seine Beine setzten sich fast selbstständig wieder in Bewegung. Kamar lief die ganze Nacht durch und erreichte vollkommen erschöpft und müde bereits im Morgengrauen die Eiche der Träume. Breiter Nebel säumte den Weg und die Wiese und der mächtige Baum wirkte wie in einen dichten Dunstschleier gehüllt.

»Fanny! Fanny, wo steckst du?«, brüllte der Löwe aus voller Kehle. Sein kleiner Körper war vollends in der Nebeldecke verschwunden und so schwebte einzig sein schreiendes Köpfchen schwerelos über den Boden.

»Fanny, ich brauche dich«, schrie er immer und immer wieder und rannte aufgescheucht wie ein Huhn um die Eiche herum.

»Was schreist du denn wie ein Verrückter? Ich habe dich doch schon längst gehört. So wie du herumstapfst, hast du bereits den ganzen Wald aufgeweckt! Was willst du so früh am Tag?«

»Wo ... wo ... wo wohnt Sun?«, spuckte der Löwe die Worte einzeln heraus.

»Im Tal der Schmetterlinge, mein Löwe«, schnaubte Fanny knapp.

»Und wie komme ich dahin?«, schoss es aus Kamar, der die nächste Antwort von Fanny längst ahnte.

»Nun, so leicht ist das nicht zu erklären! Zumal es mindestens eine Drei-Tages-Reise ist.«

Fanny zupfte sich an den Federn und sagte, ohne den kleinen Löwen eines Blickes zu würdigen: »Auch kann ich mir nicht im Geringsten vorstellen, dass du dort willkommen bist.«

»Kannst du mir bitte den Weg weisen und mich ins Tal der Schmetterlinge begleiten, Fanny?«, fragte Kamar erwartungsvoll.

»Dich begleiten? Träumst du? Oh nein, sicher nicht! Ich kann hier doch nicht einfach weg, ich werde an diesem Ort gebraucht! Hast du eigentlich eine Ahnung, wie bedeutsam und unverzichtbar ich bin? Meine Tage sind erfüllt von Ratschlägen, von Anweisungen, von Dingen und Terminen, die immens wichtig sind. Der Wald kann keine Sekunde ohne mich auskommen. Ich bin unabkömmlich, ich bin das Alpha und das Omega hier, da kann ich doch nicht unbemerkt tagelang mit dir durch den Wald laufen und dein Reiseführer sein.«

Fanny schaute von sich selbst überzeugt auf Kamar herab und ergänzte: »Das verstehst du doch, mein Löwe, ich bin lebenswichtig hier, ich muss die Erwartungen der anderen Tiere erfüllen und ich darf niemanden enttäuschen. Ich kann auf gar keinen Fall frei nehmen und dich deshalb unmöglich begleiten! Du musst allein klarkommen.«

»Aber Fanny«, stotterte Kamar, »ich kenne den Weg doch nicht und ich traue mich nicht allein zu Sun! Bitte, bitte, Fanny, hilf mir, ich bin doch auch nur ein Tierlein, welches deiner Hilfe bedarf.« Er zog sein kleines Köpfchen ein und nur noch seine großen schwarzen Augen lugten hoffnungsvoll aus dem Bodennebel hervor. Ganz langsam füllten sich die Augen, welche stets auf die Eule gerichtet waren, mit Tränen.

»Weine nicht«, mahnte ihn Fanny mürrisch.

»Ich weine nicht«, schluchzte der kleine Löwe zerknirscht. »Das sind nur meine Augen, die weinen.«

Die Eule zog ihren ohnehin kaum erkennbaren Hals wie eine Schildkröte ein und erstarrte im selben Moment zu einer Salzsäule. Alles Winseln und Jammern von Kamar half nichts, die Eule bewegte sich keinen Millimeter und auch keine Regung war in ihrem Antlitz oder in ihren Augen zu erkennen. Ja, die Eule blinzelte nicht einmal. Kamar war bald zu müde, um weiterzubetteln, und legte sich hin. Er verschwand vollkommen und komplett in der weißen Wolkenschicht. Nur sein Schwanz ragte noch wie eine Antenne aus der hellen weißen Schicht, wie einst schon im Schnee.

Als der kleine Löwe erwachte, war der Nebel längst verschwunden und die Sonne lachte ihm über das Feld ins Gesicht.

Auch Fanny wirkte jetzt munter und fröhlich. Und zu Kamars Überraschung schien sie marschbereit und sie bewarf den Löwen mit winzigen Steinen.

»Steh auf, Faulpelz, wir haben nicht den ganzen Tag Zeit! Steh auf, wir gehen!«, hetzte sie ihn.

»Fanny, du kommst mit?« Kamar strahlte tief aus seinem Schlaf.

»Ja, ich begleite dich! Ich kann dich Dummkopf doch nicht schon wieder allein auf die Reise schicken, bei deinem Talent läufst du wieder einmal um die Erde, ohne dein Ziel zu erreichen!«, lachte Fanny sichtlich beschwingt und teilte dem Löwen freudig mit: »Aber ich bin zu alt, um die ganze weite Strecke zu fliegen, und so musst du mich sicherlich einen kleinen Teil des Weges tragen. Weiterhin dulde ich keine Widerrede und es wird ausschließlich das gemacht, was ich sage.«

Kamar nickte brav, hüpfte auf und sprang wie ein kleines Kätzchen unter dem großen Baum umher. »Danke, Fanny, ich werde dir folgen wie ein kleines Hündchen und alles tun, was immer du für richtig hältst!«

Fanny gab dem kleinen Löwen ein Zeichen und flog flatternd von der Eiche davon. Kamar folgte dem schwerfälligen, lahmen Vogel gemächlich. Eulen konnten zwar fliegen, aber im Grunde genommen nur sehr schlecht. Und so war es nicht verwunderlich, dass die Eule bereits nach einigen Metern auf Kamars Rücken Platz nahm und dort auch bis zur Ankunft überdauerte. Sie hatte gewiss keine Kraft, um selbst den langen Weg zu fliegen, aber beileibe genügend Energie, um dem kleinen Löwen stets Anweisungen und Befehle zu geben. Hier links, hier rechts, nicht so schnell, nicht so langsam, hol dies, hol das – sie war ganz in ihrem Element und blühte regelrecht auf.

Kamar indes ertrug alles geduldig, zumal er das gleiche Spiel mit Sun nur noch zu gut in Erinnerung hatte. Das Gehen wirkte sehr ähnlich und vertraut, nur das Gewicht von Fanny war mit dem von Sun leider kein bisschen zu vergleichen.

Bald bemerkte er, dass er sich in Fannys Wortschwall sagenhaft gut auf sich selbst konzentrieren konnte. Gelegentlich sagte er Ja oder Nein, gerade wie es ihm einfiel, und die Eule redete und redete in einem fort. Er jedoch versank zusehends in seiner eigenen Welt.

Kamar war jeden Meter, den er lief, in Gedanken bei Sun. Was er ihr alles sagen würde, wenn er sie traf, wie sehr er sie vermisste – all das ging ihm ständig durch den Kopf. Aber dennoch hatte er nach wie vor immer noch große Angst vor dem Ankommen. Was, wenn sie ihn nicht sehen wollte? Was, wenn sie ihm riet, wieder zu gehen? All das machte ihm unermessliche Sorgen.

Nach dem Abendessen, die Eule und der Löwe lagen unmittelbar an einem kleinen, lauten Bach, fragte Kamar: »Fanny, glaubst du, dass Sun mich lieben kann und dass wir je ein richtiges Paar werden?«

Fanny hatte gewusst, dass Kamar diese Frage früher oder später stellen würde, dennoch saugten die Worte förmlich jedes Geräusch, jedes Knistern und Knarren, in sich auf. Alles Treiben gefror für den Augenblick und Fanny wirkte auf einmal steif und lautlos. Sie war derart still, als hätte sie all ihre Silben bereits im Laufe des Tages aufgebraucht und als wären nun keine Buchstaben mehr übrig, um Kamars Frage zu beantworten. Wenn Eulen irgendetwas wirklich gut konnten, dann war es, regungslos zu sein und augenscheinlich nichts zu tun. Kamar kannte Fanny schon sehr lange, aber er konnte nach wie vor nicht mit dieser Situation umgehen, wenn sie von jetzt auf gleich erstarrte. Hätte der plätschernde Bach nicht gegen die Ruhe angekämpft und der Stille etwas Klang gegeben, wäre Kamar wohl verrückt geworden in jenem Augenblick.

Die Nacht blieb stumm und auch am nächsten Tag verlor die Eule kein einziges Wort zu der Frage des kleinen Löwen, ausschließlich Anweisungen und Kommandos verließen Fannys Schnabel.

Kamar traute sich auch nicht, nochmals zu fragen, zu bedeutsam war ihm eine ehrliche Antwort und diese konnte er auf gar keinen Fall aus Fanny herauspressen.

Kurz vor dem Einschlafen in der zweiten Nacht, der Mond flackerte müde in den Pinienzweigen, öffnete Fanny ihre riesigen Augen, sah Kamar direkt ins Gesicht und sagte: »Kamar, ich kenne Sun seit ihrer Geburt und genau genommen schon lange davor, als sie noch eine kleine Raupe war und wir uns auf denselben Bäumen tummelten. Schmetterlinge sind eigene Tiere, die vollkommen anders geboren werden, als sie später in Wirklichkeit sind. Diese Verwandlung vom Kriechen zum Fliegen, von der Larve zum Schmetterling, prägt diese Gattung durch ihre ganze Existenz. Sie können sich besser in andere hineinfühlen, sie können Probleme von mehreren Seiten betrachten. Sie haben es geschafft, sich vom Boden in die Lüfte zu erheben, über ihren eigenen Schatten zu springen. Sie hatten den Mut, ihr altes Dasein zu verlassen, um sich in einen neuen, unbekannten Lebensabschnitt zu stürzen. Sie haben etliches erlebt und mehr am eigenen Leib erfahren, als viele von uns dies je werden. Die Lebensweise der Schmetterlinge ist nicht zuletzt gerade aus besagtem Grund so farbenfroh und bunt. Sie strahlen, sie glitzern und sie sind fröhlicher und vergnügter als die sonstigen Tiere, und dies, weil sie ihr Leben viel mehr als alles andere schätzen und wissen, dass es auch ganz anders sein kann.«

Fanny hatte augenblicklich Kamars komplette Aufmerksamkeit und er hörte genau und gespannt zu, als die Eule weitererzählte.

»Schau, Kamar, im Vergleich zu den Schmetterlingen und deren Denken seid ihr Löwen viel traditioneller und gewöhnlicher. Ihr hattet nie schwerwiegende Probleme zu bewältigen, ihr seid von jeher zu allen Zeiten die stärksten und mutigsten Tiere auf der Erde gewesen. Ihr wurdet immer von allen akzeptiert und geliebt und wart nie gezwungen, euch zu verwandeln oder etwas von euch zurückzulassen. Ihr musstet euch nie verändern oder anpassen. So wird der Widerstand gegen eure Beziehung nur aus deinen Reihen kommen. Aber ich glaube dennoch, dass es für euch zwei eine Zukunft geben wird, wenn ihr es wollt und ihr in euch vertraut. Jedoch musst du entschlossen und gewillt sein, dich zu ändern, so wie Sun sich bereits vor Jahren geändert hat. Kamar, du musst dich noch mal erheben und von Neuem das Fliegen erlernen.«

Der kleine Löwe wusste, dass Fanny es immerzu gut mit ihm meinte und ihn nie anlügen würde, und so war er zutiefst zufrieden mit der Antwort seiner Freundin. Auch Stunden nach dem Gespräch, Kamar war schon weit gereist in seinem Schlaf, lächelte er immer noch strahlend und breit in die vom Mond erhellte Nacht.

Am dritten Morgen war es schließlich so weit. Fanny sagte: »Wir haben es bald geschafft, Kamar. Hinter diesem schmalen Waldstück wird sich das Land öffnen und es beginnt das Tal der Schmetterlinge.«
Das Laufen des kleinen Löwen wurde erst schneller, doch je näher er an das Ende des Waldes gelangte, umso langsamer und schwerfälliger wurde sein Schritt. Hatte sie je an ihn gedacht oder hatte das Monstrum des Vergessens schon lange ihre Liebe zu ihm gefressen? Das Ungewisse und seine Angst drosselten stetig sein Tempo und so schlich er fast schneckengleich über den Weg.
»Geh schneller, mein Löwe«, trieb ihn die Eule hingegen fortwährend an.

Nach wie vor zögerlich und sehr zaghaft lief Kamar aus dem Herzen des Gehölzes, durchschritt die letzte Baumreihe und stand hoch über dem Tal der Schmetterlinge. Es war atemberaubend schön, ganz einfach fantastisch! Genau so farbenfroh und bunt, wie es Fanny und Sun immer beschrieben hatten. Vor ihm lag eine riesige, glänzende Blumenwiese und er konnte den Horizont nicht einmal erahnen, so weit war dieser entfernt. Und als sie den engen Pfad hinunterschritten, wurde aus dem vielfarbigen Flimmern der Gräser ein farbenprächtiges Treiben von Tausenden, ja von Millionen kleinerer und größerer Schmetterlinge, welche wie Farbspritzer über die Wiesen und die Felder von Blume zu Blume flatterten und hüpften. Nie hatte Kamar irgendetwas vergleichbar Schönes gesehen, nie so viele Farben, welche sanft die Landschaft bestimmten und den Boden und den Raum bewegten. Die pure Sonne spielte mit all ihrem Glanz und der Wind wiegte die fliegenden Farbpunkte wie winzige Regenbogentropfen durch die Sträucher, die Halme und die Luft.

Alles war so friedlich, so harmonisch und so malerisch. Als ein mickriger Schmetterling, welcher gerade mal etwas größer als eine Bohne war, den kleinen Löwen und die Eule entdeckte, schrie dieser laut auf: »He, schaut, Fanny kommt! Und sie reitet auf einem Löwen!«

Für einen Atemzug stockte das Treiben und das Tal der Schmetterlinge erstarrte zu einem Schnappschuss. Abermillionen klitzekleine pechschwarze Schmetterlingsaugen richteten sich für eine Sekunde auf Kamar und Fanny – und ein Windstoß zischte durch die Weide, als alle mit gleichem Flügelschlag auf die beiden zuflogen, um sie zu begrüßen. Fanny schwebte auf einen der unzähligen Bäume und einige der Schmetterlinge folgten ihr. Die meisten jedoch wehten um Kamar herum, war doch ein Löwe eine echte Sensation hier im Tal.

Kamar taumelte tollpatschig durch das Feld, immer auf der Hut, keinen der Schmetterlinge zu verletzen. Aber da bestand nicht die geringste Gefahr, da die Insekten ohnehin viel zu wendig für den träge wirkenden Löwen waren. Hunderte, nein, Tausende Schmetterlinge flogen zu Kamar und zumeist waren sie derart frech, dass sie direkt auf ihm Platz nahmen. Und ehe er sichs versah, saßen sie auf seinem Rücken, seinem Kopf, in seinen Ohren, auf seinem Schwanz und klammerten sich um seine Beine. Innerhalb eines Flügelschlags war Kamar komplett zugedeckt und vollkommen übersät von den grellbunten Schmetterlingen und kein Löwe war mehr erkennbar. Es war nur noch die Silhouette von einem großen Tier zu erahnen, das umhüllt war von einem unruhigen, flatternden Bunt, das schriller und schöner nicht hätte sein können. Alles war fröhlich eingetaucht in ein farbenprächtiges Meer.

Fanny fragte den frechen Schmetterling: »Wo ist Sun?«
»Sun?«, brauste dieser auf. »Sun ist unten beim Fluss, sie sitzt schon seit Wochen dort und beobachtet die Wellen, sie ist nicht mehr dieselbe, seit sie von ihrer Reise zurückgekehrt ist.«
»Kannst du uns bitte zu ihr bringen?«, bat Fanny freundlich.
Der Minischmetterling übernahm mit einem Pfiff das Kommando und alles flog Richtung Wasserlauf. Da Kamar nichts sehen konnte, trottete er halbblind und plump, geschoben von der Menge, einfach mit.

Sun saß zurückgezogen auf der Südseite des Baches auf einem mächtigen Stein und schaute in die Strömung des Flusses, der aus einem bewaldeten, wunderschönen See entsprang.

Der gelbe Schmetterling hörte einen Tumult, welcher immer lauter und heftiger wurde, konnte aber nicht erkennen, wer diesen auslöste. Erst als die riesige Prozession über den Hügel kam und sich Richtung Ufer bewegte, wusste sie, was den Lärm verursachte.

Der Pulk kam immer näher und Sun konnte schon vereinzelte Gestalten erkennen.

›He, ist das Fanny? Kann das sein? Aber ja doch – gewiss! Was macht Fanny denn hier?‹, fragte sie sich und war natürlich vollkommen verwundert darüber. Nichtsdestotrotz freute Sun sich ungemein, als sie die Eule in dem Schwarm entdeckte. Wer jedoch das große, mit Schmetterlingen übersäte, korpulente Lebewesen war, welches den Zug anführte, konnte sie auf die Entfernung nicht feststellen.

Erst als die Menge näher kam und sie die Schwanzspitze eines Löwen erkannte, welche in den Himmel ragte, wusste sie, dass es nur eine Antwort auf ihre Frage gab.

»KAMAR!«, schrie sie und zögerte kurz, bevor sie sich leidenschaftlich und mit stürmischem Flügelschlag in die Lüfte erhob, um in seine Richtung zu fliegen.

»SUN«, rief der kleine Löwe, ohne sie zu sehen. »SUN, WO BIST DU?«

Und erst als er sich schüttelte und einige Schmetterlinge aus seinem Gesicht segelten, konnte er sie erblicken. Wie von einer Schlange gebissen, sprintete er auf den gelben Schmetterling zu. Er rannte so geschwind, dass die anderen

Schmetterlinge wie einfache Staubkörner von ihm herabfielen und es aus der Ferne wie eine bunte, fliegende Schleppe aussah.

Sun schwebte Kamar entgegen und beide fielen sich in die Arme. Der lichtgelbe Schmetterling umschloss Kamars komplettes Gesicht, als sie sich innig und leidenschaftlich küssten. Sie hielten sich und verharrten für einen Moment in ihrer Umarmung. Die Freude und die Erleichterung, wieder zusammen zu sein, lösten alle vorhandenen Tränen aus den vier weinenden Augen.

Die restlichen Schmetterlinge staunten nicht schlecht über diesen Kuss und die meisten von ihnen waren derart überrascht, dass ihnen der Mund offen stehen blieb. Als sie die Situation erfassten und verstanden, war eines für sie vollkommen klar: Sun hatte sich in einen Löwen verliebt!

Kamar flüsterte im selben Augenblick, unhörbar für die anderen, schluchzend seinem Schmetterling ins Ohr: »Sun, ich bin hier, weil ich nicht fähig bin, dich allein zu lassen!«

Und Sun erwiderte sanft, doch entschlossen: »Kamar, dich zu sehen, fühlt sich an wie ein sinnliches Ertrinken in einem Meer aus Liebe und Zuneigung, wie ein Umschlungenwerden von Fürsorge und Halt. Mein Empfinden für dich ist wie ein Schweben in der Zeit und in dem Raum, den ich Heimat nenne. Ein Leben ohne dich, mein Schatz, wäre ein Leben ohne Sinn, wäre ein Leben ohne Herz und Liebe, es wäre ein Leben ohne Leben für mich.«

Kamar hielt Sun ganz nah und fest und beide tanzten durch die Wiese, gefolgt von den inzwischen gefassten

Tausenden und Abertausenden farbigen, fröhlichen und bunten Schmetterlingen. Es war ein Reigen, es war ein Vergnügen, es war ein Strahlen in der Sonne und ein Glitzern im Fluss. Es war alles, es war jetzt und es war echt. Echt im Denken, im Fühlen, im Sein und im Tun. Sie hatten ein für alle Mal die Zweifel und die Ängste, welche aus den Schatten gekrochen waren, mit dem Licht ihrer Liebe besiegt und sehnten sich in diesem Augenblick nach einem gemeinsamen Leben.

Kamar, Sun und alle anderen Schmetterlinge tanzten und freuten sich. Als sie an dem erleuchteten See angelangt waren und die Sonne sich tiefrot am Horizont im Wasser spiegelte, fasste Fanny sich ein Herz. Sie versammelte alle Schmetterlinge und all die anderen Tiere um den herzförmigen See, bevor sie Kamar und Sun zu sich rief.

Nachdem sich allesamt eingefunden hatten und der kleine Löwe und der gelbe Schmetterling ganz vorn in der ersten Reihe inmitten des blutroten Sonnenuntergangs bei Fanny standen, erhob die Eule ihre Stimme: »Kamar und Sun, habt ihr zwei euch gefunden? Habt ihr euch lieben gelernt? Habt ihr beide eure Angst überwunden? Habt ihr eure Zweifel ausgeräumt und seid ihr hier und bereit, das Unvorstellbare zu tun?« Fanny machte eine kurze Pause und die Anwesenden sahen gespannt zu ihr.

Die Eule liebte es, die volle Aufmerksamkeit zu haben. Sie ließ ihren Blick hoch über den Köpfen der Zuschauer weit durch das Land gleiten. Dann sah sie den beiden tief in die Augen und fragte erneut: »Kamar und Sun, trefft ihr eure Entscheidung aus tiefer eigener Überzeugung, trotz all des

Widerstandes, den es geben wird? Werdet ihr immer zu euch halten und euch für immer lieben und ehren, bis ans Ende eurer Tage und eurer Zeit? So sprecht ein klares und deutliches JA!«

Schlagartig wurde es still und die Ruhe ließ sich bis in der letzten Ecke des herzrunden Sees nieder. Es schien, als würde selbst das Wasser für den Moment aufhören zu plätschern. Es war kein einziger Flügelschlag zu sehen oder zu hören. Alle Augen und Ohren waren gespannt auf Kamar und Sun gerichtet. Der kleine Löwe wandte den Blick von Fanny ab und fasste Sun zart an ihren Händen. Die beiden standen sich nun gegenüber und hielten sich gegenseitig fest. Sie sahen sich tief in ihre dunklen Augen und ihre zierlichen Körper waren wie ein Schattenspiel in der roten, strahlenden Sonne.

Sie kamen sich näher und ihre Gesichter zogen sich magisch an. In dem Augenblick, kurz vor sich beide berührten, drehten sie sich in die Menge und schrien ein gemeinsames, lautes »JA!«, bevor sie sich in ihrer Umarmung verloren und sich lieb und von ganzem Herzen küssten unter dem Jubel und dem Applaus sämtlicher Anwesenden.

Der Klang und der Hall, wenn Tausende Schmetterlinge mit ihren Flügeln klatschten, war so außergewöhnlich und besonders, dass man ihn nie vergessen konnte. Dieses Geräusch, jenes fast melodiöse, feine Klingen, ging durch Mark und Bein und war nicht mit allen anderen Klängen dieser Welt zu vergleichen. Genau so musste es zweifellos tönen, wenn ein Chor von Engeln sang – unwiderstehlich und überwältigend schön!

Die Hochzeitsfeier dauerte bis tief in die Nacht, die keinen Morgen kannte. Alle tanzten und freuten sich so unendlich für Kamar und Sun. Die Freude und die Gesänge waren weit durch die Dunkelheit und weithin über das Tal der Schmetterlinge hinweg hörbar und so wurden alle anderen Tiere auch in den Bann der beiden gezogen. Jeder im Tal wurde somit ein Teil und Zeuge dieser wunderschönen Geschichte von dem kleinen Löwen und dem Schmetterling.

Kamar und Sun lebten nunmehr gemeinsam, glücklich und zufrieden bis ans Ende ihrer Tage und bis ans Ende ihrer Zeit.

Vildan

Im Kinderzimmer war es still und ruhig geworden, die Kinder stellten keine Fragen mehr und ebenso lag Adolf schnurrend und sichtlich zufrieden halb auf und halb unter der Bettdecke.
»Danke, Küp, für die schöne Geschichte«, sagte Lea und die anderen nickten mir dabei lächelnd zu.

Maria und ich verabschiedeten uns von Margret und Olaf und machten uns wortlos zu Fuß auf den Heimweg durch das nächtliche Berlin. Die kalte, winterliche Nachtluft drang mit einem Schlag tief in unsere Lungen.
›Heiraten war ein großer Schritt‹, dachte ich bei mir, als ich Maria an mich drückte. Und in der Tat war es eines der wunderschönsten Dinge, die man gemeinsam erleben konnte. Der Hochzeitstag war wie bei Kamar und Sun meist ein lebendiger Märchentraum.

Fürwahr konnte die Vermählung auch eine weniger schöne Sache sein – vor allem unter Türken. Nun ja, nicht bei den aufgeschlossenen, die hier in *Almanya* lebten. In Deutschland durfte im Grunde genommen jeder machen, was immer er wollte, und die Reihenfolge ›verliebt, verlobt, verheiratet‹ wurde von fast allen eingehalten und von den Eltern ohne Widerrede akzeptiert. Selbst in der heutigen Türkei entsprach diese Abfolge meist der Normalität. In der Türkei meiner Kindheit jedoch wäre diese Reihung vollkommen unvorstellbar und ausgeschlossen gewesen. Dort galt einzig und allein ›versprochen und verheiratet‹, und wenn man etwas Glück hatte, würde man sich möglicherweise sogar in den von den Eltern ausgesuchten Ehepartner verlieben. Und je höher das Dorf lag, umso jünger waren die Kinder, welche nicht nur versprochen, sondern auch vermählt wurden.

Ich konnte mich noch äußerst lebendig an die Hochzeit meiner Cousine Vildan erinnern. Sie war damals neunzehn Jahre alt und faktisch eine der Älteren, die verehelicht wurden. Mein Onkel Gencaga war ein in höchstem Maße angesehener Lehrer in der Stadt und Vildan war eine wahre Schönheit. Also war sie alles in allem eine wunderschöne Frau aus erstklassigen Verhältnissen und somit eine ausgezeichnete Partie für einen heiratswilligen Bräutigam. So war es nicht weiter verwunderlich, dass nach ihrem sechzehnten Geburtstag fast wöchentlich Gesandtschaften zu meinem Onkel kamen, die allesamt um die Hand seiner schönen Tochter anhielten. Es wurden zwar alle Delegationen der Tradition entsprechend mit Kölnisch Wasser regelrecht überschüttet und man servierte ihnen Chai und Snacks, aber am Ende des Tages lehnte mein Onkel sämtliche Heiratsangebote ab. Er wollte nicht, dass sein Kind vor dem neunzehnten Lebensjahr verheiratet wurde, und er war natürlich sehr wählerisch, was die herantretende Familie anbelangte. Hier musste in jeder Hinsicht alles passen, damit man die Tochter auch standesgemäß unter die Haube brachte.

Es wurden die Herkunft beleuchtet, die Verwandten, die finanziellen Mittel, einfach alles musste stimmen. Ob Vildan dabei den Zukünftigen kannte oder nicht, ob sie ihn liebte oder nicht, spielte für meinen Onkel natürlich gar keine Rolle. Nicht mal eine kleine. Meine Cousine hatte definitiv kein Mitspracherecht und es oblag einzig und allein meinem Onkel, die beste Wahl für sie zu treffen. Die beste Wahl für ihn, besser gesagt!

Als es dann endlich so weit war und ein Mann mit gutem Leumund und Elternhaus gewählt worden war und sich Onkel Gencaga mit dem Vater des Heiratskandidaten prinzipiell geeinigt hatte, ging es um die Mitgift. Aber um das hier nicht falsch zu verstehen: Es betraf die Mitgift der Familie des Bräutigams an die Familie der Braut! Also wurde, wenn man es so wollte, die Tochter meines Onkels an die neuen Eigentümer verkauft.

Es drehte sich alles nur noch um Geld, um Gold, um Felder oder Tiere. Es wurde beredet und besprochen, mit wie vielen Wertsachen das Töchterchen abgelöst werden musste. Und es wurde eingehend beraten, alles diskutiert und sehr lange verhandelt. Es gab das Gerücht, dass zwei Väter in Zentralanatolien so endlos miteinander debattiert hatten, dass die beiden Ehekandidaten schon weit über fünfzig Jahre alt waren, bevor man ihrer Eheschließung endlich zugestimmt hatte. So ewig dauerte es bei meiner Cousine natürlich nicht. Man einigte sich bereits am übernächsten Tag und es wurden sogleich alle Termine für die Verlobung und die Heirat fixiert. Die Braut und der Bräutigam besaßen auch hier kein Mitspracherecht und hatten darüber hinaus noch kein einziges Wort miteinander gewechselt, obwohl sie zumindest schon wussten, wie sie aussahen.

Der wunderschönste Abend, mal abgesehen von der tatsächlichen Hochzeit, war der Henna-Abend. Dieser fand bei den Brauteltern zu Hause statt und eingeladen waren nur das Ehepaar selbst sowie die weiblichen Verwandten und Freundinnen. Und natürlich alle Kinder. Ich konnte mich noch sehr genau an diese Zusammenkunft erinnern. Das Paar wurde prunkvoll mit Henna verziert und besonders die Hände meiner Cousine glichen einem filigranen Kunstwerk. Es wurde gelacht, gefeiert und gemalt. Und wenn türkische Frauen in Deutschland gelegentlich reserviert und schüchtern wirkten, dann hätte man diesen Eindruck nicht an einem solchen Abend bekommen. Man musste das selbst miterleben, um zu wissen, wie fröhlich und ausgelassen, wie unbeschwert und unbekümmert Türkinnen feiern konnten.

Als es endlich so weit war und der Tag von Vildans Vermählung in der Sonne erwachte, dauerte das Fest geschlagene drei Tage. Am ersten Tag wurde noch bei ihrem zukünftigen Mann gefeiert, ohne Braut natürlich, und davon bekamen wir nur am Rande etwas mit. Am zweiten Tag jedoch kam die ganze Hochzeitsgesellschaft dann schließlich zu uns, um Vildan abzuholen. Dieser Moment, wenn die jungfräuliche Braut dem Vater und der Mutter entrissen und von ihrem Elternhaus abgeholt wurde, war der zentralste und wichtigste Teil der ganzen Hochzeitfeier. Somit war es nicht weiter verwunderlich, dass fast das vollständige Dorf des Bräutigams zu meinem Onkel nach Trabzon in die Stadt kam. Es gab alles, was man sich nur denken und erträumen konnte, an Essen, an Musik, an Freude und Spaß, und es wurde getanzt und gelacht bis in die frühen Morgenstunden. Nie zuvor und nie mehr danach hatte ich meine Cousine so wunderschön und so glücklich gesehen. Sie trug ein märchenhaftes weißes Spitzenkleid mit einer unendlich langen, glänzenden Schleppe. Alles, wirklich alles an ihr war unübersehbar perfekt und paradiesisch schön.

Ihr erwählter Mann hatte ein immenses Glück, eine so wundervolle, bildhübsche Frau zu bekommen, zumal er trotz seines schönen Anzugs eher wie ein Ziegenhirte neben einer Prinzessin aussah als ein ihr ebenbürtiger Partner.

Am dritten Tag dann setzte sich die Hochzeitsgesellschaft in Richtung des zukünftigen Domizils in Bewegung. Es glich einer regelrechten Menschenwanderung zu Fuß, zu Pferd und auf Eselskarren. Es war ein günstiger Zufall, dass ich auf dem Karren der *Davul Zurna* mitfahren durfte. Dieses Duo spielte die traditionellen Musikinstrumente, eine Art Flöte und eine Trommel, und ich könnte mir definitiv keine türkische Hochzeit ohne die beiden vorstellen. Unser Wagen war wie eine fahrende Musikbox und erregte neben dem Brautwagen die größte Aufmerksamkeit.

Im neuen Zuhause angekommen, erreichte die Feier dann ihren Höhepunkt mit Brautentführung, vielen Ansprachen, altüberlieferten Spielen und Ritualen. Die Türken waren hier äußerst pflichtbewusst und überaus erfinderisch. Von den vierhundert Leuten verließen die meisten das Fest erst bei Sonnenaufgang und es wurde noch Monate danach immer und immer wieder über das wunderschöne Ereignis gesprochen.

Ob Vildan wirklich glücklich wurde, konnte ich nicht sagen. Mein Kontakt zu ihr war sehr beschränkt und den freudestrahlenden Bildern auf Facebook konnte man sowieso nicht trauen. Denn den wahren Menschen hinter dieser konstruierten Fassade und den retuschierten Fotos zu erkennen, war so unmöglich, wie aus einem Schluck Milch den Gemütszustand der Kuh zu erraten.

Gut, ich wusste nicht, ob es dort überhaupt Bilder von ihr gab, da ich, abgesehen von der Autorenseite meines Verlages über mich, kein Mitglied bei Facebook war und auch nie vorhatte, eines zu werden.

Sphinx

Ich fragte meine Oma Zehra oft, was denn aus Kamar und Sun wurde. Ob sie tatsächlich glücklich wurden in ihrem Leben, ob sie Kinder hatten und ob es mehr Tiere gab, die ihrem Beispiel folgten. Aber so sehr meine Fragen auch aus mir schossen und auf sie einprasselten, so sehr ich gleichwohl nach Antworten suchte, meine Oma konnte sie mir nicht geben.

Sie war nur im Bilde darüber, dass Kamar und Sun in geringer Entfernung zu Fanny bei der großen Eiche wohnten, fast genau zwischen dem Tal der Schmetterlinge und dem Platz der Löwen. Sie wusste zudem, dass die Eltern von Kamar zeitlebens nie glücklich waren über die Vermählung der beiden, sie jedoch jeden Tag mehr und mehr für ihre Schwiegertochter empfanden und ihr am Ende viel näher standen und einiges vertrauter waren, als sie dies zu Beginn je erwartet hätten.

Mira indes war ohne Vorurteile und schloss Sun vom ersten Tag an in ihr Herz und sie wurde ihre beste Freundin. Mitunter zum Leidwesen von Kamar, trieben sie doch immerzu Späße mit ihm und brüllten ihn gelegentlich von links und rechts gemeinsam aus dem Schlaf. Der Kontakt zu den Schmetterlingen blieb, wie es bereits am Anfang erkennbar gewesen war, unkompliziert und fortwährend sehr herzlich. Mehr konnte mir meine Oma trotz unzähliger Bitten leider nicht sagen. Und eines Tages, als ich sie dann über die Maßen nervte und sie schier ertrank in der Flut meiner Fragen, nahm sie mich auf die Seite und holte ein kleines Bild aus ihrem Nachtkästchen.

Sie legte das Bildnis, auf welchem ein stolzer geflügelter Löwe zu sehen war, bedeutungsvoll auf den Tisch und sagte: »Schau, Küp, das ist eine Sphinx. Wie du unschwer erkennen kannst, ist das ein Löwe mit Flügeln. Die Geschichte von Kamar und Sun ist Tausende von Jahren alt und so ist es gut vorstellbar und fast offensichtlich, dass die Sphinx ein Nachfahre der beiden ist. Die Sphinx waren wunderschöne Wesen und sie lebten in ganz Persien bis hin nach Griechenland und Ägypten. Sie waren allzeit die Freunde und Beschützer der Menschen und so zieren ihre Statuen und Skulpturen heute noch die bedeutsamsten und schönsten Tempel und Pyramiden auf der gesamten Welt. Jetzt siehst du, dass ihr Vermächtnis bis weit in unsere Zeit ragt und demzufolge der Mut von Kamar und Sun uns alle Zeit sichtbar und bewusst bleibt.«

In diesen und vielen anderen Momenten liebte ich meine Oma Zehra wirklich sehr. Auch wenn sie nicht allwissend war, so war sie doch stets bemüht, mir alles zu erklären und alles so darzulegen, dass ich es als Kind verstehen konnte. Sie wusste zwar selbst nicht, wie die Geschichte von Kamar und Sun weiterging, dennoch gab sie mir zumindest eine Vorstellung davon, mit welcher ich als Kind etwas anfangen konnte.

Das kleine Abbild der Sphinx war zudem das Einzige, was ich aus dem Vermächtnis meiner Großmutter wollte. Ich nahm im Einverständnis meines Opas das Bild nach ihrem Ableben an mich und verwahrte es seitdem wie meinen größten Schatz immer in meiner Geldtasche auf.

Maria und ich waren schon fast zu Hause und Berlin war mittlerweile unter einer dünnen Schneedecke versunken, welche alle Geräusche und den Lärm schluckte und der Stadt neben der Ruhe auch eine ungewohnte Helligkeit bescherte. Das Erzählen hatte mich in der Tat etwas mitgenommen, hatte ich doch selbst die Geschichte seit nahezu zwanzig Jahren niemandem mehr anvertraut.

Das Märchen hatte mich stets begleitet und in meinem Leben immer wieder eine Rolle gespielt. Vor allem die unüberlegten und meist wirren Entscheidungen von Kamar waren mir privat leider nur allzu gut bekannt. Für mich sprach die Fabel vor allem von dem Mut zur eigenen Leidenschaft und von dem Vertrauen in die eigenen Fähigkeiten.

Die Erzählung motivierte mich, neue Wege zu finden und zu beschreiten. Es öffnete mir den Blick, weg von den Rekorden und Superlative hin zu den kleinen Dingen im Leben, hin zu den realen tagtäglichen Vorstellungen, Träumen und Freuden. Ich erkannte die Dimension und die innere Kraft von Bewusstsein und Fürsorge und von Zufriedenheit und Glück. Mir wurde durch Kamar und Sun bewusst, dass ich mich selbst weder verlieren noch verleugnen durfte. Und so wurde mein wichtigstes Ziel, mich nicht zu verlaufen in den Abgründen der unendlichen Möglichkeiten.
Und vor allem führte mir die Geschichte vor Augen, dass eine wärmende Hand, die einen drückte und hielt, oft wertvoller und wichtiger als alles andere auf diesem Planeten war.

Langsam gingen die Lichter aus und die Stadt erwachte zur finsteren Nacht. Ich umarmte Maria fest und wir liefen weiter durch die winterliche Dunkelheit.

Meine Welt schwebte zwischen Hoffen und Sehnen, inmitten von Fühlen und Lieben, und mir wurde einmal mehr bewusst, dass wir doch alle irgendwie Kamar und Sun waren.

Süleyman

Ich verlasse jetzt, in diesem Augenblick, die Druckerei zusammen mit meinem Freund Süleyman. Wir beschlossen eben, die Druckerschwärze gegen die Winterschwärze der frostigen Novemberdämmerung zu tauschen und gemeinsam etwas trinken zu gehen.
Zur Versöhnung.

Ja, wir gerieten soeben ein wenig in Streit wegen der Erzählung. Wieso? Nun, es trug sich folgendermaßen zu:

Die Dunkelheit und Kälte der frischen Herbstnacht lauerte schon lange hinter dem regennassen Fenster, das bis zum Boden ragte und den Bürgersteig von meinem Rücken trennte, mit dem ich an der Scheibe lehnte. Ich genoss in jenem Moment das Intermezzo aus Ruhe und Frieden inmitten der dröhnenden Rotationsmaschinen, als unerwartet Süleyman mit dem letzten Kapitel auf mich zukam und mich gegen das Getöse der Maschinen anschrie:
»Wieso hast du das Märchen umgeschrieben? Warum erzählst du nicht die wahre Geschichte?«

Süleyman war hochrot, unübersehbar erzürnt und brüllte abermals wider den Krach:
»Sag mir, ist es wegen des Zaubers? Glaubst du an diese Mythen und Überlieferungen? Dass ich nicht lache, Küp! Nur weil du eine Sage niederschreibst, heißt das noch lange nicht, dass du die Legenden bedingungslos für bewiesen

halten musst! Ich kann mir einfach unter keinen Umständen vorstellen, dass in dir auch einer dieser abergläubischen Türken steckt! Was bist du bloß für ein feiger Schriftsteller! Du willst ein Autor sein und eine Geschichte erzählen über Mut und Selbstvertrauen und verfasst selbst ein Werk, in dem du es nicht schaffst, die echten Geschehnisse preiszugeben, weil sie sonst ihren Zauber verlieren?«

Süleyman lachte kurz auf, um dann erneut laut zu rufen: »Schreib sofort die falschen Kapitel um und verrate den tatsächlichen Inhalt. Oder lass es! In deiner Version kommt kein böses Wort vor, du hast keine einzige negative Silbe geschrieben. Du hast all das Übel und den Kummer ausgesperrt. Küp, du weißt genau, dass die Welt bei Weitem nicht so gut ist, wie du sie beschreibst!«

Ich kannte Süleyman schon sehr lange und er war einer meiner ersten und besten Freunde in Deutschland überhaupt. Er war gut ein Jahr früher nach Kassel gekommen als ich und er hatte sich meiner von der ersten Stunde an angenommen, als ich etwas verloren und überfordert in der BRD ankam. Auch ging er bereits einige Zeit vor mir nach Berlin, weil er als angelernter Drucker und Facharbeiter in der Hauptstadt wesentlich bessere Arbeits- und Verdienstmöglichkeiten hatte. Ich ließ seine Kritik wortlos, ohne gegen ihn anzukämpfen, über mich ergehen und wartete bis zum Schluss seiner Ausführung, bevor ich ihm entgegnete: »Sül, es geht doch dabei nicht um mich und um meinen Aberglauben! Gerade du solltest mich besser kennen und wissen, dass ich nie und nimmer an diesen Hokuspokus glaube!«

»Genau das ist es, was mich so erzürnt, Küp! Was hält dich davon ab, die unverfälschte Begebenheit zu schildern?«, schrie Süleyman immer noch merklich erregt.

»Oma Zehra!«, erwiderte ich kurz und versuchte ihm dann alles ganz detailliert zu erklären.

Meine Großmutter war dem Mystizismus und dem Wunderglauben von klein auf vollkommen verfallen. Sie war, wie so viele Türken, regelrecht besessen von einer höheren Gewalt, von einer immensen Macht, die mit dem Bösen oder Guten nichts Besseres zu tun hatte, als das Leben und Wirken eines jeden zu kontrollieren, zu bewerten und gegebenenfalls zu beenden. Wie sich eine so vernünftige Frau von dem Glauben an Geister treiben ließ und sich überzeugt an eine Vorbestimmung auf dem Lebensweg klammerte, war mir immerzu ein Rätsel und Phänomen.

Natürlich akzeptierte ich ihr Verhalten klaglos und hinterfragte nie ihre Riten und Bräuche, weder als Kind noch als erwachsener Mann. Als sie dann, Jahre vor ihrem Ableben, über Umwege erfahren hatte, dass ich auf einer Familienfeier erwähnte, dass man über Kamar und Sun ein tolles Buch schreiben könnte, rief sie mich umgehend an.

»Küp«, flehte sie am Telefon, »bitte schreib die Geschichte vom kleinen Löwen und dem Schmetterling unter keinen Umständen auf. Ich erlaube dir nicht, diese Geschichte aufzuschreiben! Man darf das Märchen nur mündlich weitererzählen, das habe ich dir immer und immer wieder gesagt! Versprich mir, dass du das wahre Geschehen von Kamar und Sun nie niederschreiben wirst.«

Wir diskutierten sehr lange darüber und so kam es, dass ich ihr versprach, die echte Geschichte nie in schriftlicher Form weiterzuerzählen.

»Jetzt weißt du, wieso ich die Handlung abgeändert habe. Ich habe es meiner Großmutter Zehra versprochen!«, erklärte ich Süleyman.

Er hatte jetzt zwar eine Begründung, die er nachvollziehen konnte, aber er war natürlich nicht zufrieden damit.

Wir stritten uns jetzt um Wertschätzung und Respekt, redeten über die Ruhe und das Andenken an die Toten und vor allem, wie könnte es unter Türken anders sein, debattierten wir über Ehre und Stolz. Am Ende einigten wir uns darauf, dass es für jedermann vollkommen einfach war, den korrekten Verlauf und den richtigen Inhalt der Überlieferung vom kleinen Löwen und dem Schmetterling in Erfahrung zu bringen. Man musste einzig und allein einen seiner türkischen oder arabischen Freunde befragen. Die meisten von ihnen sind mit dieser Fabel aufgewachsen und so waren das wahre Märchen und die echte Handlung ja allen so weit bekannt.

Süleyman und ich waren sehr erfreut über diese Lösung, welche uns beiden Recht gab und niemanden dabei sein Gesicht verlieren ließ.

Und so laufen wir glücklich und zufrieden gemeinsam aus dieser Geschichte in unser reales Leben zurück.